花嫁陷阱

THE OTHER WOMAN

SANDIE JONES

珊蒂・瓊斯 ——— 著　吳宗璘 ——— 譯

獻給艾薇·洛夫

我的奶奶——總是鼓勵我要成為自己想望的那種角色

序曲

身著結婚禮服的她，看起來美呆了。它與她完美搭襯，穿在她身上的效果果然一如我的預期：優雅、低調、獨特——就像是她本人一樣。一想到她的大日子永遠不會到來，我心都碎了，不過，她還不需要知道這件事。

我的心中浮現了那些無法出席的賓客、沒有照片的相框、靜默無聲的第一支舞、沒有人吃的蛋糕。我的決心不禁開始動搖。我調整情緒，現在到了這種時刻，已經不容遲疑。

還有好多工作得完成，還有許多痛苦得要承擔。但我不會因此而斷念。我曾經失敗過一次，不過，這次我一定會搞定。

萬一出錯，就太危險了。

1

在倫敦格羅夫那飯店擁擠酒吧裡、初次見到站在另一頭的亞當時，我覺得這個人大致說來都不錯，只是缺乏同理心。當時我剛從超級沉悶的「人才招募之未來」會議脫身，無論是他或酒保，根本不知道我有多麼需要趕快來一杯。

我站在吧檯前，感覺已經杵在那一輩子之久，不斷以誇張的手勢在空中揮舞破爛的十英鎊鈔票，就在這時候，有另一名男子奮力擠到吧檯前面，手裡拿著信用卡，大聲吼叫：「喂，老哥，過來一下。」

「呃，抱歉，」我沒想到自己居然會這麼大聲，「我以為你知道我先來的。」

他聳肩，對我笑了一下。「抱歉，但我等很久了。」

我站在那裡，瞠目結舌，看著他與那酒保心領神會互點了一下頭，然後，他根本沒開口，面前就放了一瓶沛羅尼啤酒。

我張嘴默聲碎碎唸，「真不敢相信有這種事……」因為他瞄了我一眼，又露出那種微笑，然後面向他身旁的那群男人，準備逐一幫他們點酒。

「你在跟我開玩笑吧……」我發出哀號，隨後只好雙手抱頭、繼續等下去，我知道一定得等超級久才能輪到我。

「妳想喝什麼？」酒保開口問我，「那男人覺得妳應該喜歡粉紅葡萄酒，但我打賭妳喜歡琴通寧。」

我雖然不想露出笑容，但還是忍不住嘴角上揚。「我很想證明他搞錯了，但我必須承認，能來杯粉紅葡萄酒真是太好了，麻煩嘍。」

我把那十英鎊鈔票交給他，「不需要，」他搖頭，「請收下剛才那位插隊男士所致贈的小禮。」

我不知道哪一個比較討人喜歡：根據我個人意見，應該要被擢升為首席伺酒師的那名酒保？還是那個在吧檯對我微笑的超級善心男子？哦，冰涼粉紅葡萄酒的威力真是強勁。

我舉杯向他致意，我的臉已經跟這杯酒的色澤一模一樣了。我回到我的研討會同事們聚集的角落，現在，大家都在品嚐自己鍾愛的酒，其實七個小時前，我們依然是陌生人，所以現在的共識就是喝自己的東西，不需要去理會別人。

我心想，看來沛羅尼先生和他的那群朋友之間應該不需要這種默契，我自顧自微笑，看到他又在幫大家點酒。

我喝了一小口酒，聽到我的味蕾正在感謝我，冰涼的液體挑逗它們之後，直攻我的喉底。那種永遠無法複製的第一口味覺到底是怎麼回事？我發現自己有時候會刻意放慢吞下第一口的速度，擔心會失去那股悸動。

講出這種話，彷彿我是個瘋狂大酒鬼，但其實我只會在週末開喝，還有心神麻木的無聊星期三，或者，被迫與兩百名人資工作者共處一室一整天之後。在某場名為「沒有人喜歡我們，我們不在乎」的演講中，讓我們知道了最近的某個民調消息，人力招募顧問已經成了最惹人討厭的職業之一，嫌惡程度僅次於房地產經紀人。我真希望能夠大聲駁斥那些厭惡者的說法，向他們證明我們並非都是缺乏道德感、毫無倫理觀念的人力買賣掮客。不過，當我看著那些粗魯吵雜、自以為是城市新貴的傢伙，每個人都頭髮抹油後梳，臉上掛著虛偽表情，我也只能雙手一攤，沒轍了。

雖然今天稍早時我已經在「論壇」裡做了自我介紹，但當我接近那群吵鬧暴民的時候，我覺得我還得再來一次。

「嗨，我是艾蜜莉，」我語氣彆扭，對著站在最外圍的那傢伙問好。其實我不是很想和他講話，但我不想被誤會沒人緣、只能耍孤僻喝酒，所以我就得找人聊天。我繼續說道：「我是福克納公司的顧問。」

我主動伸手致意，他握了一下，態度頗為唐突，有點在宣示主權的味道，別有寓意。「這是我的領地，妳踏到我家草皮了。」然而，我們明明花了一整天在學習該如何反其道而行。

「要保持開放，要與人親近，」二號講者先前是這麼說的，「雇主與員工都想要在友善面容的陪伴之下完成與對方的協議，他們期盼自己能夠信賴你，你是為他們工作，而不是為另外一方服務。要根據客戶的偏好去處理交易，而不是以你自己為中心，就算因此尊嚴受損也在所不惜。所以，要仔細判讀每一次的狀況，採取因應策略。」

我很自豪，我一直遵守這樣的原則，所以我才能夠在福克納公司的短短七個月當中直接升到了首席顧問。我私底下的作風與大家的刻板印象相反：我個性誠實、體貼，而且從來不汲汲營營。只要我能夠支付房租與暖氣、有錢吃喝，我就心滿意足。但經手業務的時候我卻是狠角色，客戶們指定找我，而且我在這家有五間分處的公司當中，開發新業務的能力更是勇奪第一，也許我才是應該那個站在講台上、告訴大家該怎麼完成任務的人。

那男人來自濱海利某間默默無名的仲介公司，他態度冷淡，把我拉進了圈子裡，沒有人自我介紹，反而都在從頭到腳打量我，彷彿是第一次看到女人一樣，其中一個甚至還搖頭晃腦，悠悠發出了口哨聲。我一臉憎惡看著他，後來才發現他是伊佛爾，巴哈姆某間小公司的禿頭痴肥總監，我運氣不好，在中餐前的那場角色扮演練習當中，我和他正好是搭檔。他吐出的氣息似乎還有昨晚咖哩的殘留味道，當時的我腦中已經浮現他把銀色鋁箔餐盒放在大腿上、迫不及待狼吞虎嚥的那種模樣。

在我們那場「如何把冰雪賣給愛斯基摩人」的模擬任務當中，他對我大吼：「把這支筆賣給我啊！」空氣中頓時瀰漫著腐濁的薑黃味，我皺著鼻頭，露出不悅表情，從他手中接下了一支狀甚普通的原子筆，開始細述它被忽略的各種好處：超級優質的塑膠筆身、滑順筆心、出墨流暢均勻。我在想，參加此類會議的好處到底是什麼？這已經不是我第一次懷疑了。我的老闆納森堅持這種活動讓我們獲益良多：逼迫我們隨時保持神經緊繃。

如果他希望以全新刺激的方式讓我產生工作的熱情與動力，他就不該讓我來參加這場會議，而且我的男搭檔也與我根本不對盤。

當時我繼續熱情介紹這支筆的特性，但當我抬頭一看，伊佛爾卻根本懶得注意我手中的東西，反而盯著胸前微微露出的乳溝。

「嗯哼！」我當下只能咳嗽，想要把他的注意力帶回我手中的練習工具，但他卻只是一直笑，彷彿喜孜孜沉浸在自己的幻想世界裡。我不假思索，拉整了一下自己的上衣，很後悔怎麼不直接穿套頭毛衣就好。

現在，他那對小賊眼依然盯著我不放，他走到我面前，「艾瑪吧，對不對？」我還特地低頭、為自己瞄了一下我左胸上的名牌。

「艾—蜜—莉，」我彷彿在向三歲小朋友講話，「是艾—蜜—莉。」

「艾瑪，艾蜜莉，都一樣啦。」

「並沒有，真的不一樣。」

「今天早上，我們是同一組，」他對著其他男人得意嚷嚷，「我們相處得很開心，妳說是不是？艾咪？」

「是艾—蜜—莉，不是艾咪，」我氣急敗壞，「而且我覺得我們根本不算是合作無間。」

「哦，少來了，」他環顧四周，聲音依然充滿自信，但表情卻不是這麼回事。「我們是優秀團隊，妳一定也有相同感覺才是。」我一臉茫然回望著他，我已經無言以對，就算還講得出話反擊，我也懶得浪費唇舌。我搖搖頭，其他人一臉尷尬，全都盯著地板，想必等我一轉身之後，他們一定會拍拍他的背以示安慰，其實他還是做得不錯。

我帶著喝了一半的酒、走到了擁擠酒吧另外一頭的空曠地帶。我在那裡只站了兩分鐘，就立刻明白為什麼沒有人聚集在這裡，因為，每隔個幾秒鐘，就會有服務生用細瘦的手肘或是肩膀把我推開，他們一直在忙著收酒瓶與酒杯。「這是我們的地方，」某個年輕女孩大吼，她整張臉扭成一團。「別擋路！」

「拜託幹嘛這樣……」我悄聲碎唸，但她忙死了，不可能站在原地太久，早就離我好遠，反正也聽不到，不過，我還是稍微挪移了一下，不要佔據「她的地盤」，然後開始掏包包裡的手機。我只要再喝三小口，或是一大口，即可解決剩下的酒，最多再過四分鐘，我就閃人。

我默默檢查我的電郵，希望這樣一來就可以不被任何人打擾，而且看起來也像是在等人。我不禁在想，現在是資訊無遠弗屆的手機年代，但在此之前又該怎麼辦？我是得在這裡精讀《金融時報》？或者，更好的方式是主動找個貌似有趣的對象聊聊天？不管是哪一種，最後的獲益一定是大於滑手機，好，那我幹嘛還要登入推特帳號、看一下金．卡戴珊❶在做什麼？

正當我內心發出怨嘆的時候，聽到有人大叫：「艾蜜莉，想不想再喝一杯？」真的假的？他沒聽懂我的暗示嗎？我回頭望著伊佛爾，但他正與別人聊得興高采烈。我偷偷四處張望，心想剛才喊我的那個人一定看到我滿臉困惑的模樣，真丟臉。我的目光迅速落在沛羅尼先生身上，他笑得開懷，露出了一口整齊的白牙。我自顧自微笑，因為我想起了媽媽以往的忠告：「艾蜜莉，重點就是要看牙齒，」這是她見過我上任男友湯姆之後所說的話，「只要是擁有一口好牙的男人，絕對可以安心信賴一輩子。」對啦——看看最後是什麼結果。

我的觀察重點反而在於笑容是否與眼神一致。而這男人呢，就我看來是絕對不成問題。我沒注意自己在胡思亂想，卻已經在內心悄悄脫去了他的衣服，發現到那套深色西裝、白色襯衫、微微鬆開的領帶之下是相當健美的身材。我的腦中開始浮現他的寬闊雙肩，雄壯背脊往下延伸到削

❶ Kimberly Noel Kardashian West，一位電視名人、名媛、演員、商人及模特兒。

瘦的腰部，標準的倒三角身材。或者，根本不是這樣。西裝底下到底掩蓋了什麼，很難判斷，因為它可能掩蓋了許多的問題，但我希望自己沒猜錯。

他專注盯著我，還把頭髮撥弄到旁邊，不禁讓我的體內出現一股燥熱，急升到我的頸項。我的回報是淡然一笑，然後整個人轉了三百六十度、尋找聲源究竟在哪裡。

「所以到底要不要？」對方又講話了，這次比較接近，沛羅尼先生想辦法擠了過來，現在與我成了中間只有相隔一人的鄰居。我心想，這種說法真奇怪，中間相隔兩個、或是三個，還可以稱之為鄰居嗎？就在這時候，他已經擠到了我身邊，我卻完全沒有發現。

「妳是喝了幾杯啊？」他哈哈大笑，我依然一臉茫然看著他，不過，因為距離接近的關係，我還是注意到他身材比我想像的還要高大。

我回道：「抱歉，我以為有人在喊我名字。」

他主動示好，「我是亞當。」

「哦，艾蜜莉，」我趕緊伸手，突然之間手心好濕黏。「我是艾蜜莉。」

「我知道，妳胸前名牌上的字母寫得超大。」

我低頭，感覺雙頰一陣紅熱。「啊哈，看來我不是很會玩這種裝矜持的遊戲對吧？」

他側頭，眼中閃動調皮的神采。「誰說我們在玩？」

我不知道我們算不算是在玩，調情一直不是我的強項。我不知道要怎麼起頭，所以如果這是他想要玩的遊戲，也只能由他自己唱獨角戲。

「所以，這名牌是怎麼回事？」培羅尼先生，也就是亞當，開始對我拚命放電。

「我是某個菁英會議的會員。」我的口氣很大，讓我好心虛。

他微笑回道：「這樣啊？」

我點點頭，「我是我們這一行的翹楚，頂尖人才之一。」

「哇，」他露出賊笑，「所以妳參加了那場『衛生紙業務研討會』嗎？我剛進來的時候有看到那場會議的指示牌。」

我忍笑，「其實，這是軍情五處的秘密會議。」我低聲回他，而且還神秘兮兮東張西望。

「所以他們必須要把妳名字寫得大大的，蓋住胸口，確保沒有人知道妳到底是誰，對嗎？」

我想要裝作若無其事，但嘴角卻不爭氣上揚。「這是我的臥底代號，」我拍了拍那片廉價的塑膠片，「我的會議假名。」

「我明白了，艾蜜莉探員，」他捲起袖子，對著自己的手錶講話：「好，三點鐘方向的那位先生，也是探員嗎？」他等我看過去，但我連到底該朝哪裡看都不知道，我亂扭一通，試了每一個方向，擺明我就是一直找不到自己身體羅盤三點鐘的可憐蟲，他哈哈大笑，抓住我的肩膀，讓我面向伊佛爾，他在某名男同事前面比手畫腳，口沫橫飛，然而目光卻在垂涎對方背後某名身穿緊身皮褲的女子，所幸她完全不知道他正色瞇瞇盯著她，眼睛大吃冰淇淋，看到那種場面，忍不住害我抖了一下。

「不是，」我單手貼耳回道，「他不是探員，也不是正人君子。」

我配合亞當演出，逗得他哈哈大笑。「我們可以把他列為敵人嗎？」

「沒問題。如果你想要殺他滅口也不成問題。」

他瞇眼，想要看清楚獵物的名牌，他問我：「伊佛爾是嗎？」

我點點頭。

「名叫伊佛爾·比更？」他看著我，等我做出回應。我過了一會兒，其實，是過了許久之後，才會意過來，而他居然就一直站在那裡，默默凝望著我。

2

我一直沒有要交男友的打算，在亞當出現之前，我根本沒料到自己懷有這個想望。我的室友琵琶和我對於現在的生活一直覺得幸福無比，上班，回家，拿著托盤用餐，然後拚命吃巧克力、看著一集又一集的《越獄風雲》，雖然只有短短數小時，但卻宛若人間天堂，不過，到了第二天早晨，當我站在體重計上頭的時候，看到那四點五公斤的冬季贅肉就會氣得要命。這種場景每年會上演——而且我每個月花了七十二英鎊，但從來不去健身房，更是救不了我的體重。

我早就穿不下去年夏天穿的十二號尺碼牛仔褲，但我並沒有買十四號的褲子，反而是在服飾店裡四處搜尋我可以塞進去的十二號寬鬆版長褲，接下來的整個夏天，我就會處於「否認」模式，而且依然催眠自己只要等到秋老虎一來，我一定會恢復減肥的動力。

我偶爾會出門，尤其是發薪水那幾天，但晚上出遊就沒那麼頻繁了。也許是因為我慢慢變老了，不然就是別人越來越年輕，但我實在看不出站在擁擠的酒吧裡、每次想要喝酒就得奮力擠過人群有哪裡好玩。琵琶曾經多次把我拖去參加演唱會狂歡尖叫，但很不幸，並不是在O2體育館的那一種。她喜歡地下樂團，似乎和大部分的成員都上過床，這些傢伙在台上瘋狂亂扭，也鼓勵底下的觀眾一起來。而我卻是那個唯一站在後頭、戴著隱形耳機，高分貝播放音樂劇暢銷金曲的人。

感謝老天賜給我薩博，他是我最要好的朋友，簡直就是我的複製男版。要是我能找出一絲機會將他掰直，我早就在多年前嫁給他了，不過，唉，我就只能在晚上與他窩在卡拉OK包廂裡、兩個人搶唱《悲慘世界》的副歌台詞。我們認識的那段時間，正是被他戲稱的「我的美髮時期」。當時的我對於自己的秘書工作不滿意，所以註冊進修晚間的美髮美妝課程。當然，我覺得我自己有潛力成為尼基．克拉克❷級的女設計師，在梅費爾的核心區擁有時髦沙龍店，就算是名流客戶也得提前好幾個月預約。不過，我卻花了整整三個月在掃別人的頭髮，雙手因為接觸強鹼洗髮精而長濕疹。我老是會出現這些不成熟的想法而且會立刻付諸行動，但總是會被虛華的表象所迷惑。就像是我先前在社區大學註冊的居家設計課程一樣，我的目標不是要做漂亮靠墊、或是花好幾個小時仔細清除老舊五斗櫃的層層殘斑。才不是，我馬上就會成為凱莉．霍彭❸的接班人，學習新技術的養成過程與基本功訓練可以完全跳過，我會直接飛往紐約，接到《六人行》錢德勒的委託、幫他設計寬敞的閣樓空間。想也知道，靠墊從來沒有完成，而我所購買的那些壁紙圖樣與布料樣本也從此不見天日。

薩博已經看我轉換跑道至少有四次了，而且每一次都興高采烈到不行，向我保證我「天生就是那塊料」。不過，每當各個階段壽終正寢，我坐在沙發上哀嘆自己真是沒有用的時候，他又會來勸我，反正我一開始就不適合。不過，我現在終於找到了自己的志業，比我預期的時間晚了一點。但推銷人才是我的興趣，我知道自己在做什麼，而且表現優異。

「所以，他是電腦資訊分析師嘍？」第二天，我與薩博坐在蘇活廣場，共享從瑪莎超市買來的三明治與沙拉，他一臉狐疑，複述了我所提供的線索。「我根本不知道那工作到底在幹嘛。」

我猛點頭，但其實我的內心也有相同的疑問。我的工作是把真正的工作交付給真正的人：商店的零售助理、辦公室的秘書、醫院的牙醫助理。而資訊產業是全新的遊戲，某個產業的怪獸，我們福克納公司會留給專家處理的那一種領域。

「嗯，他聽起來很會搞笑，」他拚命裝得一本正經，「他到底是對妳做了什麼？施出百萬位元組的魅力？把妳迷得神魂顛倒？」

我哈哈大笑，「他跟你想的根本不一樣。」

「這樣啊，所以他沒戴眼鏡？也不是中分頭？」

我微笑搖頭。

「而且他不是叫尤金？」

「不是，」我滿嘴塞滿了麵包與烤牛肉，含糊不清回道：「他個頭很高，深色頭髮，牙齒很漂亮。」

「哦，妳媽一定很開心。」

我猛拍了一下他的肩膀，「而且他聲音超性感、低沉，充滿了神秘感。就像是馬修．麥康納一樣，但少了那股德州味。」

薩博挑眉，一臉詫異。「那就根本不像馬修．麥康納了啊。」

我依然很堅持，「你明明知道我的意思。還有，他手很大……真的超大，而且指甲修剪得很

❷ Nicky Clarke，英國髮藝大師。
❸ Kelly Hoppen，出生於南非的英國室內設計師、作家。

整齊。」

「妳幹嘛沒事盯著他的手啊？」薩博口沫橫飛，酸味十足。「妳才和他在一起十五分鐘，就已經在注意他手指頭是不是有角質？」

我不爽聳肩，「我只是要說，顯然他是個會仔細打理自己的男人，我喜歡這種特質，這一點很重要。」

薩博發出嘖嘖聲，「看來一切都很不錯，不過，妳能夠再次見到他的機會有多高呢？」

「說真話嗎？機會應該只有一兩成吧。首先，他看起來像是已經有女友的人，其次，我覺得他應該是喝多了。」

「他是喝醉了？或者真的是遇見妳很開心？」

「很難說，這應該交給別人判斷，但我記得他提到了他們是從市中心的某間酒吧過來這裡續攤，所以他們已經喝了好一陣子了。亞當看起來還好，也許是有點不修邊幅，但我也不知道他平常到底是什麼模樣。他有一兩個朋友顯然是喝得很開心——幾乎連站都站不住了。」

薩博笑道：「哦，格羅夫那飯店一定很歡迎他們待在那裡。」

「我覺得當我要離開的時候，飯店正打算把他們請出去，」我扮鬼臉，繼續說下去：「有錢客人陸續到來，但他們把那裡搞得像是馬約卡小島馬蓋洛夫的性狂歡夜店，而不是倫敦公園大道的高檔酒吧。」

薩博回道：「美眉，這樣看來狀況就不妙了。」

我皺著鼻頭，「對啊，所以我覺得再次見到他的機會十分渺茫。」

他問道：「妳有沒有在他面前流露出那種表情？」

「什麼表情？」

「妳自己很清楚。要是不跟我上床就永遠別想再見到我的那種表情。」他猛眨眼，開始以那種與性感完全搭不上邊的方式舔弄嘴唇，就像是小狗在等待巧克力犒賞一樣。曾經有個想追我的人是這麼告訴薩博的，我有「做愛時的迷濛雙眼」和「可以大口吞吸的嘴唇」，自此之後我就對這傢伙敬而遠之。「到底有沒有啦？」

「吼！閉嘴！」

他問道：「那天妳穿什麼？」

「黑色鉛筆裙搭配白上衣。問這幹嘛？」

「他會打電話給妳啦，」他微笑說道，「如果妳穿的是從Whistles特賣出清會買到的那件蓬鬆連身裙，那我會說機會是零。但要是穿鉛筆裙？機率就有五到八成。」

我哈哈大笑，拿了一片軟趴趴的萵苣葉丟過去。每個女人都應該要有一個薩博。

他會給妳超誠實的忠告，有時候會讓我慌了手腳，必須逼我要重新評估自己的人生，不過，今天我就坦然接受了，能夠聽到他做出這樣的分析，讓我十分開心，因為他總是料事如神。

他取下沾在鬍鬚的那片萵苣葉，把它扔到草地上頭，開口問道：「所以等到他打電話來的時候，妳打算怎麼玩下去？」

「如果他真的打來的話，」我特別強調，「我就會使出一貫的伎倆，害羞扭捏加矜持端莊。」

薩博哈哈大笑，整個人躺在地上，而且還捧腹加強演出效果。「妳害羞端莊？那我就是男子漢了。」

看他躺在地上不斷蠕動，我真想把剩下的沙拉全倒在他頭上，但我知道最後會演變成一場丟食物大戰。我下午的行程塞得滿滿的，而且也不希望自己的真絲裙被巴薩米克沙拉醬汁所攻陷。所以，我只是鬧著好玩、用包頭高跟鞋的鞋尖輕推了他一下。

「你這樣還敢自稱是我朋友？」我態度高傲，起身準備離開。

薩博在我背後大吼：「他打電話給妳的時候，趕快告訴我！」我離他越來越遠，但依然聽得到他的笑聲。

我走到廣場大門的時候，回頭大喊：「如果他真的打電話給我，我一定告訴你！」

當天下午，我正在開會的時候，手機響了。我的客戶是某名中國商人，他透過翻譯協助，想要為自己迅速擴張的公司找尋員工，他向我比出手勢，我可以接聽無妨。我禮貌微笑，搖搖頭，但手機螢幕上的「未知號碼來電」激起了我的興趣。它又響了三次，客戶對我露出懇求神情，簡直就是在拜託我趕快接電話。

「抱歉。」我道完歉之後，離開會議室，打這通電話的人最好是有那麼十萬火急。

我刷了一下自己的 iPhone，「我是艾蜜莉．哈維史托克。」

「哈維史托克？」對方重複了我的姓氏。

「對，有什麼需要我效勞的地方嗎？」

他哈哈大笑，「難怪妳沒有把妳的姓氏放在名牌上面。」

我的脖子開始發紅，就連雙頰也出現紅暈。「抱歉，我正在開會，可否等一下再回電給您？」

「我不記得妳這麼有禮貌，還是妳平常講電話就是這種調調？」

我沒吭氣，但臉上已經泛起微笑。

「好吧，那就回電給我，」他說道，「我是亞當，對了，我叫亞當・班克斯。」

他以為我把自己的電話號碼給了多少個男人啊？

「不知道我的電話號碼有沒有顯示，」他說道，「我會先傳簡訊給妳。」

「謝謝，我會盡快回電。」我正打算要結束通話，卻聽到另一頭傳來咯咯笑聲。

後來，我根本無法專心開會，而且還想要提早結束會議，不過，我不想要太快回電，以免看起來太過猴急。所以，當翻譯告訴我，這位客戶想要帶我參觀樓上那幾層新辦公室，我立刻心懷感激答應了。

一個禮拜之後，我和亞當一起吃晚餐，我必須要向他解釋為什麼當初我必須過了三個小時之後才回電給他。

他露出不可思議的表情，「妳真心覺得我會相信那種話？」

「我可以發誓。我不是那種故作矜持裝酷的人。讓你冷汗直冒一個小時，是有這個可能，但三小時就太欺負人了。」講完之後我哈哈大笑。

他的雙眼出現笑紋，但嘴角卻在拚命憋笑。「你們真的卡在電梯裡那麼久？」

「對，的確是相當漫長的三小時，我和一個幾乎不會講英文的男人困在裡面，我們手邊有兩支超級智慧型手機，但智慧的等級似乎還是不夠，沒辦法撥出去求救。」

他正在喝蘇維翁白酒，瞬間嗆了出來。「還真巧全給妳碰上了。」

過了一個月之後，我準備要把亞當介紹給薩博，在這段時間當中，我和亞當已經約會了十八次。

「妳在開玩笑吧？」薩博發出哀號，因為這已經是我連續第三晚告訴他不能與他見面。「妳覺得我什麼時候才有機會插進妳的班表？」

「哦，不要這麼愛吃醋好嗎？」我調侃他，「明天晚上怎麼樣？」

「我猜有前提吧？如果他不約妳的話才輪得到我，對不對？」

「我保證，明天晚上是你的獨家時段。」我話雖這麼說，其實心中卻已經產生了些微怨恨。

「好啦，那妳想要幹什麼？」他悶悶不樂，「那部電影已經上映了——原著就是我們都很愛的那本書。」

「《生命中的美好缺憾》？」我不假思索，立刻脫口而出。「亞當和我今晚要去看這部電影。」

「哦……」我感覺到他很失望，害我立刻想要賞自己一巴掌。

「不過，沒關係，」我語氣歡欣，「明天晚上我可以再看一次。小說很棒，所以電影一定也是，你說對吧？我們一定要一起去看。」

「如果妳確定的話……」薩博也開朗多了，「記得和男友看片的時候不要太投入。」

這是不可能的事。亞當坐立不安，頻頻看手機，讓我覺得格外刺目。兩個小時之後，我們從電影院出來，他開口說道：「嗯，真是一部溫馨小品。」

「對你來說是沒差，」我一直在吸鼻子，悄悄拿面紙擦去鼻涕。「可我明天還得再看一次。」

他突然在路中間停了下來，轉頭看著我。「為什麼？」

「因為我早已經答應薩博要和他一起去看那部電影。」

亞當挑眉，神情充滿了質疑。

「我們都很愛那本書，而且我們老早就答應對方，要是真的改編成電影的話，一定要結伴觀賞。」

「但妳才剛看完，」他說道，「不需要再看一次。」

「我知道，但那是我們兩個都想看的電影。」

「我必須要認識這個薩博，居然把妳從我身邊奪走。」他把我擁入懷中，輕聞我的髮絲。

「如果他是直男，那你問題就大了，」我哈哈大笑，「但你完全不需要擔心。」

「一樣啊。我們下禮拜找個時間一起聚聚，所以可以好好討論一下剛才那部愚蠢電影的優缺點。」

我開玩笑打了他一拳，他則吻我的頭頂。我覺得我們已經在一起一輩子之久，但有他陪伴的那股悸動，依然讓我的心情興奮得直冒泡泡，所有神經都熱情燃燒，我希望那種感覺永遠不要消失。

現在說什麼都還言之過早，不過，我內中卻有一股沒有人看見的情愫正在發芽，暗自期盼這段緣分別具意義。我不夠勇敢，或者，應該說不夠呆，不會對眾人大聲嚷嚷亞當是我的「真命天子」。但我喜歡這樣的感覺，十分特別，衷心希望我的直覺正確無誤。

我們之間的相處很自在，是還沒有到我可以把廁所門打開的那種程度，但也不會執著指甲油與唇膏的顏色是否相襯的那種問題，反正先前交往的許多對象時間也不夠久，沒幾個人會發現我的化妝色系不搭調。

「妳確定嗎？現在就要交給薩博檢驗評分會不會太早了一點？」二十四小時之後，我與薩博走出同一家戲院，他邊揉眼邊問我：「我的意思是，根本還不到一個月吧？」

「好，謝謝你的信任投票，」我又開始激動流鼻涕，但現在是與薩博在一起，所以沒關係。我挽著他手臂，一起沉浸在電影悲傷收尾的情緒之中。

「我不想講悲觀的話，但難道妳不覺得自己衝得太猛了嗎？妳幾乎每個晚上都與他約會，這股激情會不會來得快去得也快？別忘了，我知道妳的個性。」

我微笑，但其實內心有點受傷，因為這話在暗示我和亞當只是玩玩而已。「薩博，我以前從來沒有這樣的感覺。我需要你見他一面，因為我覺得我和他之間應該會有後續進展，而且你喜歡他，這一點對我來說十分重要。」

「不過，妳會聽到非常誠實的評價，」他說道，「有心理準備嗎？」

「我覺得你會喜歡他，」我繼續說道，「就算不喜歡，只要給我裝一下就是了。」

他哈哈大笑，「有沒有什麼禁忌話題？比方說妳上次向我求婚、又或是妳在『接招』合唱團演唱會把內褲丟上去是什麼時候的事？」

我也笑了，「沒差，都沒關係。你想要說什麼都可以，我沒有任何想要向他隱瞞的秘密。」

「等一下，」薩博傾身，假裝發出乾嘔的聲音。「好，現在好多了。剛才講到哪啦？」

我哈哈大笑，「你知道嗎？你耍賤的時候真的是會讓人抓狂。」

「相信我，妳絕對不會想要看到我電爆他的樣子。」

「說真的，他個性很閒散，我不覺得你可以輕易惹毛他。」

這是亞當唯一的問題：閒散到不行，完全不會動氣。在他的世界裡，一切都平靜無波，完全在掌控之中，就像是看不到波浪的海洋一樣。我們前頭要是遇到龜速駕駛，他從來不發飆。東南區列車因為落葉阻塞軌道而誤點，他從來不會碎碎唸。他也不會怪罪社群媒體的亂象，有次我在哀嘆老同學的貼文，只要小孩打嗝放屁講話都一定要公諸於世，他是這樣問我的：「要是妳不喜歡那些東西，為什麼要看？」

這些時時刻刻激怒我的日常小事，他卻似乎完全無動於衷。也許他只是暫時躲在一旁不吭氣，小心翼翼避開我的爆氣區，最後才會露出他自己的脾氣。

但我一直希望他可以讓我看到更多的情緒。我想要了解他的喜怒哀樂，被觸動到敏感神經的時候也會出現明顯反應。

我好幾次拚命想要挑釁他，就算只是稍微出現些許微浪也好，但就是沒辦法讓他動氣，他似乎只要能夠輕鬆漫步就幸福無比，完全別無所求。也許我這樣說不公平，他可能就是天性如此，但我偶爾還是期盼他能夠挑戰我，就算只是針對《每日郵報》裡的某篇文章小吵一下也沒關係。爭辯的內容是什麼並不重要，只要是能夠讓我觀察他的內心世界就夠了。不過，無論我多麼努力，就算主動發問的人是我也一樣，最後聊天的主題總是會回到我身上。當然，我不能否認，有時候這種感覺還是挺新鮮的，因為我上次交往的對象會花一整個晚上的時間，拚命聊他沉迷不已的電玩遊戲。不過，亞當總是一直轉移話題，不禁讓我開始懷疑：我真的了解他嗎？

這就是我需要薩博的原因。他是那種可以洞察對方內心、剝開人性層層複雜外殼的人，通常只需要認識個幾分鐘，對方就會完全卸下心防，向他展露赤裸的靈魂。他曾經問過我媽媽，我爸是不是她唯一的男人，我立刻伸出雙手摀住耳朵，嘴巴哇啦啦個不停，但她卻大方承認自己曾經與某個美國人有過一段美好邂逅，就在她與爸爸交往之前的事。「哎呀，其實不算是你們年輕人現在講的那種邂逅，」她說道，「我們不是在玩幽會和偷偷摸摸上床那種把戲，而且我們兩個都沒有結婚，所以並不是如你想像的那種緋聞，純粹就是兩個彼此相當契合的人，曾經有過的一場美好邂逅。」

我嚇得下巴都要掉下來了。原來我媽媽除了生我和弟弟的那兩次做愛之外，居然還有其他的性經驗，而且是和我爸以外的其他男人？身為女兒，鮮少有機會發現這種過往的美麗時刻，等到知道的時候，都已經太遲了，什麼也問不了。不過，要是身邊有薩博這種朋友，就算在你完全無知無感的狀態下，所有的珍貴小秘密也都會逐一現形。

接下來的那個週末，亞當、薩博，還有我，三人在柯芬園的某間酒吧見面。我不想建議吃晚餐，以免大家出現勉強和彆扭的感覺，但我還是希望能夠好好吃頓晚餐作為收場。我們還沒喝完第一杯酒，薩博已經開始詢問亞當的家鄉。

「就在瑞丁的郊外，」他回道，「但我九歲的時候搬到七橡樹，你呢？」

亞當又使出老招。

但薩博才不會輕易就範，「我出生於劉易舍姆醫院，之後就在那裡長大。當然，不是在醫院裡度過童年，但其實我家距離醫院也才隔了兩條街而已，不是什麼高檔地帶。我兩年前常去七橡樹，當時的男友在那裡開了間設計顧問公司，那地方很漂亮。你怎麼會從瑞丁搬到那裡？」

亞當侷促不安，「呃，我爸死了。媽媽有朋友住在七橡樹，她帶著我和我弟弟，需要別人幫忙。我們已經不需要繼續住在瑞丁，我父親在微軟工作多年，但既然他過世了……」

「嗯，我爸也過世了，」薩博接口，「感覺很糟糕，你說是不是？」

亞當點頭，神情哀傷。

「所以你媽還是一個人？或者有認識新的對象？」薩博問完之後，又充滿歉意問道：「抱歉，你媽媽應該還在是吧？」

亞當點頭，「對，感謝老天。她依然住在七橡樹，而且還是一個人。」

「媽媽獨居，想必讓你覺得很難受吧？」薩博問道，「雖然你明明是小孩，而他們是成人父母，但你卻覺得自己照顧他們的責任反而比較沉重。」

亞當挑眉，點頭表示同意。我沒辦法一起討論這樣的話題，因為我父母都還健在，感謝老天。所以我自告奮勇，這一輪就由我去買酒。

「不，我來。」顯然亞當鬆了一口氣，終於有機會可以擺脫薩博的連珠砲探問。

「還是和先前的一樣？」

薩博和我點點頭。

亞當才一轉身，我就立刻開口問他：「所以……？」

「很好，」薩博說道，「非常好。」

「可是？」我知道他後面還有重點。

「我不知道，」聽到他這句話，我的心陡然一沉。「我覺得有哪裡怪怪的，可是我說不上來究竟是什麼。」

那天晚上，我們做完愛之後，躺在一起，以指尖互相撫摸對方的身體，我又提起了他父母的話題。

我問道：「你覺得你媽媽會喜歡我嗎？」

他翻身側躺，以手肘撐住身體。雖然我們關了燈，但窗簾大敞，月光皎潔，我可以看到他的剪影貼近我，臉頰也感受到他的吐納。「當然啊，她會覺得妳完美無瑕。」

他講出這句話，不禁讓我注意到他措辭的別具用意：他使用的是「她會覺得」，而不是「她一定會」，這兩者之間有巨大差異——其中一個是假設句，而另外一個是斬釘截鐵，顯然有弦外之意。

「所以，我是可以上床的對象，但還不夠好，不能見你母親？」

「妳兩項資格都充分符合，」他哈哈大笑，「我們慢慢來，不要有壓力，不要給對方任何承諾。」

我忍住哽咽，背對著他。不要有壓力，不要給對方任何承諾？這什麼意思？為什麼我覺得這事如此重要？我交往過的男人，兩隻手就可以算完了，每一個對我來說都有特殊意義，只有一個除外，某個朋友二十一歲生日時認識的一夜情對象，毫無特色可言。

我以往也曾經浸浴在愛河裡，享受愛慾，但我卻不記得有這麼安全的感受，這就是亞當給我的體驗，他讓我覺得他是個完人，每一項條件都符合，這是我長大成人之後、第一次覺得自己變得完整，彷彿所有的拼圖小塊都卡定就位。

「好……」一想到自己有這種渴望，就覺得好煩心。就算是讓他看到我媽媽一半血緣姑婆的孫子，我也會開心雀躍，顯然他並沒有相同的期盼，不禁讓我覺得好受傷。

3

有人在大按喇叭。

琵琶探出窗外，偷偷抽菸，對著屋內大喊：「妳男友來了，現正坐在他的豪華轎車裡面。」

「噓，」我立刻堵她，「他會聽到妳講的話。」

「我們距離他有四層樓高，而且街上有一半的鄰居都聽到他的聲音了，我哪需要擔心啊。」

我從同一扇窗戶擠出去，對他揮揮手，他也短按了兩下喇叭回禮。我們隔壁的鄰居比爾正在洗車，立刻抬頭望著我們。「比爾，沒事，」琵琶往下大吼，「那是艾蜜莉的男友。」

比爾聳肩，又繼續忙手邊的工作。他是大家夢寐以求的好鄰居：只要有需要，他會隨時保持警戒，但要是沒那個必要，他就會視而不見。

琵琶和我並不是這社區的主流類型：此地多半是年輕夫妻，平均子女人數是二點五個。他們都宣稱自己深愛李區，這塊夾在劉易舍姆與布萊克希斯之間、充滿多元性的中間地帶，但其實我們與他們都心知肚明，他們只是在苦等機會、期盼有一天能夠一躍成為布萊克希斯的一部分。大家都很嚮往東南三區，那裡有奇特的鄉村氛圍，還有開闊的公共空間。

據說十七世紀時的瘟疫死難者遺體都埋在那裡，所以才會出現後來這種地名，布萊克希斯❹，但這一點並不會構成眾人的心理障礙，夏日夜晚興之所至，立刻就來場烤肉派對。琵琶與我多次假裝是當地居民、帶著從加油站匆匆買來的拋棄式鋁箔盤，與大家一起眾樂樂。我們到達的時間總是太晚，總是被那些酒吧先一步搶得好位，因為我們確定天氣沒問題的時候，已經過了下午四點，而且森寶利超市的烤肉區貨品早就被橫掃一空。

琵琶大讚，「哇，妳看起來好正。」

我伸手撫平緊身連衣裙前方的皺痕，但其實明明一片平整。「真的嗎？」剛才我花了將近一小時的時間挑選到底要穿什麼，該走漂亮上衣搭白色牛仔褲的休閒風格？還是比較正式的俐落剪裁洋裝？我不希望別人發現我用心裝扮的痕跡，但要是不好好下足功夫，恐怕會更糟糕，所以這件海軍藍洋裝自然勝出。

腰部有抓褶線，裙身延著屁股伸展而開，裙長正好在膝蓋下方。此外，還露出了一點小小的乳溝，布料也完美襯托我的胸型，就像我媽媽說的一樣：「這件洋裝把一切都包裹得完美至極。」

琵琶問我：「緊張嗎？」

「其實還好。」我撒謊。其實，我額外花了一個鐘頭吹整頭髮，本來盤起，然後又放下來，最後還是盤了上去。但她不需要知道這些細節。最近我的頭髮比較長，垂下的長度過肩，原本的髮色是紅褐色，我還提前做了挑染，讓它看起來更輕盈活潑。我最後決定盤髮，但刻意在兩側臉頰留下兩三撮捲翹髮絲，能夠讓我的臉部線條看起來柔和一點。兩天前弄好的法式指甲依然光潔美麗，臉上化的是自然淡妝。我想要呈現的就是不做作的高雅風範——畢竟，我只是見男友的母親而已——不過，話說回來，就算是參加好友婚禮，我也沒這麼大費周章。

❹ 意即黑死病荒原。

「祝妳好運，」我走到大門口的時候，她對我大喊。「她一定會超愛妳。」

真希望我也能夠分到一點她的自信。

我手裡拿著花，在人行道上前進，宛若走台步一樣，發現亞當正盯著我，他對我說道：「哇，妳好美啊！」我進入車內後，給了他一個吻，這個吻持續的時間比我們預期的還要久，我一直在亂揮雙手打他，因為他弄糊了我的唇膏。

「對，妳可能得要重新補一下，」他邊抹嘴巴邊微笑，「你也有多帶的絲襪吧？」他的手開始在我大腿間游移，「搞不好我等一下會撕破。」

我抬頭望著比爾，他正在為自己的車頂打蠟，我開玩笑撥開亞當的手。「可以住手了嗎？那個可憐男人曾經心臟病發作，我可不想害他再來一次。」

他哈哈大笑，「這可能是他多年來看過最精采的動作片。」

我發出不耐嘖聲，小心翼翼把花束放在後座。他微笑問道：「想要討好某人吧？」

「靠，哈哈哈。」

「妳還好吧？」他伸手過來，緊握我的手。

「有一點不安，」我老實回答，「以前也只見過一個男友的媽媽而已。」

他放聲大笑，「所以，看來結果不是很好嘛，不然妳怎麼現在會和我在一起。」

我開玩笑戳了他一下，「這非同小可。要是她不喜歡我，我就完蛋了，搞不好你就根本不肯送我回來。」

「她會喜歡妳的……」他舉起手來，想要撫弄我的頭髮。

我趕緊伸手攔住他，「想都別想。你知道要把頭髮盤成這樣得花多久時間嗎？」

他大笑，「拜託，妳跟我約會的時候也沒有這麼認真打扮啊。也許我應該要多讓妳和我媽見面才是。」

「反正我已經不需要討好你了，」我回他，「現在你已經在我的掌控之中，我要你往東，你絕對不敢往西。現在我要施咒的對象是你媽媽，要是我能夠把她拉到我這一邊，我就可以統治全世界了。」說完之後，我發出邪惡竊笑。

「我告訴她，妳就是個普通人而已，所以妳最好開始裝得像一點。」

「你跟她說我是普通人？」我尖叫，假裝在抗議。「這種話在暗示我是無趣的人，對不對？你就不能稍微美化一下嗎？」我看到他已經忍不住大笑，「你還說了我什麼？」

他思索了一會兒，「妳風趣又聰明，而且會做出難吃的英式早餐。」

「亞當！」我發出哀號，「就這樣？我對你的功能只有如此？幫你煮香腸的人？」

我們兩個都哈哈大笑。「說真的，你覺得她會喜歡我嗎？」

「說真的，我覺得她會愛死妳，妳的一切都討人喜歡。」

如果這是他表達他愛我的方式，那我就接受了。不是很完美，但依然受用。他還沒有正式說出那句話，但我們在一起也還不到兩個月，所以我選擇觀察他的一舉一動，比方說，會在午休時帶著三明治來我的辦公室，讓我可以坐在裡面用餐。或者，在我感冒的時候，跑來我家，和我一起窩在床上，全身都是我的噴嚏與鼻水。這些事絕對比那愚蠢的三個字更寶貴吧？畢竟任何人都可以隨隨便便說出口。不過，我的人生哲學是行動發出的聲音更宏亮，在他說出永恆不渝的「我愛妳」之前，我都會對此堅信不疑，至於他說出口之後，任何行動就一點也不重要了。

我們走A21號公路，沿途都在聽「如意廣播電台」，他說，因為這是他媽媽最喜歡的廣播電台，可以讓我調整到合適的心情。其實，要與他母親見面，我可以利用其他方式預做心理準備，而不是讓自己的腦袋裡迴盪著她最喜歡的歌曲。

我問道：「好，那她喜歡些什麼呢？」

他思索了一會兒，手機不斷搓揉下巴的短鬚。「我覺得她就和一般的媽媽沒什麼兩樣。家庭主婦，喜歡當和事佬，超級疼愛保護自己的小孩，真希望我能夠以同等忠誠的愛回報她。我從來沒有聽過別人說她壞話，她是個好人。」

如果說我已經感受到必須要讓她喜歡我的壓力，他的這番話讓我覺得更加沉重。萬一我不喜歡她的話，天，千萬不要，因為我知道這樣就會只剩下我一人孤軍奮戰。為了雙方著想，我一定要贏得她的歡心。

幸好現在廣播電台播出了威爾．史密斯的〈夏日時光〉，我們兩個人都跟著哼唱，一字接著一字對得準確，不過，到了這一句的時候，我們卻唱出不一樣的歌詞。「不是『燒烤』（grill），」他哈哈大笑，「明明是『女孩』（girl）！」

「拜託，別搞笑了，」我開始損他，「女孩？女孩的氣味會點燃鄉愁？他們明明在烤肉，又不是一邊在烤滋滋作響的香腸，一邊又大肆討論某名路過女孩的香水味，對吧？」

他看著我，彷彿覺得我瘋了。「什麼樣的燒烤氣味會點燃鄉愁？」

「真不敢相信我們會有這樣的對話內容，大家都知道那是燒烤。」

「到了媽媽家的時候，我們再用Google查歌詞。」

我喜歡他說出「媽媽家」的那種方式，而不是什麼「我媽家」，這讓我覺得更有參與感。「這個『如意廣播電台』果然給了我很大的啟發，」我說道，「我萬萬沒想到你媽是《大威利風格》專輯的粉絲，誰會猜到呢？」

他臉色一變，車內的氣氛瞬間降到冰點。「妳剛才講的是我母親，」他冷冷說道，「我覺得這樣不是很恰當吧？」

我哈哈大笑，以為他在跟我鬧著玩。不過，我卻發現他原本柔和的五官變得扭曲，我剛才應該要注意到他不是在開玩笑。

「妳這樣很失禮。」

我忍笑，「天啊，我只是——」

「妳只是怎樣？」他厲聲打斷我，然後又打了方向燈，把車開到了慢車道，我胸口一陣抽痛，心中開始想像接下來那幾分鐘的場景。他會在下一個出口回頭，把我丟在我家外頭的人行道，然後自己揚長而去。一開始只是在開玩笑，怎麼會把他惹毛成這樣？在這麼短的一段時間當中，怎麼會搞到如此難堪？

他雙手緊握方向盤，指關節已經泛白，我伸手過去，輕輕蓋住他的手，主動求和。「對不起。」但我真的不知道我為什麼要道歉。

「妳到底想不想去？」他的聲調轉趨柔和，「因為要是妳還沒準備好，我們大可以取消就是了……」

他的語氣宛若把我當成了參與某種測試的主角，搞不好真的是這樣。

我柔聲回他，「抱歉。」我不希望自己的語氣聽起來過於退讓，但我嚇壞了，實在無法堅持下去。

他轉換廣播頻道，改聽調頻「熱吻」電台，在接下來的路程當中，我們都沒說話。

4

「我老是提醒自己，絕對不能當那種會做出這種事的媽媽，不過，還是讓我給妳看一下這本吧。」

亞當發出哀號，因為他母親正在翻閱大腿上那本紅褐色真皮的大型相簿。

「喂，不要再唉唉叫了，」她斥責亞當，「你小時候最可愛了。」

她拍了拍自己身旁的沙發靠墊，我乖乖坐了下來。

「妳看這張，」她指著某張照片，「亞當與詹姆斯待在我們的花園，那時候我們還住在瑞丁。他們兩個相差了十三個月，但根本分不出誰是誰，妳說是吧？所有的鄰居都說他們擁有快樂臉龐，而且，從來不會聽到他們哭鬧，真的是好棒的小孩。」

我抬頭望著亞當，他不停碎碎唸，雙手插在口袋裡，晃到了角落的書櫃前面。裡面擺放了二十多本相簿，讓整個書櫃變得格外醒目，他側著頭，盯著那些相簿的書脊，每一本都有詳細的年分註記。

「能留下這麼多照片真是太好了，」我讚道，「可以真正好好觀賞的回憶。」

「親愛的，妳說的一點都沒錯。現在已經沒有人會把照片沖洗出來了，對不對？大家只是用手機拍下來，很可能就再也不會多看一眼，太可惜了，我們就是應該要以這種方式讓大家欣賞照片。」她隔著塑膠保護膜、撫摸四歲亞當的燦笑照片，他神情驕傲，手裡抱著一條魚，雖然只是個小小孩，還是把牠高舉空中，而他後頭還有一個男人笑得很開心。

我怯生生問道：「那位是亞當的父親嗎？」

亞當剛才已經為他的嚴厲態度道歉，但我依然覺得惴惴不安，我從來沒有看過他的那一面。我不知道詢問他父親的事，是否也屬於「不當行為」？不過，他並沒有轉頭看我，依然待在原處，動也不動。

他母親沉默了一會兒才回道：「對，」然後，她開始哽咽。「我的吉姆，他是大好人，是我們整個社區真正的支柱，無論我們到哪裡，大家都會說『帕咪和吉姆來了』，我們是完美夫妻。」她的胸脯開始劇烈起伏，馬上從開襟羊毛衫的袖口裡抽出了手帕。「親愛的，對不起，」她一邊擤鼻子，一邊向我道歉。「過了這麼多年，我還是會感傷。我真是不中用，但就是忍不住。」

我伸手過去，輕輕捏了一下。「沒關係。妳這段日子一定過得辛苦，我根本無法想像。妳丈夫當時也很年輕吧？」

「媽，別這樣，沒事了，」亞當輕聲細語，他走過來，跪在她面前，她立刻甩開我的手，雙手托住亞當的臉，以指尖撫摸他蓄了兩週的短鬚。她的淚水滾落而下，他輕輕擦去她的淚水。「沒事了，媽，沒事了。」

「我知道，我知道，」她挺直身體，彷彿這樣的姿勢可以賜予她更多的力量。「我不知道自己為什麼還會這個樣子。」

我搭腔，又把她剛才甩開、留在她膝上的那隻手抽回來。「這是人之常情。」

我把一綹鬆散的捲髮塞到耳後，望著帕咪，心中湧起一股強烈的罪惡感。過去三天，我幾乎都在構思今天的這場活動：我要穿什麼、要給別人留下什麼印象、應該要做出什麼樣的舉措、說出什麼樣的話，我真是自私。眼前的這位女子，無論把自己打理得多麼優雅，卻無法掩飾多年來那種讓雙肩為之陷落的沉重傷痛。貼住臉頰與頸項的羽毛剪，露出整齊分布的縷縷灰絲，這種只有在高級髮廊才能夠剪出的時髦髮型也無法掩飾她的痛苦；當她咬住下唇、凝望著我的時候，光潔肌膚在憂傷空洞雙眼四周所出現的深紋，也同樣無法隱藏傷懷。在多年之前，還是新手父母的那個階段，她痛失親愛丈夫，依然可以在她臉上看到當初驚嚇與悲痛的蝕痕。一對璧人準備要展開人生中充滿期待的新篇章，不過，她後來卻成了寡婦，留下她一人照顧兩名稚子。我的模樣、我應該要穿什麼，原本看似重要的事項，如今卻顯得格外微不足道，亞當先前的刺耳話語亦然。這裡有更要緊的大事，而我如果想要成為其中的一分子，我必須要放聰明點，提醒自己什麼是重點，什麼不是。

「你臉上多了這東西，我想我們得感謝這個可愛女孩吧？」她露出敷衍微笑，依然在搓揉亞當的鬍鬚。

我雙手一攤，假裝滿心懊悔。「我認罪，」我乖乖招供，「我很喜歡，我覺得超適合他。」

「哦，的確，一點都沒錯，」她尖聲說道，「讓你看起來更帥了。」她把他拉到身邊，依偎在他肩頭。「我的帥兒子，你永遠是我的帥兒子。」

亞當渾身不自在，移開她身旁，他滿臉通紅看著我。「是不是要準備吃午餐了？有沒有什麼我們可以幫忙的地方？」

帕咪的抽泣慢慢歇止，她拉了拉開襟羊毛衫的袖口，順了一下格紋裙。

「完全不需要，」她揮動食指，「我一早就已經全準備好了。亞當，也許你可以幫我把菜從廚房拿出來？」

我正打算從沙發起身，她卻很堅持。「不要，不需要，妳坐在這就好。」

她小心翼翼把相簿放在我旁邊的靠墊，跟著亞當進入邊間。「我們馬上回來。」

帕咪或是亞當不在身邊，我就不想繼續翻照片了——我覺得這種舉動多少侵犯了隱私——不過，我的目光依然落在打開的那一頁。右上方是亞當和另一名女子的照片，他伸出雙臂緊緊摟住她，輕輕吻她的臉頰。我拿起相簿仔細看，我的心也震了一下。相機偷偷拍下這對愛侶的那一刻，他們幸福滿溢。那不是刻意擺出來的姿勢或是安排的照片，純粹就是膠卷捕捉到的某個自然時刻，他們根本沒注意到一旁正在窺伺的鏡頭。我胸口一陣緊痛，趕緊力圖振作，擊退了那股宛若老虎鉗、要把我的心從喉嚨夾出的巨大捏力。

我知道他在我之前已經交過了女友——這是當然的——但卻無法阻止我心中蠢蠢欲動的不安全感。他看起來輕鬆自在，心情和悅，我一直以為他和我在一起的時候很開心，但這是我從來沒有看過、完全截然不同的表情。當時他頭髮比較長，臉型也比較豐潤，但重點是他似乎無憂無慮，可以笑看人生。那女孩也同樣自在恬然，柔軟的棕色捲髮落在臉龐兩側，亞當的強壯手臂緊擁著她，她的目光也同樣笑盈盈。

我忍不住自問，要是有人對我們拍下類似的照片，我們會是什麼模樣？我們的臉龐會透露出相同的狂縱？大家都可以看出我們對彼此的深情？

我暗罵自己，居然起了疑心，而且還開始小小吃醋。要是他們真的那麼幸福，也不會分手吧？現在一定還在交往中，而我們的人生也永遠不可能發生交會。

「這就是人生，」當我們交往進入第三個禮拜的時候，我詢問亞當為什麼會與上一個女友分手，他是這麼回答我的。「有些事就這麼發生了，令人完全猜不透。就算想要找出合理成因，也未必能有答案，人生就是如此。」

「你的語氣聽起來像是你並不想分，」我當時還繼續追問下去，「是她甩了你？偷偷交了其他男友？」

「沒有，不是那樣，」他回道，「不要再提那件事了，過去的都過去了，現在不一樣了。」他伸出雙臂抱住我，把我摟入他的懷中。力道好緊，彷彿永遠不想放我走，他嗅聞我的髮絲，親吻我的頭頂。我抬頭望著他，細細凝望他的五官：淡褐色的眼珠，夾雜著綠色微斑，在博羅高街街燈的照耀之下，斑痕晶亮閃動，還有那被我稱之鑿刻出來的下巴，這說法曾經引來他哈哈大笑。「妳把我形容得像是在工具箱裡的某個物品。」他托住我的臉，吻我，一開始溫柔，然後越來越深切，彷彿這樣的舉動就能阻止我們之間的一切橫逆，永永遠遠。

那天晚上，我們的做愛過程感覺變得截然不同。他牽著我的手，爬上他位於市場樓上的住家樓梯。通常我們到達玄關的時候，身上都只剩下兩件衣物而已。不過，那一個夜晚，我們卻等到進入臥室之後，他才慢慢脫去我的衣服。我伸手準備關掉他床邊桌的燈，迫不及待想要把我自己不喜歡的身體部分隱藏在黑暗之中，但他卻抓住我的手。「不要關燈，我想要看妳。」

不過，我的手卻懸在半空中，我充滿了不安，但卻也有一股渴望，想要乖乖聽從他的指示。

「妳美呆了，」他對我低語，大拇指撫擦我的嘴唇。他一面親吻我的頸項，手指也開始在我的裸背往下移動，如羽毛般的觸感，讓我全身一陣悸動。我們做愛的時候，他的目光一直緊盯著我不放，穿入我的內心，尋索裡面隱藏的秘密。

他帶給我某種從來不曾有過的體驗，到底是什麼，我無法解釋清楚，但我覺得自己與他有某種深厚的連結，那是一種不言而喻的承諾，我們所擁有的一切。

現在，我望著眼前的這張照片，心想不知她是不是那晚他避而不談的前女友？他是那個主動切斷彼此連結的人？當時是他選擇斬斷一切？

帕咪與亞當回到了客廳，他低著頭，穿越了樑門。

「來嘍，」帕咪把餐盤放在窗前的餐桌上，「這會把妳養得胖嘟嘟的。」

我闔上相簿，準備起身，但最後正好瞄到相片下方的那一行字：親愛的蘿貝卡——天天都在想念妳。

5

「靠，妳在跟我開玩笑吧？」琵琶口沫橫飛，講話的當下正好把一片披薩塞入嘴巴。

我搖頭。

「妳確定他們以前是一對嗎？我是說，正式交往的情侶？會不會只是好朋友？搞不好他們只是某個小團體當中的好麻吉。」

我又搖頭，「我想不是，看來兩人十分投契，就是男女朋友的那種樣子。」

琵琶停止咀嚼動作，一綹粉紅色的的瀏海蓋住了她的左眼。「她搞不好還沒死。」

「一定是。不然要怎麼解釋『天天都在想念妳』？對一個住在家附近，而且活得好好的人，怎麼會寫出那種話？」

「所以那些話是他媽媽……帕咪寫的？」

我點頭。

「也許她真的很喜歡她，他們分手的時候讓她很傷心，真的十分想念她？」琵琶也知道自己在瞎猜。

我聳肩。要是能知道真相的話，我不免私心盼望那女子是真的已經死了，而不是一個讓帕咪「想念」不已的人，居然得要在某張照片下方寫出那樣的期盼，鐵定是掛心不忘。

琵琶問道：「亞當開車送妳回來的時候，妳為什麼不問呢？」

「我不想要擾亂他的心情，」我回道，「開車過去的路途中，我們有一段奇怪的對話，看來他十分保護他母親，所以我必須要小心處理。」

「但妳又不是問他媽的事，而是詢問他是否有個已經過世的女友而已。小艾，這件事很重要。如果真的是這樣的話，妳應該要想到，怎麼之前他都沒有提過這件事呢？妳說是不是？」最後那個反問句的語氣，她十分溫柔，彷彿想要降低前面那句話的衝擊力。

我不知道該怎麼思考這件事。每當我想要解答這個疑問的時候，就必須提醒我自己，我們在一起也不過才兩個多月而已。但感覺卻比真正的時間還要長久，因為我們立刻天雷勾動地火，但怎麼可能在八個禮拜的時間裡，對某人說出這二、三十年來的大小事？當然，我們有略略提到前任男女朋友的事，但我們只是點到就好，不希望太沉重，步調太快。只要我們一提到過往，我們都會小心翼翼，盡量讓話題保持輕鬆。死掉的女友絕對不適合我們現在的對話氛圍，而我的前男友湯姆也不能拿來聊天。不過，要是說起我與葛拉漢或是傑爾斯——不管那傢伙到底叫什麼鳥名字——之間的那段小小脫序一夜情，我倒是很樂意分享。

「嚇死人了！」當時我與亞當在柯芬園的星期五餐廳對坐，共享同一份巧克力棉花糖杏仁聖代，他聽了之後，哈哈大笑。「妳和某個男人上床，卻連他叫什麼名字都不知道？」

我當時吐槽他，「哦，難道你就沒遇過這種事？」

「一夜情當然是有，但我一定會先問她的名字，而且我現在依然記得。」

「好啦，你比別人高尚，那她叫什麼名字？」

他想了好一會兒，一臉驕傲，大聲說出來：「蘇菲亞。」

看到他得意洋洋的姿態，我開始奚落他。

「然後之後還有露易莎、伊莎貝爾、娜塔莉、菲比……」

我拿吸管吸住一小塊棉花糖，立刻朝他丟過去。

「好，接下來妳打算怎麼辦？」琵琶把我拉回到現實之中，「妳打算要搞清楚呢？還是就晾在那裡不管了？」

「小琵，我真的很喜歡他，除了這一點之外，一切都很好。我從來沒有這樣的感覺，我也不希望毀了它。這只是美好未來之中微不足道的小事罷了，我相信最後一定會弄清楚的。」

她點頭同意，又伸手撫摸我的手，為我打氣。

「所以，他媽媽是什麼樣的人？妳覺得她喜歡妳嗎？」

「哦，就是那種好到不行的媽媽，費心張羅一切歡迎我。先前我一直抱持著可怕想法，尤其是前往他家的路上出了那起事件之後，擔心他早就帶過一堆女孩回家。不過，就在我們要離開的時候，她把我拉到一旁說話。『他已經好久好久沒帶過女朋友回來了……』」

「好，這一點大大加分，」琵琶一臉冷靜客觀，想要讓我脫離那種被男友的前女友搞得心頭亂糟糟的情緒。「他媽媽喜歡妳。大家都是這麼說的，想要攻下男人的心，就得從他的媽媽下手。」

「我怎麼記得是他的胃？」我哈哈大笑。

「哦，那也是啦，但我們都知道關鍵其實是他的老二！」

這句話害我被酒嗆到，她自己也笑倒在沙發上。

只要有琵琶在，絕對不會有冷場。我們是在某間鞋店一起工作的時候認識的，遇到奧客的時候，她總是有辦法硬是衝撞回去。就是這一點特質，讓我深深被她吸引。我們當時的老闆艾琳並不是很欣賞琵琶的臭脾氣，觸發危機也只是時間遲早的問題而已。

「那靴子應該是沒有四十號，」她聽到琵琶對某個奧客這麼說，「但是這個芭蕾厚底鞋有三十四號，妳覺得可以嗎？」

我當時已經被對方逼哭了，淚水撲簌簌落下，必須在客人面前編藉口離開，衝入儲藏室。琵琶迅速跟了進來，而艾琳也火速尾隨。

「面對客戶的時候，必須要顯現一定程度的專業，」她伸出食指在晃動，「妳們兩個今天都超越了底線，我要和我的上司好好討論一下。」

「吼，艾琳，少來了，」琵琶的語氣像是在哼歌，「妳的意思就是妳自……」

我無法呼吸，臉色漲紅，膀胱已經在脹破邊緣，我看著和我一樣是深色捲髮的艾琳，她怒氣沖沖盯著琵琶。「妳自以為很好笑是吧……」

「妳有沒有想過自己當員工……？」琵琶客氣問完之後，隨即走了出去，我也只比她多做了一個禮拜而已，但在我被解雇之前，我早就有了心理準備，之後我們就開始打官司。我也希望自己能夠擁有琵琶的的膽量，但我就是不像她那麼勇敢暴衝。我總覺得自己需要參考別人的模式才能決定自己的去向，但琵琶才不鳥這些，她真是了不起，她是對的。應徵每一間酒吧都上了，而且還在開放大學修習保健課程學位。

我們如此不同，但又有許多共通點。我想不出有什麼比晚上出去工作更慘的事了，而且，就算是打死我，我也不想回學校念書，但這樣的搭配反而完美至極。我從週一工作到週六，禮拜三休息，而她每天晚上都在柯芬園的「All Bar One」工作，白天念書。我們從來不會黏著對方，所以星期天一起出門，看看這禮拜發生了哪些新鮮事，感覺總是很愉快。我還是老習慣不改，需要別人下指導棋，而對於琵琶來說，生活中的多數磨難，似乎就像是鴨子划水一樣輕鬆不留痕。她比我過得更自在逍遙，突然就甩掉男人，而且從來不對社會規制俯首就範。我很想效法她的放任，而不是被必須那種過度分析狀況的壓力壓得喘不過氣來。不過，我偶爾也會放下防備，心情出現鬆懈，也許這就是我一直沒有崩潰的原因。這一股向琵琶學習的欲望，也曾經讓我徹底脫序，就在貝絲二十一歲生日的時候——我和葛蘭特或是葛瑞發生了一夜情——反正我記得他的名字是G開頭。

「妳為什麼不阻止我？」第二天，當我們躺在我的床上一起看NETFLIX的時候，我發出哀號，我想起他抱住我，我的大腿夾住他的腰、他把我帶到外頭的場景。「一定很明顯，大家都看到了。」

「所以這樣才爽啊，」她當時是這麼回我的，「妳總算開葷了，這是妳第一次完全不鳥任何人。妳愛幹嘛就幹嘛，根本不在意別人的想法。」

就是這樣才完蛋了。

「我不要再出門了。」我發出哀號，雙手摀住了臉，當下的我其實是真的鐵了心。

6

我雖然累得半死，但蘿貝卡依然在我腦中糾結不去。我想要知道她是誰，他們之間到底發生了什麼事。不過，我不知道一開口之後會引來什麼麻煩，所以一直覺得要保守為上。我們去了亞當媽媽家之後的那兩個禮拜，亞當似乎變得不太一樣，所以我依然不敢提問「天天都在想念妳」的大謎團，只能期盼我們會無意間聊起這話題。

當亞當與我在我的公寓裡裝飾聖誕樹的時候，第一次的機會終於來了。他擔心自己搶走了琵琶的工作，但其實她對於這種瑣碎的雜事完全沒有耐心。這三年來都是我自己搞定，而她幾乎就是在旁邊當觀眾，一直在玩遊戲，把麥提莎巧克力拋到空中、以口接球。不過，她是知道要感恩的人，總是會買一瓶蛋黃酒回報我的努力。這已經成了近似傳統的某種規矩，但她為什麼會這麼做呢？其實我們兩個都說不出答案。

去年聖誕節的時候，我是這麼告訴她的：「我們一整年都不喝這東西，一定有什麼重要原因吧。」當時我們已經撐得跟雪人一樣，兩人都懶得碰剩下的雞尾酒櫻桃。

「我知道，」她也同意我的說法，「可是它就是會出現在超市聖誕節的櫃架上，充滿樂觀期盼，向來來往往的顧客發出乞求：『拜託買我吧，我只會短暫現身哦，你知道你要是不趕快買的話，等一下就會後悔了。』」

我哈哈大笑，配合她一起搞笑。「『而且，萬一有人在耶誕佳節突然來訪，開口就是要喝蛋酒呢？要是你不趕快買下我的話，你到時候該怎麼辦？』」

這是一個歷史悠久的傳統，然而我們從來沒有任何客人開口要喝蛋黃酒加檸檬汁。就連我小時候鄰居來拜訪我父母的時候也沒有，將近這三十年來都沒有，從來沒有。

不過，對我來說，只有它最能撩動我的聖誕節情懷，我在櫥櫃後面把它找出來，大口喝下瓶中的黃色凝結液體。

「想不想來一點啊？」我開口詢問亞當——嗯，應該說是對著他屁股在講話吧，他幾乎全身都埋在聖誕樹下方——正忙著整理延長線。

「這應該是去年的吧？」他從樹枝間起身，抬起頭來看著我。

我點點頭，一臉歉然。「就是喝不完呀。」

「我不用，謝了，」他露出賊笑，「好，妳看看覺得如何？」

我們往後退，欣賞我們的傑作。他開口說道：「我們必須先測試一下燈，之後才能掛上去。」

奇蹟發生了，這麼多年以來，居然一試就成功。我們往後一倒，癱躺在沙發上，鬆了一口氣，得意洋洋。

我盤腿，轉身看著他，他咧嘴大笑，與前兩個禮拜的嚴肅臉孔相比，根本是天壤之別。只要我發現他好安靜，開口關切他的時候，得到的回應永遠是「我很好」。

我盯著酒杯裡成分不明的凝結物，開口問道：「工作還好嗎？」

「好多了，」他嘆氣，「這個禮拜，我終於有機會稍微喘口氣。」

所以，這一陣子都是工作佔據了他的心頭，我腦海中一直拚命打轉的「萬一」的那些假設句，如今都沉寂了下來。萬一他不想和我在一起了呢？萬一他認識了別人？萬一他正在想該怎麼對我說出口？我慢慢吐氣，既然知道他心情低迷的原因是他的工作，那麼我們就可以討論那個問題了。

我問道：「怎麼了？是什麼把你壓得喘不過氣來？」

他鼓起雙頰，「我負責的客戶業務量變得越來越龐大，超出了大家的預期。我本來打算既然自己負責，就一定要想辦法搞定，但後來遇到了問題。」

我皺眉問道：「是什麼事？」

「只是電腦資訊的一般性問題，其實我可以處理，但需要的時程遠遠超過了我們的預期。」

「哦，後來呢？」

「那些大頭們終於意識到有狀況，找人過來支援。果然成效大不相同，感謝老天。」

「太好了，」我說道，「跟他處得還好吧？」

「其實，是女人，」我聽到極為短暫的一陣沉默，「對，其實她還滿稱職的。」

同一句話裡用了兩次「其實」？但他平常口才明明不錯。我硬是擠出笑容，保持同一表情，牽拉的肌肉動也沒動一下。

「酷，」我盡量裝出隨性語氣，「她叫什麼名字？」

「她叫蘿貝卡。」他語氣平鋪直敘，聽不出有任何情緒。我等他繼續說下去，可是，他還能講什麼呢？但話又說回來，為什麼我依然覺得他的沉默態度其實有弦外之音？

「真好玩。」我也不知道該說什麼了。

「什麼？」他語露警覺，似乎已經知道我接下來要說什麼，但要不要現在攤牌，其實我沒把握。

「就她的名字叫蘿貝卡呀。」

他轉頭看著我。

「我想不是你的蘿貝卡吧？」我發出輕笑，想要減緩提問的衝擊力道。

他望著我好一會兒，眉頭糾結，然後，緩緩搖頭，別開了目光。

我不知道自己到底比較想知道的是同事蘿貝卡？抑或是「他的」蘿貝卡？很難決定究竟哪一個問題比較嚴重。

「但那種狀況很怪吧，是不是？」我繼續說道，「前女友出現在工作場所，你有什麼感覺？」

他以大拇指與食指搓揉雙眼，「這是不可能的事。」

「所以，這個蘿貝卡到底是怎樣的人？」我決定先處理眼前的威脅，「想必她幫了你大忙。」

「對，她很強，很清楚自己的工作內容，所以我也省事，不需要去逐一檢查她交出的成果。看來她在這公司已經待了一段時間，但我不知道他們先前把她藏在哪個部門。」

也就是說，要是他們沒有把她藏起來的話，他就會注意到她嘍？我不想知道她的工作表現有多麼傑出，我只想知道她的三圍與髮色。我知道自己腦袋裡兜轉的那些問題要是真的被聽見的話，一定會讓自己像是個偏執狂女友。但我不就是這樣的人嗎？當初不都是湯姆害我變成這種性格？反正我就是忍不住。

「所以她很性感嘍？」聽到我的疑問，他緊皺眉頭，彷彿想要找出最圓滑的答案。要是他太快說出「沒有」，那我當然知道他在說謊，而要是他敢說出「對」這樣的話，他一定是瘋了，我們兩個都很清楚，他根本成不了贏家。

「我想還可以吧。」他好不容易鼓起勇氣擠出這句話，就他的選擇來說，這已經是最好的答案。

我問道：「你的前女友蘿貝卡也在倫敦工作嗎？」

他挺直身體，遲疑了一會兒。「沒有。」

我最多只能問到這地步嗎？

「所以，她不是你的同行？你們不是因為工作認識的？」

他語氣嚴厲，「我不記得我提過蘿貝卡。」

一股熱氣從我的腳趾尖冒了上來，我全身燥熱，但他並沒有發現異狀。我把他那種「我們別談這個」的抗拒態度，與那張他與我覺得應該就是蘿貝卡的情侶合照聯想在一起，然後，開始胡思亂想，現在我真想要把我那些充滿不安全感的愚蠢話語給吞回去。

「到底是怎麼回事？」他面向我，神色甚是嚴肅。

我挨到他身邊，抬起他的手臂、環抱住我，然後我自己把頭靠在他的大腿上面。這是移轉策略，可以讓我的雙頰有時間冷卻下來。

「我只是覺得，你還有許多生活過往我並不知曉，」我說道，「我純粹就是想要知道該知道的一切罷了。」我發出輕笑，將他放在我腹部上的手舉起來，放到了我的唇間。

我等待他做出回應，我的心噗通噗通跳得好快。我是不是太急了？他會不會立刻起身走人？

每一秒的感覺都像一小時那麼漫長，我的臉頰緊貼他大腿的搏動，猜測他到底接下來會怎麼辦。

他終於開口，「妳想要知道什麼？」

我的氣憋了好久，終於暢快吐了出來。「全部都要知道！」

他哈哈大笑，「聽妳這麼說，我想意思是指我的戀愛史吧？女孩子只是想要知道這個？」

我聳肩，皺起鼻頭。「呃，大家不是都知道女生就這樣嗎？」

他低頭看著我，我看到他的眼瞳裡出現聖誕樹彩燈的映光，他在微笑，我的下腹部也開始不安翻攪。「好，妳先說，」他問道，「妳最特殊的做愛地點在哪裡？」

我差點岔氣，立刻坐起身子。「這很簡單……我曾經在板球場發生過一夜情，但你早就知道這件事了。」

他開始逗我，「再跟我講一次……慢慢來。」

我拿起靠墊砸他頭，但卻被他在空中一把抓下來。

他問道：「好啦，所以妳有沒有愛上過別人？」

我回他：「又還沒輪到你。」

他側頭，揚眉繼續逼問：「有還是沒有？」

這時候，氣氛突然變得躁動，令人充滿期待。真好玩，對吧，真正的性行為，就算對象是不知名的陌生人，也可以講得輕鬆詼諧，然而一說到被稱之為愛、看不見的那種情感，反而變得緊張萬分。

我努力讓自己的聲音保持平穩，「有一次。」

「是誰？」

「某個名叫湯姆的傢伙。我是在工作場所認識他，也就是我的零售業時期。」

他望著我，滿臉問號。

「哎，就是在我的美髮造型與室內設計這兩個階段之間的過渡期，」

「啊，」他大嘆，「妳的啟蒙年代。」

我微笑，感謝他舒緩了對話的緊張氣氛。

他問道：「所以出了什麼事？」

我清了清喉嚨，「我們認識的時候，我二十歲，交往了將近三年，我覺得我們之間可以看得到未來。」

「不過？」

「不過，雖然我對他用情甚深，而他也宣稱自己很愛我，他還是和別人上了床。」

「哦，」他好不容易才接腔，「妳怎麼發現的？」

「那是我的好閨蜜，親愛的夏綠蒂，她覺得自己對他的愛情遠超過我們之間的友情。」

「天，你們應該不是朋友了吧。」

我苦笑，「你夠嘍，當然不是。自此之後，我再也沒有和她說過話，我也不想再理她了。」

他繼續追問：「所以他是……我們認識之前的前男友？」

「說真的，你已經問了五百個問題，我連一個都沒問，」我哈哈大笑，「他是我唯一認真交往的男友，之後的那三年當中，我有其他的約會對象，但都不重要，遇見你之後就不一樣了。」

他微笑以對。

我說道：「好，現在真的輪到我了。」

他往後一靠，盯著前方，不願與我四目相接。

「好，那你呢？有沒有愛上過別人。」

他的腳在磨蹭咖啡桌底下鈷藍色地毯的邊緣。如果時機還沒有成熟，我也不想逼他。我等了好一會兒之後才開口：「其實也沒那麼重要，」我佯裝輕鬆，「要是……」

他平靜回道：「有。」

我逮住機會追問：「蘿貝卡？」

他點點頭，「我本來以為會與她共度一生……結果並非如此。」

他的答案讓我好後悔問了這問題。

「好，反正講這麼多也夠了吧，」他彷彿想要趕緊脫離這話題，「我想問妳是否打算一起過聖誕節？要是很為難，我可以諒解……嗯，如果……我只是想說……」

我把手伸過去，以食指壓住他的雙唇。他微笑問道：「所以，這就是答應的意思了？」

他把我拉到懷中，開始吻我。「妳會來我家一起吃聖誕晚餐？」他的語氣好興奮。

我緊皺鼻頭，「我沒辦法在聖誕節過去。」他的肩膀陡然一沉，我又補了一段話：「但你可以來見我父母，他們很想要認識你。」

「妳也知道我辦不到。」他的聲音好哀傷，「媽媽自己一個人，因為詹姆斯要與他女友克洛伊吃午餐，所以她需要我過去。每年一到這時候，她就會格外感傷。」

我點點頭。他已經告訴過我了，他父親是在聖誕節前兩天過世的。

他問道：「不然妳要不要等到節禮日過來？」

「不過我弟弟和他太太會過來吃午餐，而且他們還會帶寶寶。」我雖然這麼說，但我也知道我去找他會比他過來容易多了。我的父母都還健在，而且家裡還有史都華、蘿拉，以及小寶寶，而帕咪平常連鄰居都很難見上一面。

我好心回他：「我可以在傍晚開車過去……」

「然後過夜？我們可以在第二天出去逛逛，找間不錯的酒吧啊什麼的。」

我們開心討論計畫，簡直就像兩個興奮過頭的小孩。

第二天，我打電話給帕咪，想要確定這樣的安排對她來說是否可行，這應該是禮貌之舉。

「唉呀，這消息真意外啊。」她的反應讓我立刻進入戒備狀態。

「帕咪，真抱歉，我以為亞當已經跟妳說了，」

「親愛的，沒有，」她說道，「但不要緊，能見到妳真是太好了，妳會在這裡過夜嗎？」

「是的，」我回道，「不過我可能要傍晚才到。」

她問道：「所以，想不想和我們一起喝茶？」

「我媽媽會在中午準備火雞大餐，所以我只要一點東西就可以了。」我不希望自己的態度太過唐突或是不知好歹。

「但是我們沒有辦法等妳……」

「天，千萬別等我，你們就先開動，我會盡快趕到。」

她繼續說道：「哎，只是亞當這樣會餓壞了。」

「對，當然，我明白。你們先吃晚餐，之後我再跟大家一起喝茶。」

「好，那我們就一起吃嘍？」她滔滔不絕，彷彿沒聽到我講話。

「太好了。」但我其實不知道我在應和什麼。

7

一開始的時候，這計畫聽起來不錯，不過，等到我回到爸媽家之後，我卻好想留下來。這裡溫暖舒適，讓我想起過往的聖誕時光，那時的我是興奮的七歲小女孩，在半夜搖醒我弟弟，悄悄溜下樓梯，很怕會看到聖誕老人，卻也不想錯失相遇的機會。

「他會發現我們不睡覺，」史都華會悄聲叮嚀我，「要是我們不睡覺，他就不會給我們禮物了。」

「噓，」我心臟都快要跳出來了，「用手蓋住眼睛，只露出一點點指縫偷看就是了。」

我們一路摸著欄杆前進，緩步走向位於前廳角落的聖誕樹，經過了壁爐旁邊，我們早已在那裡放置了百果餡餅與牛奶。我透過指縫偷看，月光夠亮，正好讓我看到盤中吃剩的餡餅，我忍不住倒抽一口氣。

史都華急忙大叫，「怎麼會這樣？他是不是來過了？」

我看得出樹下那些東西是已經包裝好的禮盒，我的心雀躍萬分。「是啊，」我這麼告訴弟弟，語氣幾乎藏不住興奮。「他來過了。」

二十年來，沒有什麼太大的改變。雖然已經是節禮日，但我們還是把它當成了聖誕節，依然圍繞在同一棵聖誕樹旁邊。「要是沒有斷，就不要隨便亂碰。」過去十年來，爸爸每年都會重複一樣的話，但明明已經有一兩根枯萎的樹枝需要外力協助處理。媽媽依然堅持樹下的禮物與她無關，我和史都華互相交換了一下眼色，也就只能勉強自己相信了。

我的弟媳蘿拉忙著大啖媽媽的拿手烤馬鈴薯，趁空問我：「所以新戀情進行得如何？」

我點點頭，嘴裡塞滿了酥脆的約克夏布丁，露出甜笑。「還不錯。」

「啊呀，她眼睛出現了那種亮晶晶的光彩，」爸爸說道，「瓦萊麗，我不早就告訴妳了嗎？兩個禮拜前，我告訴妳媽媽，妳的眼中再次出現了那種亮光。」

我反問：「再次？」

「瓦萊麗，我是不是有說過？」他對著廚房大喊，媽媽正在倒第二道醬汁。「我有說過她眼中再次出現了那種光亮吧？」

「什麼意思啦？再次？」我哈哈大笑，史都華與我互望，彼此都在翻白眼。要是老爸沒有狂飲多杯雪利酒，那就不叫聖誕節了。

「他的意思是在湯姆之後啦，」媽媽匆匆進入用餐區，嘴裡碎碎唸，她穿著圍裙，這是她聖誕節的固定打扮，但我一直不解的是，她為什麼總是要等到第二天才穿。「我說真的，傑拉德，你這麼圓滑，就像是……」

我望著她，滿心期盼她說下去。

「媽，快說啊，」史都華催促她，「像是什麼？」

「這麼圓滑，就像是……」她又重複了一次，但我們大家都知道她說不出個所以然。

我悶哼一聲。

「我們這裡同時有三串對話在進行嘛……」媽媽假裝在抗議哀號，整張臉彷彿在嫌棄家裡太過吵鬧，但我知道她其實就是喜歡家人圍繞在身邊，現在我們有了小蘇菲，她更開心了。

「所以，到底是誰的眼睛在閃閃發光？」爸爸幾乎是在自言自語。

「你剛說艾蜜莉啊，」媽媽翻白眼，「因為她交了新男友。」

「那我什麼時候才能見到這小子？」爸爸大聲問道，「希望他不要跟那個男人一樣混蛋。」

「傑拉德！」媽媽大吼，「注意你的用詞。」

「你們在一起多久了？」蘿拉是真的興趣滿滿。

「哦，只有三個月，不是很長，」我隨口應答，但立刻就後悔了，這種語氣宛若我和亞當只是玩玩而已。「但我希望妳能夠與他見面。」

「嗯，這次妳要確定這傢伙對妳是認真的，千萬不要被他——」

「傑拉德！」

我們都哄堂大笑，我真希望亞當也在這裡，能夠認識我的瘋狂家人，這樣才會知道他日後得與什麼樣的麻煩人物交手。

我心不甘情不願離開了，知道自己將會錯失罪醺醺的比手畫腳遊戲，還有媽媽算不清《與狼共舞》到底有幾個音節的模樣。史都華每年都會考她相同的字詞，然後我們就可以等著看她手忙腳亂的糗狀，不過，她每一年的反應都像是第一次聽到這個詞一樣。

媽媽在門口擁抱我。「寶貝，要好好照顧自己。」

要不是因為我得去亞當家，我一定留下來、窩在她的溫暖懷抱之中，她全身散發著柳橙熱酒的香氣。

「媽，謝了，到了那邊我會打電話給妳。」

「想不想喝杯蛋酒再上路？」爸爸走到門口問我，他的聖誕紙帽已經歪掉了。「我買了特選款。」

「傑拉德，她不可以啦！」媽媽開始訓他，「她得要開車，而且，到底有誰喝那種東西啊？」我自顧自微笑，與他們一一吻別，還特別多捏了一下小蘇菲，才心不甘情不願走到冰冷的外頭。不意外，路上一片冷清——我想大部分神智清楚的人都會想要窩在家裡過夜，萬萬不想離開溫暖的壁爐，而且也無法抵抗再多喝一杯雪利酒的誘惑。

當我把車停在帕咪家外頭的時候，天色已經黑了。她的房子是五棟連排屋的其中一棟，戶戶側牆幾乎緊密相貼。我的車頭燈還沒關，白色木門已經被推開，亞當的巨大身形出現在門廊，他不斷呼出冷冽鼻息，與後頭玄關流瀉而出的溫暖黃光恰成了明顯對比。

「快啊，」他像個興奮的小男孩，揮手示意我進去。「妳遲到了，趕快進來。」

我看了一下手錶，五點零六分，比預定時間晚了六分鐘而已。我們在門廊接吻，雖然只有三天沒見到他，但感覺卻像是一輩子那麼漫長。不過，既然是遇到了聖誕節，感覺就像是窩在家裡好幾個禮拜，每天都在看電視吃東西，搞得都快生病了。

「嗯，好想妳，」他輕聲細語，「快過來，我們都在等妳，晚餐已經要上桌了。」

「晚餐？」我結結巴巴，「可是……」

我脫去外套的時候，他又吻我。「我們大家都餓死了，但媽媽堅持要等到妳過來。」

「大家？可是——」我又開口，太遲了。

「她來了！」帕咪驚呼一聲，隨即衝過來、以雙手托住我的臉蛋。「哎呀，妳這個小可憐都凍壞了。快過來，我們弄東西給妳吃，讓妳暖暖身子。」

我一臉疑惑看著她，「不要擔心我，我才剛吃了……」但我話還沒說完，她已經轉身進入廚房。

「希望妳肚子餓嘍，」她對我大叫，「我煮的這些分量，就算是要餵飽一整個部隊也不成問題。」

亞當給了我一杯費茲雞尾酒，我緊張萬分，舌面的冰涼微刺感讓我格外舒暢。

「我們用茶時要吃些什麼？」我小心翼翼，特別以輕描淡寫的口吻唸出「用茶」，彷彿真以為自己能靠這一招減輕它的真實分量。

亞當回我：「其實應有盡有，倒不如直接說少了哪些東西反而比較快。」聽到他說出這句話，我只能繼續擺出僵硬笑容。

「亞當，我沒辦法……」我們進入用餐室，我想要再次開口，但一看到餐桌，我就不敢吭氣了。精心陳設的四人份餐具，搭配閃閃發亮的餐墊，熨整過的雪白餐巾套在銀環裡，還搭配了紅莓與松毬的中央桌飾。

「來嘍！」帕咪的語氣宛若在吟唱，拿著兩個盤子，裡面裝滿了聖誕節特餐與佐料。「這個是給妳的，我特別為妳多準備了一點，因為我知道妳來到這裡的時候一定餓壞了，」我的心不禁陡然一沉，「我真心希望妳喜歡，我今天在廚房裡忙了一整天。」

我咬牙切齒微笑，「帕咪，看起來真好吃。」

「妳坐這裡，」她說道，「亞當，那是你的位置。快坐下來吧，我去拿另外兩盤。」

她離開之後，我望著亞當，側頭望著那個空著的座位，餐具同樣是細心擺設，就和其他三個位置一樣。

「哦，那是我弟弟詹姆斯的位置。」他回答了我的沉默疑問，「聖誕節前夕他突然出現，之後就一直待在這裡。我記得我在電話裡有告訴過妳吧？」

我搖頭。

「詹姆斯！」帕咪大喊，「晚餐準備好了！」

我盯著眼前的那盤食物。就算我一個禮拜沒吃東西，也沒辦法吞下眼前的那座蔬菜小山，兩顆約克夏布丁下方鋪滿了厚厚的火雞肉片，根本看不到餐盤的顏色。

鼓脹的肚子發出哀號，我趕緊趁坐下來的時候、偷偷解開緊身長褲最上方的兩顆鈕釦。幸好，我穿的是長版上衣，就在我再次挺直身子的時候，詹姆斯進入了用餐室。

「不需要因為我而特地起身，」他微笑，伸手致意。「幸會，終於見到妳本人了。」

終於？我喜歡那樣的說法，暗示我們在一起的感覺似乎已經很久了，比實際的時間還要長，而且亞當顯然早就提到了我的事。

我露出緊張微笑，突然發覺要與某個雖然關係親近，但其實素不相識的陌生人一起用餐，真是彆扭。

亞當很少提詹姆斯的事，我只知道他們這對兄弟反差很大：亞當在市中心從事高壓性工作，而詹姆斯卻在肯特郡與薩克斯郡的邊界開了間園藝設計的小公司。亞當大方承認他的工作動力全是為了錢，但詹姆斯只要能夠在外頭從事自己深愛的工作，恬淡過日子也十分開心。

我盯著他坐下來，把手伸到另一邊拿鹽巴胡椒，他的舉止態度就和亞當一模一樣，兩個人也長得十分相似，不過詹姆斯頭髮比較長，五官也比較深邃，臉上沒有皺紋，完全沒有在城市工作的那種明顯壓力。

我們都在市中心拚死拚活工作，為了下一筆交易奮戰，當然，也等於提早為自己挖墳墓，如果不是過著這樣的生活，也許大家的面容看起來都一樣自在。然而，他卻悠閒過日，從事自己熱愛的事，還有，要是還能因此拿到酬勞，更是加分。

帕咪神秘兮兮低聲說道：「詹姆斯會回來，是因為最近遇到了一點交友困擾。」

「媽，」他發出哀號，「艾蜜莉不會想聽這種事。」

「她當然想知道啊，」她忿忿不平，「這世界上哪有女人不喜歡聽八卦？」

我微笑，點頭，依然無法鼓起勇氣拿起刀叉。

「不過，我們一開始的時候本來就不確定她是否適合他，對吧？」她滔滔不絕，趁詹姆斯在用餐空檔、將手擱在桌面的時候，順便緊握他的手。

「媽，拜託別講了。」

「我只是說說而已，這就是大家的想法。她有很多的，我們是怎麼說的？問題。我是覺得呢，他最好還是離她遠一點比較好。」

我硬逼自己每種食物都嚐了一小口，但那八顆躺在一大坨肉汁的球芽甘藍，我就真的沒辦法了。

「哎呀，我的天哪，」帕咪發現我放下刀叉，「妳是不是不喜歡？我是不是煮得不好吃？」

「真的不是，」她的兒子們流露出關切目光，讓我好窘迫。「我只是——」

「不過妳說過肚子會餓不是嗎？」她繼續追問，「妳告訴我的啊，來這裡的時候想和我們一起用茶？」

我默默點頭，但我想像中的茶餐不是這樣啊。

亞當問道：「小艾，妳沒事吧？」

「哎呀，年輕人的愛啊，」帕咪依然在嘰嘰喳喳，「我記得我的吉姆總是一天到晚在注意我。」

亞當小聲說道：「媽媽總是覺得很煩。」

「我很好，而且東西真的很好吃——我只是需要休息一下。」說完之後，我低垂著頭。

「不過，小艾，妳幾乎沒碰食物。」她講出「小艾」的語氣似乎很嘲諷，就像壞小孩在遊樂園裡奚落別人一樣。

然後，我盯著她，努力讓自己的五官線條保持柔和。她也望著我，不過，我說真的，她的目光有一種得意快感。

詹姆斯一臉爽朗，開口問道：「好，聊一下人力招募這個產業吧？」

他連這個也知道。看來亞當先前一定忙得很，拚命在講我的事。

帕咪哈哈大笑，「我相信艾蜜莉不想聊工作。」

他開始結結巴巴，「抱歉，我……」

「沒關係，當然可以啊。」這是我的真心話，只要能夠讓我不要碰那個盤子，講什麼都沒問題。「我所工作的領域依然一片大好，不過，線上招募一直是潛在的威脅，緊咬不放。」

他點點頭，「我想資訊產業的確是當紅炸子雞了？」他拍了拍亞當的肩膀，「這傢伙只會說跟著潮流走就沒錯。」

「哦，他又在誇耀自己了嗎？」我哈哈大笑，「自稱是了不起的資訊業主管。」

詹姆斯微笑以對，「差不多就是那種話。」

「我總是跟他說，這真是老套的說法，」我開玩笑，「這種科技的東西無法長長久久。」

我看著亞當，他也配合笑了一下，但從眼神看得出來是假笑。

詹姆斯哈哈大笑，我知道我應該要看著他才是，但我覺得他一直盯著我不放，我不知道我到底應該要看哪裡才好。

「老弟，也許我應該要穿上雨鞋，和你一起開始挖糞肥，」亞當也回拍了一下詹姆斯的肩膀，一副高高在上的姿態。奇怪，詹姆斯拍他肩的時候就沒有這種感覺。我暗罵自己，幹嘛要挑起手足之間的對立情緒，我自己有弟弟，早該想到這一點才是。

詹姆斯拿起叉子，來回撥弄某顆沒沾到肉汁的球芽甘藍。

「所以你住在這一區嗎？」

他點點頭，「我和住在幾個村莊之外的某個人訂了簡單的口頭之約，他讓我住在他的房子，而條件就是我得幫他把花園保持得漂漂亮亮。」

帕咪補充，「麻煩來了，房子主人是這女孩的爸爸。」

我垮著臉看著他，「啊，我明白了。」

「說來話長，」他彷彿要為自己辯護，「只是我自己又惹了一點小麻煩而已。」

我微笑，「所以你的園藝事業做得如何？平常很忙嗎？」我不覺得自己有立場發起話題聊天，但帕咪與亞當都不講話，只顧專心吃晚餐。

「我非常喜歡我的工作，」他的態度十分誠懇，「而且，就像那些熱愛工作的人所說的一樣，那是志業，不是職業。」

「哈，我在鞋店工作的時候，也會講出這樣的話，」我繼續說道，「那些可憐的腳需要協助，我願意無償付出，這是我的熱情。」

他露出開懷笑容，溫柔的目光一直不曾離開我的眼眸。「妳是生活的真正戰士，我衷心感謝妳的付出。」他伸手撫住胸口，在那一瞬間，這裡彷彿就只有我們兩個人而已。帕咪與亞當拿刀叉刮擦盤子發出的清脆聲響，把我又拉回到現實的用餐室之中。

「抱歉我得離座一下。」我起身，把椅子推回桌內。

我能吞的都全部吞下去了，身體開始出現反抗機制，腸子扭擰在一起。我不知道我的恐慌反應是因為飽食過度？抑或是詹姆斯帶給我的不安感受？我確定沒有人發現異狀，所以那是出於我自己的幻想嗎？但願如此。

等到我們清理好餐桌，將廚房收拾乾淨之後，我靜靜等待，確定帕咪與詹姆斯聽不到我講話之後，我才挨到亞當身邊。

我悄聲問他：「想不想到外頭散步？」

「好啊，」他說道，「我去拿外套。」

「你要去哪裡？」亞當已經走到了玄關，卻被帕咪叫住。「你不是要離開吧？」她的聲音很驚恐，「我記得你要過夜啊。」

「是啊，媽媽，我們只是去散散步，消化一下剛才下肚的可口晚餐。」

「我們？」她問道，「什麼，你的意思是艾蜜莉也會在這裡過夜？」

「當然，我們今天晚上會住在這裡，明天吃完早餐之後再回家。」

「嗯，她要睡在哪裡啊？」現在帕咪沒那麼大聲了。

亞當朗聲回道：「和我一起睡。」

「哦，兒子啊，我想恐怕是沒辦法。你弟弟詹姆斯今晚也要睡這裡，房間不夠。」

「既然這樣的話，詹姆斯可以睡沙發，艾蜜莉和我睡客房。」

「你們不能在這裡共睡一間房，」她的聲音在顫抖，「這樣不對，不成體統。」

亞當大笑，但表情緊張不安。「媽，我都二十九歲了，我們又不是十幾歲的小孩。」

「我不管你幾歲，反正待在我家，就是不准睡在一起，這樣沒規矩。反正，艾蜜莉說過她今晚睡旅館。」

什麼？幸好我依然待在廚房，我差點把擦碗巾塞進嘴裡吞下肚。我什麼時候說過自己要睡旅館了？

「媽，我不會讓艾蜜莉去睡旅館，」亞當說道，「這太離譜了。」

「哦，她電話裡是這麼跟我說的啊，」她忿忿不平，「如果她想睡在這裡，那就去睡沙發，你和詹姆斯一起睡客房。」

「可是，媽……」我走進玄關，發現她的手停在半空中，距離亞當的臉頰只有幾公分而已。

「沒有什麼可是了。不論你喜不喜歡，反正就是得這麼處理。如果你愛我，尊重我，根本連問都不該問。」她開始哭，起初是安靜緩慢地流淚，不過，亞當並沒有趨前安慰，她的啜泣變得越來越大聲，我目瞪口呆站在那裡，心中默默盼望他能夠繼續挺下去。她的雙肩開始上下起伏，亞當抓住她，把她摟過來。「好，沒事了，媽，抱歉，我沒有要惹妳生氣的意思。當然，這樣的安排不成問題。」

「我從來沒有說——」我正打算要開口，但亞當卻對我使眼色，叫我別再說下去。

「我們就依妳的意思吧。」他語氣乖順，抱著她搖晃，就像是在哄嬰兒一樣。

他看著我，聳肩，滿是歉意，彷彿在告訴我：「我還能怎麼辦？」他掉頭上樓，我立刻轉身背對著他。

我的心中冒起一股小小的怒顫之氣，要不是因為我喝了太多的酒，我很可能會立刻走人、開車回家。要是我早知道詹姆斯會在這裡，而且我必須窩在老舊沙發上頭過夜的話，那麼我住在我爸媽家就是了。我想要和亞當在一起，我原本以為他也有相同的期待，但我來到了這裡，卻得要迎合他母親渴望別人關注的行為態度，還得為我自己辯護。

「妳不介意吧？」帕咪從樓上拿了枕頭被子走下來，現在詢問我的語氣變得開心多了。

我擺出假笑，冷冷搖頭。

「反正還是得要有規矩就是了。在我們那個年代，要是沒有結婚，根本不敢想同睡一張床。

我知道現在不一樣了，但這並不表示我就必須苟同。我不知道你們年輕人怎麼會做出那種事，只要是喜歡的人就可以上床。這一點真是讓我對我的兩個兒子十分擔憂。我們都知道接下來會上演什麼情節，某個淫蕩浪女跑到我們家門口，宣稱自己懷了我兒子的小孩。」

她說的是我嗎？我做了兩次深呼吸，吐氣時大聲了一點。那不像是嘆氣，但那股力道也已經足以讓她明白我的反應。

「哎呀，我的天哪，」她滔滔不絕，「我不是說妳會做出類似的事，但我們不能冒險吧，妳說是不是？就算不需要擔心懷孕，也得要小心染病哪。」

為什麼她使用的代名詞是「我們」，而不是「他」？

「好，這裡讓我來吧。」詹姆斯走了過來，我心不甘情不願幫他媽媽抓住的被套兩角，直接被他接手，他用力整抖了好幾下。

帕咪依然滔滔不絕，「抱歉，妳能過來真是太好了，但要是我早就知道妳打算住在這裡——」

「媽媽，妳要不要去烘衣櫃那裡拿條床單，」詹姆斯說道，「我們可以把它鋪在沙發上。」

我望著她離開之後，又轉頭看著詹姆斯。我實在很想要做出氣噗噗鼓腮的表情，好不容易才忍下來。

「抱歉，」顯然我隱藏情緒的功力有待加強，「她只是作風老派罷了。」

我微笑，感謝他這麼通情達理。

「如果妳不介意的話，就睡我的床吧。」

這句話沒其他意思，但卻害我臉色漲紅，完全無法消退。我只能裝忙、拚命拍打根本不需拍鬆的枕頭。

「我可以在樓下和亞當一起睡，」他繼續說道，「我知道這對你們來說一定不是什麼浪漫的節禮日，但這已經是我能夠擠出來的最佳方案。」

「謝謝，」我真心感恩，「但沒關係，真的。」我望著沙發上那些高低不一的座墊，「我曾經睡過更可怕的地方。」

詹姆斯挑眉，微笑，露出了我先前不曾發現的酒窩。「那我就相信妳的話吧。」

我突然發現自己的話可能會造成誤解，趕緊澄清。「我是說，以前一起和家人去露營的時候，」我繼續說道，「我們到康瓦爾的營地，對於一個八歲小孩來說，那裡簡直就像是伊妮・布萊頓❺小說裡冒出來的場景。潺潺小溪、坐等雨落的牛群、我們必須找來穩住帳篷的大石頭，還有那些是精靈好友的小蟲子……」

他望著我，彷彿覺得我瘋了，我歉然回他：「我小時候看了許多故事書，自己也寫了很多故事。」

「那也不算什麼，」他似乎打算與我一較高下，「我小時候和怪獸翼手龍與毛茸茸的哺乳類動物打過架……」

「啊，原來你也是小書迷。」

他立刻為自己辯護，「這該叫我怎麼說，我那時候才九歲啊。」

❺ Enid Mary Blyton，英國一九四〇年代的著名兒童文學家。

我們兩個都哈哈大笑，「看來我們兩個都有超級豐富的想像力，」我說道，「有時候我真希望自己能夠回到那樣的年紀——生活單純多了。現在，得要給我錢，我才願意睡在荒郊野外，與吵死人的小溪、骯髒牛群、讓人不舒服的大石頭、咬人的飛蟲在一起！」

他問道：「所以這張老舊沙發看起來格外好睡嘍？」

我露出了甜笑。

「你們這對小情侶是決定要睡哪啊？」帕咪回來了，忙著打開床單。

「艾蜜莉是很好的對象，」詹姆斯說道，「但她是我哥哥的女友，所以我不知道妳在說什麼，和我又有什麼關係。」說完之後，他朗聲暢笑。

「我的天啊，」帕咪尖叫，「我以為你是亞當！」她又面向我，「他們長得好像——一直就是這樣，就像是同一個模子刻出來的。」

我的臉上繼續掛著假笑。

「從這條路出去，走個一英里左右，有間很不錯的酒吧，」她繼續說道，「要是我沒記錯，那裡也有幾間客房，今天很可能是客滿，畢竟是節禮日之夜，但還是可以問一下，既然妳說——」

亞當大喊：「妳準備好了嗎？」他已經下樓，手裡拿了帽子與手套。

我已經呆得無法立刻回應，所以帕咪就直接為我發言，看來她很擅長這一招。

「對，她在這裡，你們兩個去外頭好好走一走，等到你們回來的時候我再泡新茶。」

我把圍巾緊緊裹身，還特別蓋住了嘴巴，以免不小心講出真心話。

亞當牽著我的手，兩人一起走在燈光昏暗的小路。「很抱歉發生了這樣的事，」

頓時之間，我全身釋然，所以不是我瘋了，他也注意到了這個問題。

他繼續說道：「我知道這樣的安排不如人意，但那是她的房子。」

我突然停在路中央，動也不動，轉身看著他。「你道歉就只是為了這個？」

「怎麼了？我知道是不舒服，但也只有一個晚上而已，我們明天一早就離開了，我想要帶妳回到我的公寓。」他挨到我身邊，雙唇輕輕撫弄我的嘴，但我卻全身僵硬，別過頭去。

「妳是怎麼了？」他的語氣全變了。

「你是真的搞不清狀況嗎？」我沒想到自己的聲音會這麼大，「你根本視而不見。」

「妳在說什麼？視而不見什麼？」

我發出嘖嘖聲響，差點失聲大笑。「你總是在自己的舒適小世界裡面打轉，不想受到任何事的侵擾，不過，你猜怎麼了呢？生活不是那樣的，當你把頭埋在小洞裡，隔絕了外頭所有噪音，承擔這些鳥事的人是我。」

「妳在開什麼玩笑？」他已經掉頭，準備回去屋內。

「難道你看不出剛才發生了什麼狀況？」我大吼，「她想要做的那些事，你真的不知道？」

「誰？什麼？」

「我早就告訴妳母親我只需要些許茶點，她逼我吃下全套聖誕大餐。而且，我也說了，我會留在這裡過夜，她也滿口答應沒問題，如果我早就知道是這樣，我根本不會過來……」

「早就知道怎樣？」他的兩側鼻孔已經向外微張，「在我們家，用茶就是吃晚餐。還有，妳百分之百確定她答應讓妳和我睡在一起嗎？因為，先前她只讓某個女孩以這種方式留宿，而且我們當時在一起已經兩年了。我們呢？是多久？兩個月？」

他的這番話宛若重拳打在我胸口，我怒氣沖沖回道：「其實是三個月。」

他的雙臂在空中憤怒亂揮，然後又轉身準備回去。

她有沒有問我要住在那裡？我有沒有給她肯定的答案？我知道我絕對沒有講出自己要住飯店這種事，但她會不會誤以為我就是這個意思？我現在已經完全無法好好思考了。

亞當依然拚命往前走，我的心中已經開始快速播放之後的情節，他衝回帕咪家，拋下我這個小可憐，落後他足足有二十秒的路程之遠，我不能眼睜睜看著這種事發生。

然後，我哭出來了，是挫敗的真實淚珠。上帝，請聆聽我的懺悔。我在做什麼？把一個脆弱的老太太講成了某種具有可怕母性的妖魔。這整起事件太瘋狂，我瘋了。

「對不起。」我開口道歉，他停下腳步，轉身，又回頭找我，我站在路中央，哭得一把鼻涕一把眼淚。

「小艾，怎麼了？」他摟住我，把我擁入他的懷中。我的頭頂已經感受到他的溫暖氣息，我的胸膛依然因為抽泣而不斷起起伏伏。

「沒事，我沒事了，」我言不由衷，「我不知道自己怎麼會這樣。」

他溫柔問道：「是不是擔心回去上班的事？」

我點點頭，「對，我想一定是壓力讓我失控。」這是謊話。

我想要讓他知道我真正生氣的癥結點。我不希望我們之間有任何秘密，但我能說什麼？「我覺得你媽媽可能是心狠手辣的女巫？」這種說法太扯了，而且我哪來的證據？她有選擇性記憶的問題？就是喜歡把大家餵到撐死？不行，在目前這個階段，無論我對於他母親有什麼想法，她可能瘋了或有其他問題，我都必須要三緘其口。

8

我本來打算躲帕咪一陣子，讓我自己有充分的時間可以冷靜下來，重新檢視她的怪誕行為。畢竟，我認為這一定只是某個母親小心呵護自己兒子的行為而已。

要是我能夠抱持這樣的想法，就可以理解她的態度。不過，就在聖誕節過後的三個禮拜，也就是我生日的前兩天，她打電話給亞當，詢問是否可以帶我們兩人一起出去慶祝。

我百般推託，但最後我已經想不出任何藉口了。「我要和琵琶與薩博一起安排活動，」我告訴亞當，「而且同事們想要在外頭幫我慶生。」

「妳要什麼時候跟他們出去都不成問題，」亞當臉色難看，「媽媽是真心要請我們用餐。」

「請我們用餐」的意思是由她挑選她家附近的餐廳——也就是位於七橡樹。所以，雖然明明是我的生日，我們還是得要依照她的規矩行事。

「哦，艾蜜莉，看到妳真是太好了，」她遲到了二十多分鐘，等到她到達桌邊的時候，裝腔作勢向我打招呼。然後，她的目光由上至下游移，彷彿在打量我。「妳看起來……氣色不錯。」

我們在享用開胃菜的時候，她態度體貼又活潑，我開始放鬆心情，不過，她後來開始問我亞當打算要怎麼為我慶生，我望向對桌的他，他點點頭，彷彿是允許我說出計畫。

「哦，他要帶我去蘇格蘭，」我語氣興奮，卻發現她出現了某種介於困惑與不悅的神情。她的嘴巴張成橢圓形，但卻沒有發出任何聲音。

亞當說道：「我已經多年沒去那裡了。」

她結結巴巴，「哦，哦……你們打算什麼時候出發？」

我們兩個同時大喊，「明天！」

她的表情像是被別人莫名推了一把，整個人往後癱靠在椅子裡，體內的氣全吐散出來。

「媽，妳還好吧？」亞當說道，「妳的表情像是看到鬼一樣。」

帕咪搖頭，過了好幾秒之後才恢復聲音，終於開口。「所以你們要住在哪裡？」

「我已經預訂了一間很好的飯店，要住兩晚，」亞當說道，「琳達阿姨說我們可以住在她家，但我不想打擾她。」

我覺得自己打了一場大勝仗，「琳達阿姨說我們可以住在她家，」我的腦袋裡不斷吟唱著這句話，氣噗噗對她喊話。「哼！」但我馬上開始暗罵自己，真是幼稚鬼。

「哎呀，我嚇到了，」她說道，「我不知道自己怎麼會這樣。」

好奇怪，她為什麼會有這樣的反應。

「琳達說，她想要邀請我們吃午餐，」亞當說道，「她還會找佛萊瑟與伊旺過來，我希望艾蜜莉能夠和他們大家見個面。」

「天，真的好意外，」帕咪拍了拍亞當的頭，「這樣很好，真的是太好了。」

我們在等主菜的時候，聊天氣氛變得很尷尬。當我一看到自己的海鱸上來的時候，就像見到老友一樣熱情，幸好有東西可以讓我專心。後來，亞當去上廁所，我真想立刻追奔過去。

男廁的門還沒關上，帕咪就立刻開口詢問我：「所以，你們進展得很快了？」

「嗯。」我露出不安微笑。

她問道：「你們在一起多久了？」然後又噘起嘴巴，淺嚐她的白酒蘇打水。

「四個月。」

「天，這麼短根本不算數吧。」她還是擠出了燦笑。

「但時間未必是重點，對吧？」我反問她，但還是很小心，盡量讓自己的語氣保持輕鬆愉快。「感覺才是關鍵。」

「的確，」她緩緩點頭，「妳覺得妳可以跟亞當共度一生？」

「希望如此。」給她剛剛好的答案就夠了，她不需要知道太多。

「妳覺得他對妳也有相同的感覺嗎？」她神情委頓，彷彿在跟不經事的小孩講話一樣。

「這也是我的期盼，我們算是同居了，所以，對……」我刻意沒把話說完，彷彿在慫恿她接話，但我已經心裡有底，她說出的話一定是不太入耳。

「妳要是夠聰明的話，就不要衝那麼快，」她說道，「他喜歡保有自己的空間，要是妳把他逼急了，反而會讓他逃得遠遠的。」

我忍不住問道：「他是不是有說什麼？」她露出得意竊笑，我真希望剛才把自己舌頭打結就好了。

「就差不多是那樣的事嘛。」她露出冷蔑神情，很清楚我絕對不可能就此罷手。

「比方說？」我追問，「是哪樣的事？」

「哦，妳也知道，就是日常生活的小事。他覺得被壓得喘不過氣，只要一準備踏出門，就得向妳交代行蹤。」

我的胸口湧起一陣熱，我會讓他有這種感覺嗎？別鬧了，我在心中向自己抗議，我們是平等的伴侶關係，我們不是那樣的人，沒有那種事。不過，我心裡的那隻眼睛卻瞄到了他上個禮拜四晚歸、被我唸了一頓的情景。還有，禮拜六的時候，我也問他打算要在健身房待多久。我是那樣的人嗎？他是不是已經厭倦了我的提問？甚至到了向母親訴苦的地步？

我望著她，腦筋拚命轉個不停，這已經不是我第一次心生納悶，她是不是刻意在對我耍花樣？或者，是我搞錯了？又一次的誤會？

她發現亞當準備要回來了，立刻開懷大笑，摸著我的手。

「我向妳保證，根本不需要擔心。」她語氣歡欣，聲音像是加了糖精一樣甜蜜，但其實卻是根本不會融化的奶油。

午餐過後，亞當送我回家，他希望我留在他的住所，但帕咪把我搞得心神耗累，我想要回家。琵琶問我：「嗯，她會不會就只是個生活寂寞無聊的古怪老女人而已？」

我搖頭，聳肩。

「或者，真相其實更恐怖？」琵琶以她那最邪惡至極的聲調繼續說道，「她是不是在玩什麼遊戲？」

「我真的不知道，」我給的答案很誠實，「有時候，我覺得那只是愚蠢小事，但它後來卻開始咬我，在我身上留下了一道道的缺口，讓我覺得她一定是尖酸刻薄愛吃醋的心理變態。」

「哇，等等，我們先冷靜一下，」琵琶高舉雙手，「她六十三歲對嗎？」

「是啊，怎樣？」

「哦，我想不太出來有什麼六十多歲的心理變態老人犯。」

我必須哈哈大笑。當整件事大聲說出來的時候，聽起來實在荒唐，我也默記心頭，下次遇到煩惱狀況的時候，要提醒自己才是。

9

簡訊內容是這樣的：兒子，能見到你當然很開心。你大概什麼時候會到這裡？衷心希望她不是那種水性楊花的女子，這年頭這種事太多了，親一個。媽媽

什麼？我又看了一次，帕咪究竟在說什麼？我開始尋找訊息紀錄，我上次傳給她的簡訊是上禮拜的事了，為了她請我的那次生日晚宴，我心不甘情不願傳給她一句「謝謝」。

我又看了一次她的簡訊，衷心希望她不是那種水性楊花的女子。顯然不是指我，一定是要傳給詹姆斯的，他又與帕咪不是很喜歡的那個女子復合了，這樣說來也有幾分道理。可憐的女孩，看來她得要忍受比我更不堪的待遇。

我聽到浴室傳來嘩啦啦流水聲，隨即把手伸向亞當的床邊桌、拿起他的手機。我迅速瞄了一下他的簡訊，二十分鐘前送出了一則，已讀：嗨，媽，艾蜜莉這週末有工作會議，所以我想過去看妳，星期六好嗎？親一下。

一股熱流衝上我的腦門，原來她說的人是我。她本來要寄送回覆給亞當，但卻誤寄給我。潰敗的我好想尖叫，而且我握緊拳頭，差點就倒在床上猛捶枕頭。

浴室的門把扭動了一下，我把亞當的手機摔回他的床邊桌。

「嘿，怎麼了？」他只在腰間圍了條毛巾。我不知道他能否看出我眼眸中的罪惡感？或是我心中的悶聲怒火。

「沒事。」我語氣緊繃，轉身打開衣櫥。我大部分的衣服都放在這裡，因為我現在幾乎都住在這個地方。與琵琶合租的那間公寓，我依然有付房租，但我一個禮拜在那裡根本待不到兩個晚上，所以亞當和我已經仔細討論過其他的選擇。

「難道妳不想永遠住在這裡嗎？乾脆放棄妳現在的租屋處？」昨天晚上，我們一起躺在床上的時候，他曾經這麼問我。

我回話的時候，其實好想要興奮尖叫。「我們現在不就是這樣嗎？問這個沒意義吧？」我盡量裝得冷淡，但我知道他一定聽出了我語氣中有那麼一絲歇斯底里式的歡喜。

他搖搖頭。

「但我不想永久住在這裡。」當時我皺著鼻頭，他立刻坐起身子，以手肘支身。

「怎樣？不喜歡清晨五點鐘被小販聲響吵醒？」他露出微笑，「還有星期六早上可怕時段的吼叫吵鬧？妳是怎麼了？」

我鬧他，拍了一下他的手臂。

「所以，我們放棄現在這兩邊的公寓，然後一起找新的住所，妳說好不好？」

我微笑，最後我們在床上做愛，當作是一言為定了。

今天早晨，我們醒來的時候，興奮得不得了，已經打算去找布萊克希斯的房產經紀商，雖然是租房，但有誰會想到我這樣的無名小卒居然也能在東南三區落腳？現在，我的胸口出現一陣不適的緊繃感，彷彿被她的手緊緊抓住、想要把我往下拖拉。

當然，我可以把問題告訴亞當，把她的簡訊唸給他聽，讓他知道她有多麼可怕。

不過，講出來之後，我也得需要他誠實面對。他必須承認那封簡訊本來就是給他的，而且討論的女主角是我。我不知道他會不會這麼做，他一定會嗤之以鼻，對我這麼說：「哎妳也知道媽媽的性格，她又不是認真的。」但她講出那句話的意思認真與否，並不是重點。如果我因此生氣，我當然希望他挺我，而不是與他母親站在同一陣線。

不過，老實說，我現在已經開始懷疑亞當的優先順位是誰了，因為前幾天我們還待在蘇格蘭的時候，我曾經聽到他說出了幾句讓我心驚的話。

當時，可愛琳達以溫柔輕快的蘇格蘭腔調調侃我們：「好，我們是不是很快就會聽到婚禮的消息呢？」我滿心歡喜為她取了這個綽號，因為她就是，嗯……真的好可愛。我曾經想要在她與帕咪之間找尋姊妹長相的相似之處，有的，小小的圓鼻與細唇。但琳達勝出，因為她的雙眼充滿了溫暖，然而她姊姊卻完全沒有這種氣質。

「哇，等等，」亞當大笑，「我們才剛認識沒多久。」

我也配合他微笑，但內心還是覺得有些受傷，因為他把我們的關係描述得很輕浮。

「話是這麼說，但你要是覺得時候到了，一定會有感覺，是不是呀？」她還對我們眨眨眼。

「再看看吧。」亞當說完之後，牽起了我的手。

「你們打算要怎麼辦婚禮？」她繼續逼問，「會想要傳統大型的那一種嗎？」

「如果我真的會結婚的話，」我咯咯笑個不停，還強調了「如果」這個假設詞。「我會想飛到炎熱的地方，只找我們最親近的家人與朋友，找個海灘舉行婚禮，」

「哇，」琳達大呼，「光想就覺得好棒啊！」

「我們不能這樣搞，」亞當驚叫，那神情簡直是把我當成了瘋子。「我的家人會抓狂。」

我回他：「我家人一定沒問題。」

「不需要考慮我們，」琳達幫忙敲邊鼓，「你愛怎麼樣就怎麼樣。」

「媽媽不會開心的，」亞當說道，「我知道她一定喜歡大型婚禮，讓家族成員可以全部到齊。」

「那是你的大喜之日，」琳達說道，「和別人都沒有關係。」

「你們隨時可以去格雷特納格林❻，」亞當的表弟伊旺繼續搧火，「就在附近而已，這年代也根本不需要找證人了。」

我們都哈哈大笑，不過，就在一陣陣的笑聲中，我聽到亞當說道：「我媽絕對饒不了我！」好，所以我知道自己的處境了，既然我是他心中的第二名，我就會小心挑選戰場。我想要盡情享受今日，就依照原來的計畫一樣。我想要在布萊克希斯與他四處閒晃，就像是我以前看到的那些情侶一樣。興致勃勃在房地產經紀商的櫥窗外張望，然後走進去，將我們的需求一股腦說出來。對，我們覺得要是有兩間臥房會比較方便；對，在不需要對地點讓步的前提之下，能夠有個小花園會是大大的加分；沒有，我們沒有寵物。前一個晚上，我們就像是小朋友一樣細述自己的願望清單，最後已經是痴人說夢。對，我們希望可以有一間能夠俯瞰草原的房子，但房租不能超過我們兩人的實拿薪水，機會是微乎其微。

這將是個美好的一天，所以我應該要把她所做的事，以及我所產生的情緒全告訴他嗎？或者，我應該要繼續裝聾作啞？難道我還有其他選擇嗎？

亞當繞到我背後，以雙臂環住我的腰，任由腰際的毛巾掉落地面。我已經視線模糊，不知道自己到底在找什麼，我連從衣桿上拉出來的那些襯衫裙子都看不清楚了，眼前只有一團團的色塊，認不出不知道到底是哪件衣服，每翻動一次衣架，怒火就跟著飆升。

他蹭著我的頸項，開口問我：「妳確定沒事嗎？」

說話啊，不要毀了這大好機會，講出來，不要毀了這大好機會，反正結果不是大好就是大壞。

「真的沒有，」我轉身回吻他，「我只是在想工作的事，好多事情纏身。」

「我有辦法可以讓妳輕鬆一下，」他對我喃喃低語，「保證可以讓妳拋下憂煩。」我望著亞當，他低頭，撥開了我的蕾絲胸罩，以舌逗弄我的乳尖。

我假意推開他，「我們不能這樣，還有很多事得做。」

「有的是時間。首先，先讓我看看能否讓妳擺脫所有的焦慮與壓力。」

我不需要阻止他，我們兩個都知道我根本不需要做這樣的事。我需要他，就像是他需要我一樣，有時候，我甚至比他還飢渴。在我遇到亞當之前，我總是覺得大家把性愛的重要性吹捧得太高了。當然，我很喜歡，不過我對於女性雜誌裡的那一堆文章總是感到很困惑，它們總是說，要是沒有一週五次，而且至少有兩次是瘋狂性愛的話，那麼我們一定是哪裡出了問題。

就連和湯姆——我最狂放的性伴侶——在一起的時候，我也不懂這到底有多美好。我們每週

❻位於邊界，是以往英格蘭情侶私奔結婚的熱門地點。

做愛兩次，他在上位，等到他高潮到來之後，再用別的方式滿足我。性就是性，這一點我覺得沒關係。但與亞當在一起的時候，就完全不一樣了，我終於能夠明白別人為什麼會這麼興奮迷戀不已。他懂我，我懂他，我們是完美的組合。我們在一起才幾天而已，立刻就發現我們需要彼此，我們的心情會隨著性愛的強度而發生起伏變化，它已經不再是兩人關係中無關緊要的部分，反而一躍成為重要主角之一。

他繼續往下挑逗，我發出嬌喘，幾乎無法呼吸。

我的心中突然閃過驚恐帕咪的畫面，只能想辦法把它拋諸腦後。我告訴自己，等一下再回頭找妳，就在這時候，我感覺到亞當的舌頭已經開始攻堅。不過，妳兒子現在馬上就要和我做愛。我全身立刻盈滿一股就連亞當也無法給我的變態滿足感。

就在我們依然夾纏在一起、呼吸沉重急促的時候，他的手機突然發出簡訊通知聲響。他立刻抽身，翻過去，伸手拿起床邊桌的手機。

「誰在找你啊？」我問得隨性，但心想也許是帕咪將剛才的簡訊傳給了他。

「同事彼得，還有我媽。」

我假意關心，「哦，你媽還好嗎？」

「對，很好。我只是想知道她下週末是否有空，趁妳去開會的時候，我可以去看她。」

我繼續追問：「好主意，她沒問題嗎？」

他開始打字，我靜靜等待他的回應。「對，都說好了。」

我滿心期待等他唸出簡訊內容，然後我們就可以一起哈哈大笑，罵她是老瘋癲，但他卻沒有。

他說道：「我這個星期六會去看她。」靠，亞當，你為什麼不能誠實一點？

10

正在工作的時候，手機簡訊發出通知聲響。

妳在生氣嗎？

我沒看過這號碼，所以直接把手機扔進包包，眼不見為淨。但才過了兩分鐘，我就耐不住性子了，看到那樣的簡訊，怎麼可能置之不理？

我回訊：抱歉？

對方回道：妳是不是會把委屈往肚裡吞？

我覺得這有點恐怖。這個人可能跟我很熟，不然這就是來自某間性虐俱樂部的暗示。

我又打了一段文字：我想，我並沒有在生氣，也沒有那種個性，所以你一定是傳錯人了。

我整個人躺靠在座椅裡，想了一會兒，然後，整張臉笑得好燦爛，只有一個人會寫出這些話。

詹姆斯？

呃對啊……不然還會是誰？

我：嗨，你好嗎？

詹：我很好，和鄉下人相處的那幾天還愉快嗎？

我哈哈大笑，我對面的同事泰絲對我挑眉微笑。

我：真開心！完全沒有任何抱怨。對了，你們長得都好像。

詹：哦？怎麼說？

我：佛萊瑟與伊旺和你、亞當都長得像，果然是同一個模子刻出來的。

詹：哦，這就奇怪了，因為他們兩個都是領養的小孩。

我：哦天哪——真抱歉，我不知道。

詹：你沒有在他們面前講什麼容貌相似的事吧？他們對這話題超級敏感。

我開始拚命回想自己到底有沒有提到這件事。我很可能會講出這種話，因為這可以當成閒聊的開場白。

我：希望沒有，我現在心情好糟糕。

詹：要是妳真的有說，當場就會知道了，因為佛萊瑟鐵定會向妳發飆，他對這種事的忍耐限度很低。

我也只能假設自己沒說過這種話了，但我的心情還是好不起來。

我沉默了好幾分鐘之後，他又傳訊給我。

詹：妳還在嗎？

我：嗯。

詹：妳沒有提到琳達阿姨嫁給她哥哥的事吧？

什麼跟什麼啦？這傢伙很煩耶。

我：哼，還真好笑！

詹：我唬到妳了吧？

我：才沒有！你應該要經常去探望他們才是，可以學到好多東西！

詹：我沒辦法。只要過了泰晤士河以北，我就會水土不服。

我伸手摀嘴忍笑。

詹：參加亞當派對的洋裝挑好了沒有？

我：準備好了，你呢？

詹：哈哈……我穿紅色，妳已經知道了，我可不希望我們撞衫。

我：那你的頭髮要盤起還是要放下來？

詹：哦當然是盤起來嘍，現在最流行的就是髮盤。

我：不是髮盤，是盤髮！

詹：反正都一樣。

我：克洛伊會去嗎？

我不知道自己問這個幹什麼，真想馬上收回這句話，但已經太遲了。

詹：對，她也會去，我想她應該是藍色洋裝，所以我們這樣搭配應該沒問題。

他對話的語氣為之一變，我突然像是任性壞小孩一樣，一心就是想要恢復原來的基調。

我：太好了，到時候好好認識一下。

提到他女友之後，似乎讓我們兩人都亂了套，因為他居然傳來一個眨眼親親的貼圖。我沒有繼續回他了。

11

「生日快樂，親愛的亞當，祝你生日快樂。」

亞當高高揮舉雙手，從舞池的另一頭走向麥克風。「好，好啦，噓，各位安靜一下，謝謝，謝謝各位。」

「加把勁啦，」大吼大叫的是亞當最好的朋友兼球友麥克，「我靠，他講話的速度就和在球場上一樣……慢吞吞！」

所有的橄欖球隊友都爆出了歡呼聲，互拍彼此的背脊，宛若一群圍著洞窟營火的尼安德塔人。

我跟著大家一起微笑，但內心的情緒就和在場的所有女友一樣無奈，我們都知道活動進行到一半的時候，我們的另一半全部都會把內褲褪到腳踝，無一例外，然後狂飲啤酒，大唱〈搖盪緩兮，仁惠之歌〉。我只來過這家夜店三次，但亞當每一次都會露鳥。

我望向麥克的女友愛咪，我們都在翻白眼。我以前見過她一兩次，但從來沒有看過她盛裝打扮。她擺出撩人姿態，將棕色長髮全部攏到肩後，露出了緊貼黑色洋裝三角罩杯的一對乳房。我瞄了一下那兩條細肩帶，要讓那件薄衫維持定位，它們的任務可說是相當艱鉅，我不知道自己是希望看到那兩條帶子斷掉、露出她的利器？抑或是盼望它們能夠一直牢固不動，以免屋內有哪個男人突然心臟病發？

「妳媽媽有一點潮熱症狀，」琵琶在我耳邊低語，打斷了我的嫉妒思緒。「我是不是要開扇窗戶比較好？」

我望向最幽暗的角落，被我硬找來的那些親友都聚在那裡。他們坐在那裡自得其樂，與喧鬧的眾人隔得好遠。爸爸正在喝苦啤酒，這是他的第二杯，也是最後一杯，媽媽老早就提醒過他了，而她自己則坐在某個銀色冰桶旁邊，守護裡面的義大利氣泡酒。

「我們終於見到面了，要好好慶祝一下。」這是亞當見到媽媽時所說的開場白，他準備的排場如此豪奢，但卻與這髒亂的環境成了鮮明對比。

當時我看著他，如此輕鬆自在，心想為什麼會拖了這麼久才讓他們見到面？我們先前已經安排了三次，兩次因為亞當的工作而臨時取消，而第三次是為了要安撫他母親。

「小艾，是我，」他當時打電話給我的時候，喘得上氣不接下氣，我已經坐在布萊克希斯的庫特法式餐廳等候大家，爸媽已經出發，早就在路上了。

「嗨，」我露出甜笑，「你在哪裡？」

「親愛的，抱歉，我恐怕趕不過去了。」

我一開始以為他在開玩笑，他明明知道我有多麼盼望能帶他見我的父母。我知道他一定是在糊弄我，但我的胃卻開始絞痛。

「只是我媽出了一點狀況。」

「很遺憾。」我拚命壓抑語氣中的怒火，同時咬牙切齒保持微笑。

「是啊，的確遺憾。」

「這話什麼意思？你媽媽有狀況？」我的憤恨態度引來隔壁桌情侶的注目禮，他們先看著我，然後又彼此挑眉對望。

「她收到了市政廳寄來的某份通知函，大發雷霆。」

我的心中迴盪著昨晚的那段對話，我偷聽到亞當與帕咪在講電話，他把我們今天的計畫全告訴了她。

我氣得牙癢癢，「你在開什麼玩笑？」

「小艾，我沒有在開玩笑，妳幫幫忙好嗎，火氣不要那麼大。」

我壓低聲音，「你可以明天再處理那個討人厭的通知函，我要你今晚到場。」

「我現在已經到了七橡樹，」他當時回我，「要是我能夠早一點離開的話，我就會過去。」

我當場就切斷電話。他已經在那裡了？我明明還在等他，其實，是我們三人都在等他，他卻跑過去找她？

如今，事隔一個月，我望著現在的他，一手摟著我母親，看起來就是個萬人迷。

「哦，我真的很喜歡他，」母親當場就被逗得樂開懷，兩頰緋紅。「絕對是好男人。」

「是嗎？」我以誇張聲調問道，「妳真心這麼覺得？」

「當然，他的確是個值得好好把握的男人。」

要討好媽媽很容易，但我的追求者得要努力打動的對象是我爸爸。

「好，所以你覺得怎麼樣？」一確定亞當聽不到我說話之後，我就立刻問老爸。

他粗聲粗氣回我：「這傢伙還得花好長一段時間證明自己有那個價值。」

坐在爸爸旁邊的薩博反諷回道：「妳爸爸很愛他啦。」

我回頭望著琵琶，現在她已經站在我面前，我開口問道：「妳媽媽還好嗎？」我發現他們那桌後面的窗戶已經全部佈滿凝霧。

「對，」她點頭，「她犯了老毛病，但她擔心開窗不好意思，因為外頭很冷。」

還不到三月，空氣冰寒。「一定會有人抱怨，」我說道，「但之後就會慢慢習慣了。」

琵琶點點頭，「沒問題。對了，我右後方的那男人是誰？穿粉紅襯衫的那位？」

我望過去，心跳突然加快，但我也不知道為什麼。我刻意裝出隨性語氣。「哦，那是亞當的弟弟，詹姆斯。」

她驚呼，「哦，真是天菜！」

我微笑說道：「應該已經名草有主了。」

「啊呀，不會吧，是誰？」

我為了要證明自己所言不假，立刻四處找尋身穿藍色洋裝的女孩，但我知道應該是找不到了。我先前就在找尋她的蹤影，所以，她可能是根本沒出席，不然就是改穿其他顏色的衣服。

那些男生又開始發瘋，其中一個率先脫褲，向其他暴露狂同好展示男性性徵也只是遲早的事。帕咪女王大駕光臨，是拯救大家的唯一機會，她多少能制住那些幼稚鬼。不過，要是能夠讓我做出選擇，我寧可看著十六根軟趴趴的陽具被那些自以為了不起的主人們拿來耀武揚威，也不想看到亞當的媽媽。坦承自己有這種心態，應該要感到悲傷才是，但因為我喝了半瓶的義大利氣泡酒，我反而覺得這很有趣。這樣的念頭不禁讓我露出微笑，無論她對我使出什麼手段，我絕對不會讓她得逞。

「等一下！」帕咪大叫，匆匆忙忙從木地板的另外一頭奔向亞當。她的緊身長裙限制了她張開大腿的幅度，讓她的上半身移動速度似乎比其他部分來得快。她露出假笑，對那些她根本還不認識的客人們點點頭，彷彿把這當成了她自己的場子。「哦，蓋瑪，看到妳真開心！」她還順勢送出了飛吻。

我看著她擺出教宗姿態與人親熱，趕緊提醒自己，不要忘了剛才想到的箴言：無論她對我使出什麼手段，我絕對不會讓她得逞。

亞當透過麥克風喊話：「媽，等妳好了，跟我說一聲。」

「好，知道了，」她氣喘吁吁，「我只是想要拍張照片而已。」

亞當問道：「什麼？現在嗎？」

「對，就是現在。」帕咪裝模作樣，一臉不耐，底下的觀眾發出竊笑。她在群眾面前表現出自己最美好的一面，不過，她總是佯裝自己討厭露臉。「既然我們有機會，就趁你們大家喝醉之前趕快來張合照吧？好，人呢？我們的家人呢？我要拍一張家族大合照。」

亞當翻白眼，但依然耐心十足，看著女王蜂四處兜轉，將她的八名親戚分成了三排。詹姆斯從我後面經過的時候，還伸手摸了一下我的後腰。

「好，露西和布萊德，你們這兩個小的跪在這裡，」帕咪開始指揮，「你們的爸爸媽媽可以站在後頭，還有，亞伯特，你站到後面，要是你跪下來的話，我們等一下就沒辦法把你扶起來了。」

大家發出罐頭笑聲。

她大叫：「好，大家都到齊了吧？艾蜜莉？艾蜜莉人在哪裡？」

我走過去，手裡還拿著義大利氣泡酒，沒有被邀請入列、成為班克斯家族照一員的那些旁觀者，讓我覺得渾身不自在。

「亞當，把你的手機給我，」帕咪下令，「我的不夠好，我們拿你的拍照。」

亞當以搞笑姿態把手機交給她，假裝不情不願。

「好，艾蜜莉，把妳的酒杯給我。」

我乖乖照做，站在那裡等候差遣，整個過程拖拖拉拉，大家都安靜了下來，讓我好尷尬。

她往後退，讓每一個人都能夠入鏡。「好，托比，你挪一下位置，讓我可以擠在中間，可以了。」

她轉身，把手機交給我，隨口講了一句「謝謝，艾蜜莉。」然後，又迅速跑回景框裡，擺出她最美麗的笑容。「一二三笑一個！」

一陣熱流從我的腳趾頭不斷往上冒，宛若從火山口爆發的熔岩一樣。我全身上下的每一吋肌肉都好刺癢，腹部抽搐。喉底的那股騙不了人的拉力告訴我，眼淚快掉出來了，但我還是忍住，拚命眨眼，以免不爭氣哭了出來。我立刻背對其他賓客，以免他們看到我脖子漲紅的丟臉模樣。我擠出微笑，佯裝自己從來就不曾期待出現在「家族照」裡面。我是這麼想的，畢竟，我也不是他們的家人，所以也沒什麼大不了。不過，還是真的很令人傷心。

當我看著後排的亞當拍下照片的時候，他笑得好開心，無憂無慮，然而我卻覺得我的心已經碎裂成兩半。

「好，我剛說到哪了？」亞當又回到了麥克風後方。

群眾全神貫注盯著他，我隱沒其中，整個人已經悵然若失。

「好啦，好啦，」亞當依然想要蓋過眾人喧譁，「安靜，我有重要大事要宣布。」

大家發出噓聲。

「嗯，今年我三十歲，已經是個成熟的大人。」

「你永遠長不大啦！」後頭的迪諾大吼，他也是亞當的隊友。

「哈哈，老哥，我保證讓你刮目相看。首先，我要謝謝大家過來，能夠看到每一個人出現在這裡，對我來說意義重大。我的堂弟法蘭克還特別為了今晚的活動從加拿大飛過來，更讓我十分開心。」

大家爆出歡呼，接下來是眾人互相拍背致意的聲響。

「我也要謝謝我的美麗女友艾蜜莉，一直容忍我，而且讓我驚喜連連。小艾，妳在哪裡？」

有人從背後推我向前，但我的目光依然盯著地面，只是軟弱無力伸出一隻手、在空中晃了幾下，讓他知道我在哪裡。

「小艾，過來，快來我這邊。」

我搖頭，但是推我的那股力道越來越猛烈，逼我向前，但我只想要往後退，躲進幽暗角落，顯然在帕咪的心目中，我應該乖乖待在那樣的地方。

當我朝他走過去的時候，我覺得雙頰裡的那股熱氣都快要爆裂出來了。我看到詹姆斯站在人群自然形成的半圓圈的遠處，琵琶站在他身邊，依然沒看到藍色洋裝女孩的身影。

我全身上下的毛孔似乎都堵住了，彷彿體內在燒煮食物，但完全沒有抽風扇能夠冷卻我的溫度。我回頭，看到琵琶焦慮的臉龐，她張開嘴巴，以慢速度默聲問我：「妳還好嗎？」當我一握住亞當的手，立刻對她微微點頭，努力強顏歡笑。

「站在這裡的女子，是我在世生存的理由。她讓美好的日子更加美好，讓不好的日子煙消雲散。」

我的眼前起了一陣水霧，一切變得好模糊，但我還是看到了站在人群之外的媽媽，她的雙眼瞪得好大。

亞當轉頭看我，「真的，我好愛妳。要是沒有妳，我不知道該怎麼活下去，與妳相遇，是我這一生中最幸福美好的事。」

我好尷尬，趕緊攏了攏頭髮，想要讓現場氣氛輕鬆一點，也希望大家不要再把我當成焦點。不過，他卻在此時單膝落地。

眾人連聲啊啊驚呼，轉為短促吸氣聲響，我想要拚命辨清眼前的一切。這是在搞什麼？我想他是在做那件事，對不對？或者？這是對我開了一個大玩笑？我來回張望，看著那些心焦的面容，我的視線逐漸離焦，把他們沒入我先前幻想而生、圍繞在我周邊的那坨泡泡之中。一切都似乎以慢動作的速度在進行，我彷彿飄到了自己的體外望著自己。亞當宛若在水底講話，那些空洞的蠢笑與瞪得大大的眼睛，越來越靠近我。但只有一個人除外，因憂傷而皺縮成一團的臉龐，似乎越來越遠。

亞當單膝跪地，「我是否有幸能夠娶妳為妻？」

我不記得那些歡呼吶喊變成恐懼尖叫到底是什麼時候的事。但我知道當帕咪躺在沾滿啤酒濕黏地板上面、我伸手撫摸她的頭髮時，我的食指已經多了一顆堅硬的方鑽。

亞當跪地，握住他母親的手，詹姆斯則在舞池裡來回踱步，告訴救護人員要怎麼到達這裡。

「拜託快一點！」我聽到他在吼叫，「她已經全身發冷。」

一切發生得太快，我的腦袋根本轉不過來。我已經失去了判斷眼前這些事件的能力，不知道什麼是真的，什麼是出於我的幻想。亞當剛才向我求婚嗎？帕咪是不是真的昏倒了？時間一秒秒過去，真實與虛幻之間的界線也變得越來越模糊。

亞當不斷在呼喚，「媽媽？媽媽？」

他瘋狂叫喊，聲音越來越像是野獸。

「媽！」亞當再次大吼，「啊，感謝老天，媽媽，聽得到我說話嗎？」

她沒有回答，只有眼皮眨了一下，又閉上了。

「媽，我是詹姆斯，聽得到我說話嗎？」

她喃喃低語，聽不清楚究竟在講什麼。

一道光束穿了過來，圍繞在我們身邊的群眾立刻散開，讓醫護人員進來。他們把擔架放在帕咪的身邊。

「媽媽，別擔心，」詹姆斯跪在我身旁，「妳不會有事的。」

他一臉驚慌看著我，彷彿在期待我可以說些什麼撫平他苦痛的話。我真心希望自己有這樣的能耐，可是，當我低頭看著帕咪的時候，我真的無話可說。

「啊老天，拜託一定要救救她！」亞當大哭，肩膀不斷上下抖擒。麥克伸出堅定的手、擱在他的背脊。「老弟，別擔心，她一定不會有事的。」

我一臉木然，望著他們頻頻呼喊她的名字，沒反應，隨即把她放上擔架。我不夠資格進救護車，亞當與詹姆斯一起和她前往醫院，獨留我一人待在他們拋下的超寫實幻境之中：戛然而止的歡慶現場。音樂停了，但燈光依然大亮，緊繫我戒指的心形氣球早已爆裂，完全無法從現在的橡膠碎片看出當初的原型。

驚愕的賓客們帶著同情笑容，向我提早道別，也向帕咪和她的兩個兒子獻上深深的祝福，隨即魚貫離開。我依稀記得有一兩個人尷尬講出了訂婚幸福之類的賀詞，但隨後就露出了格格不入的憐憫表情。

「真的很遺憾，小艾，」薩博擁抱我，「我想她一定會康復的。妳接下來的打算呢？是希望我送妳回家？還是妳想要繼續待在這裡？」

我環顧大廳，不過就在十五分鐘之前，這裡到處都是喧鬧的親友。亞當是在這裡慶祝他的三十歲生日，也在這裡向我求婚，但一切似乎都不重要了。

「我想我應該要送客吧？」我真的不知道答案是什麼。

「我們可以立刻清場，」他在為我打氣，「妳整理自己的東西，我把剩下的人全部送出去，這樣好嗎？」

不好，一切都很不好。我才剛被求婚，但我現在幾乎就全忘了，記憶一片模糊，此情此景已經成為一輩子的狼藉畫面。

「親愛的，我不知道該說什麼才好，」媽媽伸出雙臂環抱我，「快過來。」

就這樣，第一滴淚落下，而水閘門一開，我就沒辦法停下來了。當媽媽打算要安慰的時候，我開始痛哭，胸口震晃不停。

「別哭了，沒事，一切都會沒事。」媽媽的聲音具有某種別人完全無法複製的特質。這讓我想起了小時候在學校醫務室裡等她來接我的情景。某個名叫費歐娜的女孩欺負我，狠狠打我的額頭，害我跌撞到黑色柏油路。腫了一個大包包，就像是卡通《湯姆貓與傑利鼠》裡面那樣的腫塊，在我眼睛上方抽痛不止，護士匆匆把我帶入醫務室，其實，那只不過是某個小走道底端、以布簾隔出的空間，只有一張小床與書桌。

我知道自己只要坐著好好休息個幾分鐘就沒事了，馬上可以回去和大家一起上音樂課。不過，當我坐在布簾後的小椅子上頭的時候，我只想要媽媽而已：她可以撫平我身體與感情的創傷。我的腫塊在幾個小時之內就會消失，但是心頭的疤依然沒好。萬一費歐娜因為我到了醫護室而生氣怎麼辦？她明天會不會又欺負我？會不會惡搞我一輩子？這些是只有我媽媽才能夠回答的難題，嗯，至少我當時九歲的腦袋裡是這麼想的。害她不能上班，必須請假，讓我很是愧疚，不過，當護士問我要不要回家的時候，這樣的罪惡感並沒有嚴重到讓我開口說不要。我一直很擔心，不知道自己的傷勢是否已經到達請媽媽來校的那種地步，但我真的好需要被呵護的感覺，這是我得要承擔的風險。等待她到來的那段時間，宛若像是數小時一樣漫長，不過，在我看到她之前，我就已經知道她來了。我就是有感覺，而且，當她在布簾那裡凝望我的時候，我覺得我的心簡直馬上就要跳出來了。那種只有看到媽媽才會產生的感應，永遠不會消逝，現在，當她在我耳邊輕聲細語、告訴我一切都會沒事的時候，我的心都碎了，因為我想到了亞當，想必他也與我一樣擁有同樣的記憶，不過，他現在卻恐將失去唯一能讓一切撥雲見日的那個人。

12

亞當打電話來的時候是早晨六點鐘。爸爸媽媽有陪我一起回家，但他們覺得我需要好好睡一覺，所以又離開了，臨走前千交代萬交代，要是我聽到任何消息，一定要馬上通知他們。我怎麼可能睡得著呢？心頭亂糟糟，拿著一大杯紅酒在廚房裡不斷來回踱步，聽到手機發出淒厲聲響，害我嚇了一大跳。

「小艾？」他聲音聽起來好疲倦。

「嗯，她還好嗎？」我問道，「怎麼樣了？」

「她沒事。」他的聲音已經崩潰。

「會康復吧？」

我聽到電話另一頭傳來啜泣聲。

「亞當……亞當……」

「我真的是如釋重負，」他開始吸鼻子，「要是她出了什麼狀況，我絕對無法承受。小艾，我說真的，我不知道自己該怎麼辦。」

「但她會康復吧？」我又問了一次，想要得到確認。

「對，沒問題。她現在坐在床上喝茶，看起來一臉無憂無慮。」說完之後，他發出了緊張的輕笑。

我哽咽了，「所以，現在的狀況呢？醫生怎麼說？」

「他們做了各式各樣的檢查——血壓、心臟、尿液——她好得不得了。」

我沉默不語。

「小艾？」

我盡量避免讓自己的語氣聽起來太尖銳，「所以，病因可能是什麼？」

也許他可能有發現我語調的變化，但什麼都沒說。「他們認為是脫水。她也承認過去這幾天沒有好好照顧自己的身體，因為這場派對而壓力過大，忘了吃喝。然後，她去了派對現場，灌下兩杯紅酒，身體就垮了。」

「哇，所以就只是這樣而已嗎？」我好不容易擠出了這句話。

「其實不是，脫水是相當嚴重的症狀，但他們已經幫她打點滴，等到那包生理食鹽水注射完之後可以出院了。我會把她帶回我們家住個幾天，讓她好好休息，我也可以照顧她。」

我已經感受到喉底出現快要冒淚時的刺癢感，我不假思索，立刻脫口而出：「為什麼詹姆斯不能照顧她？」

「詹姆斯？」他反問我，語氣變得更嚴厲。「因為他很忙，還有一堆事要處理。他的女友依然與他糾纏不清，我想他工作也不是很順利。反正，所幸我們現在有客房，所以我們就物盡其用吧。」

「既然我們住在自己的公寓裡，她應該會讓我們睡一起吧？」

他哈哈大笑，但聲音聽起來很心虛。「我想這是一定的，妳說是不是？妳現在都快要變成班克斯太太了。」

我帶淚微笑，拚命回想他當初求婚的那一刻，我夢寐以求多年的那一刻。當我還是小女孩的時候，我總是幻想自己的王子會在廣場單膝下跪、在數千人的面前向我求婚。我對於教會婚禮懷抱著浪漫幻想，我身穿古典蕾絲新娘禮服，裙襬長度可與黛安娜王妃媲美——媽媽是她的超級大粉絲，我還記得那個星期天早上，她把我搖醒，涕淚縱橫地告訴我王妃死了。我們就和其他千萬民眾一樣，一整天都坐在電視機前面，祈禱是有人弄錯了。當時的我太年輕，不知道她是誰，也不明白這是多麼重大的新聞事件，但我記得她嫁給查爾斯王子的新聞片段出現的時候、我看得如痴如醉——因為她美麗至極，還有她的大喜之日何其夢幻。那時候，我花了好幾個禮拜的時間在梯台上不斷上上下下，身上穿著從我的百寶箱底層挖出的白色迪士尼長禮服，而且背後還夾了一大張白紙。我沉浸在自己的虛擬世界裡，而爸爸只要遇到哪個人願意聽他吐苦水，就會立刻抱怨他女兒是危險人物，史都華也老是被我硬逼扮演主要伴娘，總是想盡辦法脫身。

我一直覺得，當我的人生重要時刻到來的時候，將會在我的記憶中留下永恆印記，將來可以在小孩與孫兒面前津津樂道的事。我會向他們娓娓道來，自己當初是如何驕傲展示食指上的光燦訂婚戒，深情款款凝望我未婚夫的雙眸，低聲說我願意。還有，親友們衝上來道賀的興奮之情，紛紛詢問婚期可能會是在什麼時候。

然而，就在幾個小時之後，我卻落得這樣的處境，我甚至很難想起這到底有沒有發生過。我一定是答應了，戒指就是證據。不過，帕咪也在同一時間昏厥，我只記得刻蝕在眾人面孔的驚駭與害怕，還有隨之而來的恐慌，宛若我們的那一刻從來沒有發生過一樣。

亞當問道：「妳可不可以再撐一下？等我們回家。」

我一臉茫然，看了一下手錶，這才發現我三分鐘之前才看過時間而已。不重要。雖然是星期六，而且通常是我的工作日，但我已經預先排了休假。不過，當初我以為自己會因為喝得爛醉而昏睡，而不是一個人獨自熬夜到清晨，心中七上八下，不知道自己未來的婆婆能否熬過這一夜。

「我盡量，」我勉強擠出回應，「但我無法保證一定做得到。」

「真是惡夢長夜，」他嘆了一口長氣，「我本來希望我們的訂婚之夜可以好好做愛。」

這是陳述句，而不是疑問句。我覺得好奇怪，都到了這種時候，他怎麼會想到性愛？不過，要是沒遇到這種突發狀況，他說的也是事實。我們一定會在床上狂歡一整夜，直到第二天仍不歇息，如果不是做愛，就是拿著我們的 **iPad** 在查看婚禮場地。不過，無論是哪一個，我現在都已經沒那種心情了，我想這一定是男女心理大不同的其中一項特點。

我回道：「再看看吧。」

我放下手機，為自己倒了另一杯酒，默默流下自私的熱淚。我通常不會自艾自憐，但現在卻是我唯一有感的情緒。我並沒有覺得開心或悲傷，只是覺得自己超可悲，腦中雖然有許多問題不斷打轉，但我卻無動於衷。我到底是做錯了什麼？必須要承受這一切？亞當與我相遇，真的是他這一生中最幸福美好的事？為什麼帕咪這麼恨我？

不過，有個最囂擾的問題一直猛叩我心房，我一直不願讓它進入門內：她的所作所為是故意的嗎？

13

想也知道，打從帕咪一進來，她就擺出盛氣凌人的姿態，一開始是對公寓溫度唉唉叫，然後，一聽到亞當告訴她客房是由我為她所準備的時候，更是擺出了臭臉。

「但那是單人房，」她開始抱怨，「就只有張折疊床，躺在那上頭我根本睡不著。」

亞當還沒開口，我就知道他會說什麼了。

「好，那妳睡我們的床，小艾睡這裡，妳說好不好？」我知道他正在打量我、等著看我作何反應。

「哦不行，怎麼能讓你們這麼委屈呢。何不直接帶我回家就是了？我沒問題的。」

我忙著拍鬆枕頭，努力將他們的對話內容拋諸腦後。我需要空間，我需要離開這個地方。

「別鬧了，」亞當說道，「小艾，這不成問題吧，妳說是不是？」

我搖頭，依然迴避他的目光，我不想看到他在她面前卑躬屈膝的可悲模樣。

她繼續追問：「不過，那你要睡哪？」

「我可以睡沙發睡個幾天，這對我來說真的不成問題。」

「哦，如果你可以接受的話，那就好，」她繼續說道，「因為我真的不想趕任何人出去。」

真諷刺，因為她明明就是在做這種事。

三天之後，她清光了我梳妝台上的東西、裝入某個盒子裡，然後又在廁所移走我的乳液與化妝水，把她自己的盥洗用品擺上去。最後，我站在薩博家門口。「我再也撐不下去了。她還沒搬走，我可以在你家住個幾天嗎？」

「當然沒問題，」他說道，「但妳確定這樣做妥當嗎？你們現在是正式交往的情侶，不是隨便玩玩而已。拜託，你們馬上就要結婚了，所以你們必須要想辦法一起解決。」

「只要牽扯到他媽媽，就沒有『一起』這種事。」我開始抱怨，「我孤軍奮戰，是他們的敵人，他們是母子檔，反正他就是看不見她的所作所為與行事態度。」

薩博嘆了一口長氣，「也許他一清二楚，只是選擇視而不見。」

我整個人癱倒在他家沙發上，頭貼靠橘色扶手，想起了前一晚發生的事。當她看到我在攪拌波隆那肉醬的時候，一臉冷傲，對我說道：「妳用的是有機肉品吧？亞當喜歡，對他身體也比較好。」

「而且價格也是三倍。」我當時除了提醒她之外，心裡也覺得納悶，當初亞當還住在家裡的時候，世界上已經出現了「有機」這種名詞了嗎？

「我今天和亞當通了兩次電話，但我忘了問他什麼時候回家。」然後，她哈哈大笑，暗示他們母子感情有多好。我很清楚這一點，因為我在午餐時段打電話給他，他太忙了，沒時間講話，然而，對她來說，狀況卻並非如此，兩次，通了兩次電話。

「他加班到很晚，」我當時突然冒出這一句，「得要到大約十點才能回家。」

她問我：「他加班到這麼晚，妳不需要擔心嗎？」

我知道我不該繼續和她鬥下去，我很清楚這就是中了她的計，不過，我也頗想要測試一下她知道多少，是否真的比我還了解亞當。

我反問：「我為什麼需要擔心？」

「哎，要是他老實報告行蹤就沒事，」她露出竊笑，「這些年輕男人在搞什麼勾當，我們永遠不知道，尤其是跟我的亞當一樣俊帥的男人。」

我在心中偷偷模仿她講出「我的亞當」時的語氣，同時繼續攪拌肉醬，現在我的火氣越來越大。

我應該要怎麼回答才好？她期望聽到我怎麼說？我先前根本沒想過會有這種事？不過，嘿，既然妳提到了，搞不好還真的被妳說中了，也許他正在尬他的二十歲金髮女同事。

我沒這麼說，反而講出了這段話：「他最近很忙，但通常這時候都已經在家了。」也不知道為什麼，我覺得自己似乎得要為他、他的工作，還有我們之間的關係好好澄清一下，為他經常晚歸的這件事找個藉口，截至目前為止，我還沒有懷疑過他——大部分的時候都是如此。

「可能吧，」她當時是這麼說的，「但要是他覺得有壓力，妳要特別注意。只要辦公室出現一個能夠吸引他目光的同事，他就會跑了。這年頭哦，很容易出這種事。」

我整個人深陷在薩博的沙發裡，雙手摀臉，發出了沮喪的尖叫。

「她老是在他面前損我。但他有感覺嗎？有沒有對她說些什麼？顯然是沒有。」

「小艾，他只想要輕鬆過日子，」薩博說道，「這很可能就是他平撫她的方式。他當她兒子都這麼久了，所以我們必須相信他知道哪一招奏效，哪一招沒用。」

「但重點並不是安撫她，而是要挺我，他準備要娶進門的那個女人。老實說，薩博，要是狀況不變，我真的不知道我能不能繼續下去。」

「好，既然是這樣，妳必須和他好好談一談，把妳的感受，還有這件事妳需要他的支持相挺，全部都要說出來。」

我神情肅穆，點點頭。

「小艾，這很重要，這理當是妳人生最幸福的階段之一。馬上就要和他住進某間美麗的新公寓，他向妳求婚，為妳戴上戒指，而妳也應該要開始籌辦婚禮，這是妳的快樂時光。」

「我知道，」我嘆氣，「我會和他好好談一下，勢必如此。不過，我可以睡這邊嗎？一個晚上就好？」

他點頭，進廚房準備要再拿一瓶酒，我趁這時候打電話給亞當。

「妳要留在那裡？這話什麼意思？」他在電話另一頭咆哮。

「我不想吵架，」我語氣疲憊，「我們忙著閒聊，時間已經太晚了。我明天一早會回去，準備上班。」

「莫名其妙，」他嗆我，「妳根本沒有必要待在那裡。」

「亞當，我累了，還有，說真的，我需要喘息一下，一個晚上就好。現在時間已經十點多，所以也就不需要說什麼會想念我的話了。」

「立刻給我回家！」丟下這句話之後，他就掛了電話。

我突然感到一陣灼熱攻喉，熱淚馬上就要奪眶而出。我很想把淚水吞回去，但是當薩博一回到客廳的時候，它們還是立刻滾落而下。

「到底怎麼了？」他手裡還拿著酒，趕緊把我拉入他的懷中。「出了什麼事？」

我不斷抽泣，話講得斷斷續續。「他就是……不懂我的心情。」

「快過來，」薩博安慰我，「今晚留在這裡，明天一早就會好多了，真的。」

我結結巴巴，「我沒辦法……我得回家……」我願意不惜一切、只求能待在薩博的懷抱之中——感覺好安心——但我得回家，亞當的要求很合理。

兩天過去了，我依然沒有勇氣提起半個字，倒不是因為沒那個膽。也不是因為擔心我自己站不住腳，或是害怕會被帕咪發現，而是因為我不知道亞當會怎麼處理。這聽起來好瘋狂是不是？我真的不知道這個讓我深深愛戀，甚至超過了自己性命的男人，最後會作何反應。而且，還有這個問題：無論我認識他多久，又有多麼愛他，我永遠無法與他母親相提並論。他們擁有獨一無二、沒有任何人能夠打破甚或動搖的緊密關係。

「艾蜜莉，艾蜜莉！」我聽到她在叫我，但我需要再做一次深呼吸，才有辦法回應她。

「帕咪，有事嗎？」

「幫個忙煮水吧，我渴死了。」

我才剛走進大門而已，外套都還沒有脫下來，而且全身濕透，因為我才剛下地鐵就遇到大雨突然傾盆而落。她一定聽到了我的聲音，因為我剛剛忙著在奮力開鎖。趁現在鎖還沒壞，得趕緊叫房東過來看一下。

我在心中從一數到十，走進了廚房。我現在只想要拿出所有的餐具，全部摔在地上。不過，我還是小心翼翼拿出她最喜愛的杯子，放在大理石流理台上面，心想要是加點氰化物難度應該不高吧。

「哎呀，妳真是貼心。」她慢吞吞拖著腳步走進來，其實我很清楚，這是她刻意裝出的遲緩動作。

「今天過得如何？」但我還來不及回應她，她就自顧自說下去。「我把昨晚的殘渣都清乾淨了，」她拿起抹布，擦拭一塵不染的桌面。「要是髒東西留在那裡太久，就會惹來各式各樣的蟲子，我想妳的房東一定不會太開心。不過，光是要處理樓下那間義大利餐廳，應該就讓他忙得半死了。他們在後頭擺放那些亂七八糟的東西，還加上垃圾，真是恐怖，一定有老鼠在裡面亂跑。」

我對她擺出假笑。今天過得好漫長，我只想要泡個澡，換上睡衣，窩在沙發上看電視。還有，與我的未婚夫做愛。我們已經有將近一個禮拜沒上床——其實，也就是他求婚之後——這件事當然也會列入我的優先清單裡面，不過，既然他下班後總是與同事出去狂歡，而且還有惡魔的化身睡在我們的床上，想要與他有親密行為幾乎是不可能的事。

「哎呀，妳的頭髮變得不太一樣了，」她的語氣彷彿是第一次看到一樣，「妳是怎麼搞成這樣的？不好看，我不喜歡，我比較中意妳平常的樣子。」

「剛才淋了雨，」我語氣疲憊，「頭髮變濕的時候就會超捲。」

她發出竊笑，「千萬別讓亞當看到妳這個模樣，他一定會覺得奇怪，怎麼會和這樣的人在一起。」

我還沒脫外套，已經從冰箱裡拿酒、為自己倒了一杯，直接進了浴室。

「現在就開喝也太早了一點吧？」這是我關上浴室門之前聽到的最後一句話。

14

我在等亞當回來。而他母親與我一整晚都忙著為雞毛蒜皮的小事暗中較勁。從喝茶該配什麼點心、一直到誰有權掌握遙控器——只要是必須做出定奪的事情，都會讓我們陷入控制權之爭，真是可悲。不禁讓我想起當年正值青春期的我，與具有鋼鐵意志的十歲弟弟不斷角力的過往。

「可是妳答應過的，」小時候，當我把電視頻道一轉到《藍色彼得》，史都華一定會開始抱怨，「妳說過我今晚可以看《拜克樹林》，我們早就勾小指說好了。」

我會對他大吼，「才沒有！」

「明明有，妳答應我的。妳昨天看《藍色彼得》，今天輪到我決定節目。」

然後，我就會怒氣沖沖瞪他，那些年我經常對我弟怒目相向。當我擺出一張臭臉的時候，似乎反而會得到更好的回應，總是比我那些脫口而出、令人困惑不解的話語來得有用。因為我腦袋裡的那些想法，幾乎很難與我說出的話有任何關聯。

我發現我又開始擺臭臉，對象是帕咪，但我現在決定要叫她帕咪拉，這也畢竟適合她，聽起來就不是什麼友善可愛的名字，我也知道她討厭別人這麼叫她。

她說道：「今晚我想看某個電視節目。」

「哦，我也是。」我們都坐在沙發上，我不動聲色，拿起我們之間的遙控器。「節目名稱是什麼？」

「好像叫什麼《英國最大騙局》吧。」

「啊，可是我想看的是某齣戲劇。」我開始拚命亂轉頻道，想要找到貌似戲劇的節目，最後心不甘情不願，停在重播的《傲慢與偏見》，我根本不想看這種東西，要是亞當在的話，他一定會說這部片子是「我最可怕的夢魘」。不過，既然我們在進行意志力的鬥爭，那麼我無論看什麼節目都不成問題，反正就是不要讓她得逞就好。

過了半小時之後，我開始闔眼，握住遙控器的手也慢慢鬆開，發覺它已經滑到了我們之間的空隙裡，她問我：「妳怎麼不上床？」

她的聲音貫流我全身，又把我拉回到現實的客廳之中。

「什麼？為什麼？」

她哈哈大笑，「妳顯然是累了。快上床，我來等亞當。」

「帕咪拉，他都三十歲了——」我看到她臉色抽搐，「——我們都不需要等門，尤其是他的媽媽。」

她回道：「我以前都會等我的吉姆。」

「他是妳先生。」

「過沒多久之後，亞當也會成為妳先生。這就是妻子應盡的職責，我每天晚上都會等到他之後才一起上床睡覺。」

我咕噥：「我想妳還在自己的頭髮上綁緞帶吧？是不是？」

「什麼？」

「我想，自從妳結婚之後，應該發現時代變了。」

「這位小姐，既然我結婚結了這麼久，就讓我好好告訴妳吧。要是妳希望妳的婚姻能夠持續一年以上，最好要聽我的勸告。妳應該要以老公為天，不應該像現在一樣外出工作，女人的歸屬之地是家庭。」

我發出狂笑，「既然說到了家，妳打算什麼時候回去妳自己的家？妳已經在這裡住了六天了。」

她一把抓起我大腿上的遙控器。明明是我先拿到的，她真是莫名其妙。

她回嗆我，「等到亞當放心讓我回家的那一天啊。」

「亞當？這不是由他說了算。」

「我們兩天前聊過，」她的語氣神秘兮兮，擺明要讓我知道他們曾經在我被蒙在鼓裡的情況下私自聊天。「他說我住在這邊，可以讓他照顧我，他會感覺比較踏實一點。」

我忿忿心想：但照顧妳的人明明是我，又不是他。

「好，所以等到亞當和我覺得我身體狀況可以了，我就會回家。」她打哈欠，看錶。

「帕咪拉，這是當然的，妳一定要確認自己沒問題之後再離開。我覺得萬一妳獨居的時候出了什麼意外，後果真的是不堪設想。我的意思是，妳要什麼時候離開都不成問題，我們會注意妳的生活起居。」我刻意以手指為「離開」加了引號，她下巴緊繃，我不知道她氣的是我那個動作，或者是因為又被我喊「帕咪拉」。

「已經很晚了，妳去睡吧，我來等亞當，」我繼續說道，「妳說得對，我應該要等門才是，因為妳永遠不知道他可能會有什麼需要或期盼。」

她不動聲色，但我們都知道這一次交手是我得分。

「妳真是個好女孩。」說完之後，她從沙發起身。

我看著她站起來，雙手高舉過頭伸懶腰，這是她絕對不會在亞當面前做出的舉動，她不想在他面前顯現自己的身體有多麼矯健，她早成了欺瞞大師。我發現只要亞當出現的時候，她的行為、本事，甚至是聲音，都會出現微妙的變化。

「所以，妳會確定他安全進門嘍？」

我點點頭。

「要是他有喝酒的話，不要再對他碎碎唸了，他有權偶爾放鬆一下嘛。」

我盯著她，搖頭，一臉不可置信。我懷疑她是否真的與吉姆過著她所聲稱的那種婚姻生活。我實在看不出她哪裡像是那種任人踐踏的妻子、聽候老公興之所至的差遣，她明明是超級狠角色。不過，話說回來，也許是因為先生過世之後，才讓她變得這麼強悍。

她必須挺身照顧兩名稚子。不知道是否因為如此，才會產生這種異常的緊密感，某種與兒子處於正常關係，反而覺得備受威脅的異常感受。我心中感到微微的不忍，想坐下來好好與她談一談，讓她知道我絕對不會奪走她兒子。她依然可以在他的生命中、在我們的生命之中擔任主角，何苦要進行這場拔河賽，不過就是因為我們兩人似乎都想要證明自己是亞當的最愛。不過，我又想起了她所做的一切，她所說過的那些話，對我所造成的不必要傷害。我們明明可以當朋友，天，她甚至有可能多出一個女兒，她曾經告訴過我，自己沒生女兒是一大缺憾。不過，這樣的機會雖然出現，但也消逝了——都是因為她的這些舉動——如果這就是她的期盼，那就隨便她吧，我不會任由她把我擊垮，尤其是在我自己家裡，反正她必須走人。

我最後一次瞄向光碟放映機時間顯示器的時候，閃動的數字是十二點二十四分，不過，當亞當笨手笨腳脫鞋、跌坐在我頭上的時候，我已經不知道是幾點鐘了。

他聽到我大叫，立刻回道：「天，妳在這裡幹什麼？」

我在沙發上坐起來，睡眼惺忪，脖子肌肉緊繃，依然搞不清東西南北，我低聲說道，「努力當個好老婆，等你回來。」

他沒穿鞋，站在我面前，身體有些搖搖晃晃。「妳真體貼，」他好不容易才講出話：「我是何德何能可以享受這樣的待遇？」

「這和你的榮寵沒什麼太大關係，而是我的需要，」我發出輕笑，抓住他的皮帶，把他拉過來。「已經隔好久了呢。」現在我的臉已經貼在他褲頭拉鍊旁邊，而且也把手伸了過去。

「我們不可以這樣，」他低聲抗議，但其實言不由衷。「她可能會進入客廳。」

我聳肩，依然沒停下動作。

「噓，不行，小艾，我說認真的，我們不能這樣。」他咯咯笑個不停，我知道我可以繼續下去，因為這也是他的想望。

「已經快一個禮拜了，」我悄聲回他，雙手依然忙得很。「我們到底還要等多久？」

他突然抓住我不斷摸弄的雙手，「再等幾天就好，等到她恢復健康吧。」

「到底還要多久？」我撥開他的手，繼續挑逗。「我需要明確的日期，讓我可以有心理準備，讓我知道我們到底什麼時候可以平躺在床。」

「小艾，我知道這很辛苦，但再忍耐幾天就好。」

我逼問他：「所以，那就是星期天嘍？」

他陷入遲疑。

「跟我保證星期天沒問題，不然我就繼續玩下去。」

他哈哈大笑，「妳這樣不是讓我穩輸嗎？」

我握住了他，感覺到他立刻全身緊繃。

他開始喘息，「天……」

「接下來呢？」我開始逗他，「不然你說出星期天，我停手好了。」

我加快手速。

「天，小艾……」

「好，現在你有兩個選擇，星期天，我住手；或是星期天，我繼續下去？」他說得對——他贏不了。

他開始呻吟，我知道他絕對不可能開口叫我停下來了。「繼續就是了，」他迷情細語，「千萬不要停。」

我也是這麼想。在這種三方拉扯的關係之中，我們的互動必須有所改變。親愛的帕咪必須要知道是我與亞當共同對抗這個世界，我們是同心協力的一對，而不是她變態扭曲心靈所認定的兩個獨立個體，她搞錯了。

我萬萬沒想到，讓她親眼看到我含住她寶貝天使兒子的畫面，居然能讓我計謀奏效。

15

自從亞當的媽媽撞見我們在幹那件事之後，我們已經有三個禮拜沒聽到她的消息。看到我們的那種不雅姿態，顯然讓她驚駭萬分，留下了情感創傷。

「天底下沒有任何一個母親得要目睹那種畫面。」她曾經以誇張語氣向詹姆斯吐露了這件事，現在，他來到我們家，準備要討論我和亞當婚禮的各項安排。

亞當在坦布里奇維爾斯找到了一間漂亮的飯店，隔壁正好有教會，而且這個夏天只剩下一個週六檔期，我們立刻衝過去預訂，自此之後就突然忙得不得了。

現在，只剩下兩個月籌辦一切，我們開始恐慌，一切都需要立刻搞定。不過，我覺得詹姆斯與亞當之間的男人協調過程反而佔去了更多的時間。

我們三人站在廚房裡，詹姆斯詳述他母親過激的情緒反應，亞當厲聲說：「我不想討論這件事！」我立刻斥責他，但他卻轉身，氣呼呼走向臥室，留下詹姆斯和我站在那裡。

我們兩人都憋嘴忍笑，他的左頰出現了酒窩，我說道：「我覺得自己要是哈哈大笑，實在很壞心，但要是我不笑的話，一定會哭出來。」

詹姆斯手握咖啡杯，雙眼凝望著我，目光帶笑。「搞不好還有人比妳更慘。」

我看著他，覺得他瘋了。「啊，怎麼說？」

「這個嘛，我不知道怎麼說，」他低聲說道，「但我確定那裡的那個人處境一定更尷尬。」

我大笑，「哦，所以我應該要開心一點是嗎？」

他伸出食指，放在唇上。「噓，不要讓他聽到我們在笑，他只會更生氣。」

「他已經很生氣了，」我悄聲回道，「自從出事之後，他就一直很惱火，還怪我當初不應該做出那種事。」

「妳在開玩笑吧？」

我搖搖頭。

他挑眉看著我，「嗯，也許必須要有人提醒他一下，想要跳探戈，一定要有兩個人吧？」

我發現到我們一直在壓低聲音講話，我不希望亞當覺得我們在議論他。不過，我們的確就是在他背後講他的事。

「所以……」我刻意朗聲說道，「再一杯咖啡？」我想不出該說什麼才好。他舉起自己還剩下一半咖啡的馬克杯，搖搖頭。我為自己又弄了一杯，在廚房裡搞得哐啷作響。

我問道：「你母親的事，你覺得我們該怎麼辦才好？」我問完之後才發現自己可能已經越界，我不禁皺起眉頭，等待他的回應。

他溫柔回道：「她會走出陰霾的。」

我微笑，「我想這不是短時間的事。你也知道你媽媽的性格，她會想盡辦法拖下去。」其實我不知道自己是不是該這麼大聲說出內心話。

「她只是刀子嘴豆腐心，」經過了一陣長長的沉默之後，他終於開口。「遲早會想通的。」

我一直緊憋的那口氣終於從唇間抒發出來，雙肩的緊繃感也慢慢消退。要不是因為亞當在隔壁房間，我一定會向詹姆斯傾吐一切。其實，那些話已經在我的舌尖，迫不及待要說出口。要是亞當能向詹姆斯學學就好了，談論他母親的事也就會變得容易許多。詹姆斯一定懂得我的感受，還有她對我造成的情緒波動。當她把我逼得無路可退的時候，他會支持我，力挺我，我知道他一定會這麼做。

他又露出了那樣的微笑，彷彿能夠看穿我的心思。「她只是需要一點時間，如此而已。」

我不介意，她想要多少時間都不成問題，慢慢來吧，反正我也不會想念她。老實說，能夠在她與我們之間設下某種距離屏障，我心底是開心到不行。不過，我必須要克制一下自己的期待，因為，自從出事之後，亞當的性衝動已經墜落到谷底。除了他上班之前那個純純的再見之吻之外，已經不可能勾起他任何的情慾。我想要說服自己，這只不過是巧合罷了，他工作壓力大，而且很疲累。不過，每當我回想起帕咪看到我們時的情景，亞當全身震顫不已，我知道他所受到的影響絕對超乎了我的想像。

「抱歉，我真的沒那個心情。」那晚，事情爆發之後，我穿著「維多利亞的秘密」的新款蕾絲內衣慢慢走入臥室，他對我說出這樣的話。

「那你覺得你什麼時候想要？」我臉色陰沉，「等一下嗎？」

「今晚不要就是了。」

我挑逗他，「不過我可以幫你解決所有的煩惱。」我上了床，把手伸過去。

「妳放過我吧。」他怒嗆完之後，立刻轉身背向我，關掉電燈。

第二天早上，我的兩名實習生打電話請假，讓我心情更加惡劣。我知道其中一個不太可靠，但萊恩就出乎我意料之外，也讓我大失所望。他的工作行事曆塞滿了會議，害得我必須要同時搞定我們兩人的行程，甚至得想辦法變魔術，在同一時段出現在兩個不同的地方。

到了中午的時候，我覺得我體內的熱氣都要從耳朵裡噴出來了。我的老闆納森要我接手某一新領域，還有某個已經周旋好幾個禮拜之久的客戶打算要與我們的對手簽約，這兩件事我絕對不能坐視不管。

我的手機至少已經響了三十次，每一次的來電都讓我壓力指數上升。

「喂，我是艾蜜莉．哈維史托克。」我知道我會口氣不好，但還是有點太衝了一點。

「哦，心情那麼糟糕啊？」來電者是名男性。

「抱歉，您哪位？」我沒看過這號碼，已經開始後悔幹嘛要應答，我現在沒有時間應付行銷電話。

「我是詹姆斯。」

我想了一會兒，還是一頭霧水。「抱歉，您的姓氏是？」

「我是亞當的弟弟。」他遲疑了一會兒才說話。

「哦，」我說道，「抱歉，我以為是哪位詹姆斯要來討論公事。嗨，你好嗎？如果你是要找亞當的話，他不在我身邊。還是帕咪的事？她好嗎？」我的腦中已經開始出現了百萬種劇情版本。

「是，她很好，一切平安。」

我期待他能夠繼續講下去，但他卻在逼我找話題。「所以，你呢？」我問道，「都還好嗎？」

與詹姆斯講電話的感覺很奇怪。傳訊就不太一樣，我們過往輕鬆自在的友誼彷彿成了某種越界的關係。

「嗯，我很好。」他慢條斯理講出這句話，我靜靜等待，不知道該怎麼接話。

「只是……嗯……我正好在妳辦公室附近，不知道妳有沒有空喝個咖啡？」

「什麼？」我沒想到自己會驚呼得這麼大聲。

「喂？」

「嗯……嗨。」

「我剛才沒聽到妳說什麼，有空還是沒空？」

「嗯……抱歉，我在金絲雀碼頭這裡。要是喝杯咖啡當然就太好了，但我今天忙得要命，會議滿檔，我們這一行被操得很厲害。」我聽到自己為了要緩和心情發出了假笑，但我猜他還不太清楚我的個性，應該是聽不出來。

我的心中浮現電話另外一頭的那個男人。我老是在想像他雙腳腳踝陷入泥土裡的模樣。忙著耙整花床，雙手在原本是白色、已經轉為灰色的髒兮兮T恤上抹了好幾下。他的五官神似亞當，但更加年輕，更具有銳氣，更有立體感，他伸手把頭髮往後梳的時候，可以看到指甲縫裡還有泥巴塊。

現在，他來到了這裡，我曾經親耳聽到他稱其為水泥大都會的這個地方。我想他對這座城市沒有任何迷戀，所以他來這裡幹什麼？他現在是不是身穿西裝，穿越高樓大廈迷宮？越來越渴望回去他鍾愛的翠綠牧地？

我發現自己開始想像他的面貌，而且這並不是我的第一次，不禁讓我面紅耳赤。

我結結巴巴，打破了這段漫長的沉默。「呃——也許改天吧？」

「是，當然，沒問題。」他的反應好急促，似乎覺得很難堪，想要趕緊結束通話。

我向他道再見，陷入他掛線之後的靜寂之中，我站在卡伯特廣場的角落，動也不動，刺骨寒風在我身旁呼嘯，我滿臉困惑，望著自己的手機。

我想要專心工作，但是心底卻有無法放下的思緒。我正好在妳辦公室附近……真的是剛巧？或者是別有用心？如果真是如此，又是為什麼？

16

也不知道為什麼，我並沒有把詹姆斯打電話給我的事告訴亞當。我覺得我應該要說出來才是，但這也不要緊吧？就像詹姆斯所說的一樣，「不是什麼大不了的事」。不過，亞當要是真的打電話給詹姆斯的女友，宣稱自己只是正好路過，我一定會懷疑另有蹊蹺。我心裡有數，當我一想到這件事的時候，的確有雙重標準。

「那起事件」發生之後的那三個禮拜當中，我也以同樣成熟的態度面對我與帕咪之間持續不下的僵持態勢。發生這種事的確遺憾，但我認真思索之後，我覺得它對亞當與他母親所造成的影響比較嚴重，我倒是還好。對，我的確很難堪，但我只是被正好抓到的小角色罷了。天，萬一狀況正好相反，是我自己的媽媽目睹了帕咪所看到的場景，我一定死定了。所以，我雖然覺得她應該永遠不可能是我喜歡的人，但我覺得只要等到時機成熟，我一定會竭盡全力彌補她。不過，測試自己全新體悟哲學的機會，我想應該不會那麼快到來。

我們約好了要在下個禮拜天共進午餐，七橡樹的海鮮餐廳，帕咪當初是這麼說的：「我覺得我們要是能在中立區域見面會比較好一點。」她的語氣宛若兩大國的首領要開會商議如何阻卻第三次世界大戰。所以，我們就和以前一樣，乖乖照辦，約在距離高街不遠的洛奇范恩餐廳見面。

我們把車停在瑪莎百貨後面的某個停車格，亞當摟著我，兩人一起迅速步入走廊。這是一個普通到不行的動作，他先前已經做了上百次之多，但我們沒有做愛已經將近一個月之久，他的撫觸不禁讓我全身一陣顫抖。我告訴自己，等到我們回家的時候，我會再試一次。不過，我在明知會被拒絕的狀況下主動示好，已經發生過太多次了。我總是硬是擠出淡淡的笑容，假裝不在意，把他拉到我身邊討抱抱，偶爾他還是會敷衍我一下。但，我真的很受傷，好心痛，而這筆帳依然得算在她的頭上。

當我們繞過轉角的時候，一陣寒風突然撲來，我拉緊外套，心想幸好穿的是這件還有內搭的羅紋針織衫。這不算是我最光鮮亮麗的裝扮，但我也沒心思打理，今天早上我根本懶得洗頭，這個舉動只是在浪費洗髮精與潤髮乳而已。不論我是綁著一頭油嘰嘰的馬尾還是弄出一頭捲度明顯、閃亮亮的過肩秀髮，都只會引來她的一陣訕笑。

雖然我們遲到了五分鐘，但我知道她根本不會在那裡，她從來不準時。她喜歡拖個足足十五分鐘之後再出現，一是為了確保可以引起大家的關注，二是避免自己一個人等候的尷尬。帕咪藏有許多心機，我現在也已經略知一二，要是哪一天能夠摸清她所有的把戲，我一定會嚇一大跳。

服務生在幫亞當脫外套，我打算等到身體稍稍回暖之後再說。就在這時候，我開口詢問他：「好，等一下要不要聊一下那件事？」

「不要。」他只回了我這句話。

「但你不覺得——」

「天，小艾，不要再提這件事了。她已經受盡煎熬，我知道她絕對不想要回顧那件事，這一點我十分清楚。」

哦，接下來一定是歡樂時光。我等一下必須夾在某個無法忍受看到我的女人，以及不願與我有肌膚之親的未婚夫之間，時間可能長達兩三個小時之久。而且，等到我們坐在那宛若包廂的餐桌前之後，我才知道詹姆斯也可能會過來，支援他飽受委屈的可憐母親。太好了，還有什麼比這更慘的狀況嗎？

恰好就在此時，也就是我們約定時間的十五分鐘之後，帕咪進來了，她的神情很複雜，愛恨交織。她一看到亞當就給了他一個大大的擁抱。

「哦，親愛的，看到你真是太好了，我正覺得納悶……」她話沒說完，憂傷的雙眸立刻望向地板，戲劇效果一流。

「艾蜜莉呢？」她面向我，假意露出我怎麼也在這裡的驚訝神色。「好久不見了，」她語氣冰冷，而且講下一句話的時候已經別過頭去。「不過妳氣色不錯，胖了點，妳本來就應該要多長點肉。」

我向亞當示意，希望他可以注意到我的窘境，但他只是微微搖頭，目光又飄回到她身上。

「其實我沒有變胖，可能只是寬大外套與針織衫的錯覺。」我為了要加強語氣，還摸著自己的肋骨，不過他們已經轉聊其他的話題。

三杯灰皮諾送上來了，感覺更糟糕。我覺得他們好像待在自己的私人俱樂部，而我並不是會員。

她笑問亞當：「哦，你記得你和詹姆斯在惠斯塔布海灘找到那些螃蟹的事嗎？」

亞當笑得開懷，「我們還把自己的名字寫在螃蟹背上，讓牠們賽跑。」

「沒錯。」她發出一陣陣誇張過頭的狂笑。

「我的一直沒有贏。」

「你們是不是吵得鬧翻天？」帕咪問道，「我記得詹姆斯是一路哭回家。」

亞當翻白眼，「妳不記得了嗎？他徹底崩潰，因為我們的桶子裡裝滿了海砂，但回家之後才發現他的螃蟹被壓碎了。」

帕咪緩緩點頭，「我記得，我還是不知道怎麼會發生這樣的事。」

亞當哈哈大笑，「一定是因為潮浪夾帶了石頭，混在海砂裡，造成了致命一擊，不然就是有人犯下完美謀殺案……」

他看著我，「之後我就再也沒吃過螃蟹。」

我勉強擠出微笑。

我想要告訴自己不要擔心，他只是在演戲而已，想要讓他們的母子關係回到正軌。但我們之間的關係呢？他不是應該要用心挽救嗎？自從被她意外目睹我們歡愛的畫面之後，我們就幾乎沒有好好說過話，更沒有親密行為，而那種情緒一直在侵蝕我……啃咬不放。如果她的行為舉止能夠像個正常的媽媽，符合一般規範，那麼我們之間的互動一定是完美無缺。

喝到第四杯酒的時候，她開始詢問亞當該為琳達的兒子伊旺買什麼禮物是好，因為他馬上要過二十一歲生日了，我也在此時發現自己心中的不滿越來越激烈。

「所以，你覺得買個好皮夾當贈禮怎麼樣？」她詢問的對象是亞當，不是我。自從她對我的體重發表過意見之後，就再也沒有正眼看過我，其實，我覺得她當時也沒仔細看，不然應該會注意到其實我瘦了。不過，她這樣一直整我到底是有什麼樂趣可言？

亞當說道：「我想他一定會很開心。要是我們各出個五十英鎊，應該可以買高檔品牌，也許保羅．史密斯也不成問題。」

「好！」帕咪興奮得微喘，「我出個五十英鎊，你也是，至於詹姆斯的話我們就得問問看了，你也知道他賺的沒你多。」

她的目光只望向詹姆斯。

「我也可以加個二十五英鎊，」我插嘴，「亞當的一半，嗯，就算是我們兩人的共同心意。」

她真的是一臉嫌惡看著我，「親愛的，謝謝，但真的沒有必要，這是我們一家人的贈禮。」

說完之後，她發出輕笑，又看著亞當。

「但我也是家人哪。」我咬牙切齒，我知道自己喝多了，但我覺得自己已經管不住嘴巴，我的雙唇動個不停，但我無法控制會講出什麼話。

亞當回道：「小艾，不要緊，我出的錢就代表了我們兩個人。」

「我不要你幫我出錢，」我特別強調「出錢」這個字詞，「要是禮卡上有我的名字，那我也想要有所貢獻。」

帕咪發出不耐嘖嘖聲響，一臉高傲看著我。她的無框眼鏡低掛鼻頭，讓她看起來像是個女校長一樣。

「好吧，」亞當嘆氣，「就照妳的意思吧。」

「哎，我覺得這樣很不合理，」帕咪哈哈大笑，「妳也不算是真的認識他，既然他連妳家人都稱不上，根本不需要掏錢。」

「但是亞當的家人就是我的家人，」我似乎完全無法控制自己的聲量，「我們再過兩個月就要結婚了，我即將成為班克斯太太，」我發現她肌肉在抽搐，「所以，我們馬上就是一家人了。」

「媽，如果她心甘情願，那當然沒關係。」

耶！亞當，感謝你。

「哎，我只是在想——」帕咪才剛開口，我就大手一揚，示意請她不要再講下去了。

「趁我們大家正在討論家務事，」我說道，「怎麼就沒有人有那個膽量講出大家不敢提的那個話題呢？」

亞當的語氣頗為嚴厲，「艾蜜莉，夠了。」

「亞當，什麼夠了？」我想要保持鎮定，控制情緒，但被壓抑了好幾週的挫折感似乎已經在爆發邊緣。「自從你媽媽『發現』我們在做大部分正常情侶都會做的那件事之後，她可知道我們的關係在過去這幾個禮拜當中變成了什麼模樣？」我很討厭有人講話的時候會伸出手指加引號，但既然講的是她，我就實在忍不住了。

帕咪不斷發出嘖嘖聲響，對我充滿厭惡，亞當抓住我的手肘。「抱歉，媽媽，」他把我從椅子上拉起來，「我不知道她怎麼會這樣，真的很抱歉。」

「陷入熱戀的愛侶都是如此，」我冷冷笑道，同時甩開他的手。「你必須要記得——」

「艾蜜莉！」亞當大吼，「夠了！」

他捏住我的手臂，「媽媽，真抱歉，」我聽到他裝腔作勢的語氣，反正一定得想辦法安撫他媽媽就是了。「妳自己回家可以嗎？」

「當然沒問題，」她立刻示意我們離桌，「我沒事，你的麻煩倒是夠多了。不用擔心我，確定把她平安送回家就是了。」

他對她擠出苦笑，又把我推向大門。「等我們一到家，我就會馬上打電話給妳。」我扮鬼臉，假裝在模仿他，而且還轉頭面向她的座位，原本以為會看到她那張可憐兮兮、為了亞當而特別裝出的面孔，讓他知道她受的傷有多重，她有多麼脆弱不堪。不過，他並沒有在看她，反而是我。所以，她緩緩展露微笑，還舉起喝了一半的紅酒杯。

我記得他在到家之前完全不發一語，到了大門口之後，他插入自己的鑰匙，對我說道：「妳喝醉了，趕快上樓冷靜一下。」

對，我是有點喝多了，多喝了一兩杯，但我說出的都是真心話。要是我稍微清醒一點，也許處理手法會稍稍不同，但就是這樣了，我不後悔。而唯一讓我心痛的地方，就是我看起來像是個壞蛋，她卻依然安穩坐在她的女王寶座。

17

亞當過了三天之後才開始跟我講話，在這段期間，他只有在浴室錯身而過的時候會開口說聲「抱歉借過一下」。我們之間關係終於破冰的那一刻，並不是我們迫切需要的嚴肅長談，而是這一句話：「今晚想吃什麼？」

「隨便。要不要吃外帶簡餐？」

「好。那要印度菜還是中國菜？」

就這樣，我們至少恢復了講話。我不想向他道歉，他也沒那個意思，所以回到原始起點也好。我們用餐時還互相寒暄了一下，但感覺很彆扭，就像是兩個陌生人相親時的場景一樣。他的眼睛一直不曾離開他的雞絲炒麵，唯恐與我四目相接。

「所以你同事傑森狀況怎麼樣？」我雖然這麼問，但我其實更關心的是那個新加入的女孩蘿貝卡，不知他們相處得如何，但立刻就切入這話題太危險了，所以我打安全牌。

「嗯，還可以，」他回道，「似乎是很拚，我們就等著看他表現了，萊恩呢？他怎麼樣？」

「感謝老天，好多了。他是個乖孩子，而且我覺得他很有潛力。但他還年輕，所以還不太清楚自己的優勢。我覺得很可惜，恐怕他還來不及展現自己的能力，就已經先被他們給開除了。」

出現了一陣漫長的沉默，因為我們都在構思接下來該說什麼是好。

他問道：「所以，妳到底和我媽之間出了什麼問題？」

這個問題讓我猝不及防。我壓根沒想到他會問得這麼直接，雖然我盡力掩飾，但還是忍不住張大嘴巴。

「因為，顯然我們也該要改變現況了。妳們這樣的相處模式，我實在無法繼續忍受。看來妳和她之間有問題——或者，是妳自己的問題？光看到她就會引發妳深深的不滿？」

我嘆了一口長氣。

「妳不能否認，的確有某個環節出了問題，」他繼續說道，「只要她一出現，妳看起來就很緊張，就連她出現在我們話題之中的時候也是如此。我覺得只要一提到她的名字，就讓我如履薄冰。都是因為妳，現在害我連想見她，甚或只是和她講話的時候都覺得心情惡劣。」

我低聲回道：「你又沒看到她的態度。」

「可是我從來沒有看過或聽過她對妳不好，她總是和顏悅色。她何苦要整妳呢？她覺得妳很棒，她一直都是抱持這樣的想法。」

「你就是不懂。」

他推開盤子，雙臂交疊擱在桌上。「好，那我想聽妳怎麼解釋。她明明很照顧妳，是不是總是讓妳覺得妳是我們家的一分子？」

我牽了一下嘴角，完全沒有嘲諷的意思，但我笑起來就是那個模樣。

他發出哀號，「妳看妳，又來了，到底有什麼問題啊？」

我連要怎麼向自己解釋都不知道了，更不可能對他講清楚，只要一說出口，就顯得我心胸狹窄。

「好，我舉個例子給你聽，」我絞盡腦汁，想找個簡單明瞭的例子，但什麼都說不出口。「呃……」

當我在思索的時候，他保持禮貌，靜靜等待，但我卻開始覺得自己像是個騙子。

「好，上星期六，在那間海鮮餐廳吃午餐的時候，你怎麼說？」

「天，我怎麼忘得掉？妳搞得我們很難堪。」

我深呼吸，現在必須要保持冷靜。我必須要以簡潔、具有說服力的方式為自己辯護，但願他能夠了解我為什麼會出現這種情緒。

「好，我們才一剛到那裡，她就對我的體重發表難聽評語。」當我說出這些話的時候，不禁臉色抽搐，這跟小女生一樣嘛。

「吼，天哪，小艾，妳是不是在開玩笑？大部分的媽媽不都是這樣嗎？我們現在討論的問題是母性嗎？」

我想到我媽媽，不禁露出微笑，只要我多問幾句，她就會罵我，但要是我什麼都不問，她又會催促我開口。不過，我隨即恢復鎮定，帕咪又不是我媽。

「在你的派對現場，她讓大家排排站拍家族合照，卻要我幫忙拍。」我真的很想告訴他，我覺得她那次昏倒是裝的，但要是我搞錯的話，他這一輩子都不會再跟我講話了，而且我也沒有辦法證實自己的指控。

他一臉茫然看著我，「然後呢？」

「啊，我不在裡面哪。」

「那就只是張照片罷了，」他一臉不可置信，「現場一片亂糟糟，人又那麼多……我相信還有其他家人也被遺漏了，但絕對不是故意的。」

「不過，她要我拍照。」我已經覺得滿是委屈。

「妳的地位當然比這照片重要，這還要問嗎？」他對我提出質疑，「就算媽媽有點小毛病——相信我，我知道她有些問題——妳要是能夠釋懷，心情也會比較輕鬆吧？這樣一來，我們才能過自己的生活，而不是讓妳自己頻頻計較她的一言一行。還有，小艾，我不是在開玩笑，但妳講得好像是她要對妳展開仇殺一樣。拜託，她都已經六十多歲了，妳覺得她能怎麼樣？拿著雨傘狂追妳？把妳打死嗎？」

我必須要大笑才是。他說得沒錯，我講出這種話，顯得我極為缺乏安全感又幼稚，而我並不是那樣的人。我明明可以從容掌握各種狀況，兵來將擋水來土掩，是不是？

「好，所以妳答應我要給她機會嘍？」他問道，「看在我的分上吧？」

我抬頭望著他，點點頭。

「亞當？」我柔聲呼喚他，他盯著我，是真的緊盯我不放，我可以感受到他的強烈目光直穿我身。我的腹底在抽動，感受到一股熱力，不禁讓我想起了我們的第一次，我的所有感官興奮難耐，彷彿有一大叢神經匯聚在我的身體底部。我的心裡開始上演無數種版本的劇情，不過，每一段情節都陸續被推翻。

當他凝望我的時候，我又想到了過往的甜蜜，不過，我現在卻覺得要是我搞砸的話，一定會失去得更多。現在已不再是當年那種戀愛一場接著一場、義無反顧的任性時光了，這是我的將來，我們的將來，需要小心處理。

他嘴角上揚，雖然只有微微一笑，卻已經給了我所需要的一切暗示。

我站起來，橫過桌面親吻他的唇，然後不發一語，走向了臥室。

他低聲呢喃，但我不想聽他的藉口，我期盼他與我做愛，我需要他與我做愛。

等到他進入臥室之後，我已經脫了衣服，身上只剩下他去年聖誕節買給我的禮物，「密探」牌的黑色蕾絲內衣組。他如果不是在暢懷大笑，那就是在賊笑，我不知道他到底是哪一種反應，我朝他走去，唯一的床邊桌燈所散發出的溫暖光暈，遍布整間臥房。

我的心在狂跳，幾乎都要飛出來了，宛若青澀少女準備要迎接自己的第一次。我發現自己移動的速度跟慢動作一樣，彷彿身體已經準備要進入逃跑或戰鬥的緊張狀態，隨時要承受被拒絕的衝擊。不過，要是他再次對我悍然說不，我們還能回到從前嗎？我其實不太想要冒險，不過，我的腦袋卻在對我尖吼，繼續下去，才能知道我們是否能繼續走下去、回復到以往的愛侶關係。

他慢慢走過來，等到我們面對面的時候，我以雙手托住他的臉，凝神盯著他，他的柔軟短鬚讓我的掌心好刺癢。

我輕聲說道：「我們沒事了吧？」

他點點頭，「希望如此，我只是不知道——」

我伸出手指貼住他的唇，開始吻他，一開始很溫柔，不過，他變得急切，我回應他的吻也更加狂野。我們倒在床上，我拉扯他的長褲，迫不及想要解開鈕釦，感受到他身體已經有了反應。我的思緒亂紛紛，讓這件事變得格外重大、超越了它的實質意義——我迫不及待想要填補我們過往完美關係之間出現的裂縫。

性不是一切，我很清楚，但萬一喪失了那種親密感，就會凸顯出其他的不安全感。我已經開始懷疑自己的性魅力，不知道是否能夠挑起他的性趣，也懷疑他是否在與別人約會。我需要它，是為了我們彼此，如此一來，我們才會確定是不是真的沒事了。

我們是做不下去了，他比我早知道這一點。

「不要。」他伸手推開我。

「放輕鬆就是了。」我執意要繼續。

「我說了，不要。」他的挫折感感染了我們兩人。

我想要追問自己到底是哪裡做錯了，但那種話聽起來像是二流成人片女演員會講出口的台詞。雖然我明明毫無信心，還是得佯裝充滿自信。

我又挨到他旁邊，「要不要我試試看——」

「靠，小艾，」他怒嗆我，「我講得還不夠明白嗎？反正是不會做了。」

我的內心都碎了，覺得自己是充滿性感魅力女子的念頭，瞬間化為無數碎片。我失敗了，以前總是十分容易，我們彼此合拍，知道要做什麼，什麼時候採取行動。沒有人能夠帶給我像亞當一樣的強烈悸動，他也對我說過相同的話，所以怎麼會變得這麼離譜呢？我得要修補回來。

我只能最後一搏，跨坐在他身上。

「天，」他大吼，把我推開，立刻跳下床，匆忙穿上四角內褲。「妳到底是哪一個字聽不懂？」

我坐起身子，呆若木雞。

「放輕鬆就是了……要不要我試試看……」他模仿我剛才講的話，不斷在房間裡來回踱步。

「但我們只需要——」

「我們不需要做任何事，」他厲聲怒道，「不是妳的問題，癥結在我身上。所以就不要再繼續跟我說我們需要做什麼，我們得要試試這個那個。」

我茫然搖頭，「我只是想要幫忙而已。」我的聲音幾乎已經快要聽不見了。

「好，我不需要妳幫忙，靠，我只是需要奇蹟而已。」他走出去，大力甩門，力道之猛烈，就連門樑都脫了框。

我坐在那裡，驚愕無語，雙眼刺癢，暗罵自己怎麼如此自私。這與我無關，關鍵是在他身上。我想起我們最後一次想要歡愛的情景，也就是他母親還住在這裡的時候，一下就結束了。她叫喊他的名字，彷彿像是老師在喝斥調皮的男學生。「亞當！你在幹什麼？」他立刻往後一縮，離得我遠遠的。

她撞見我們在歡愛的那一場意外，彷彿造成了他的生理創痛。也許真的是如此，不過，那股痛楚雖然已經消失了，但心理障礙依然存在，這個部分想要完全痊癒，更是困難重重。

18

我覺得詹姆斯應該不會再跟我聯絡了，不過，就在他第一次打電話找我之後的一個禮拜，他宣稱自己「正好路過」，我正好有半小時的空檔，而且我也十分好奇他的真正意圖，所以我就答應他一起喝咖啡。

我們窩在維利耶街的某間土耳其小咖啡館，對抗外頭刺骨寒風的暖氣強猛，也讓窗戶佈滿了水霧。櫃檯後頭的那個男人正在大吼大叫催訂單，一片鬧哄哄，但到底有誰會在星期三的早上十一點吃沙威瑪？不過，這至少可以分散一下與詹姆斯獨處的詭異親暱感。我一直告訴自己，他馬上就要變成我的小叔了，所以這也是稀鬆平常之事，但還是感覺不太對勁。只有我這麼想嗎？或者他也有相同的心情？

「所以……」我本來有機會說出的開場白，卻被他搶先一步。這應該是打破沉默的唯一發語詞，看來對話主導權已經在他的手中，不過，他似乎也不知道接下來該說什麼。

他問道：「一切都還好嗎？」

「很好，真的都很好，」我回答得也未免太快了一點，「你呢？還是和克洛伊在一起？都好吧？」我不知道自己為什麼會提到他女友，明明是我從來沒見過的女人，我應該先問他的工作才是。還有，我怎麼會在同一句話裡講了多次的「很好」？我本來和詹姆斯在一起的時候覺得輕鬆愉快，但現在反而讓我坐立難安，以往的輕鬆談笑，現在卻成了生硬的對話。

「時好時壞，」他回道，「但因為我們才剛在一起而已。」

「你們在一起多久了？」我拚命裝出這只是隨口問問而已。

「哦，只有四、五個月，所以什麼狀況都會遇到。」他揚眉，哈哈大笑。「妳也知道我的德性，我以前總是撐不久。」

我露出彆扭笑容，我不知道他到底是怎樣的人，我們真的不熟，所以他講出那種話，彷彿拉近了我們之間的距離。

他扭動手臂，脫去了海軍藍羊毛外套，手肘不小心撞到了我們身處狹小角落的剝落護牆板，他假裝哎了一下，沒出聲，逗得我哈哈大笑，他鬆開脖子上的褐色圍巾，露出了亮藍色襯衫，還有胸口袋上面明顯的馬球員刺繡標誌。亞當也喜歡勞倫這個牌子，但他穿起來的模樣就是很繃，縫線似乎都要爆開了，因為他雙肩厚實，而且上臂在健身房訓練有成。詹姆斯看起來就舒服多了，領口的位置恰如其分。

我問道：「那工作呢？忙嗎？」

他喝了一小口卡布奇諾，點點頭，留下了一抹白色泡泡鬍鬚。我大笑，指了一下自己的上唇，他的臉瞬間微紅。

「嗯，還不錯。我現在得請兩名助手來幫忙，而且我今天會來倫敦是為了要開會，希望可以拿到某個公司的委託案。」

「哦，太好了。」我已經知道我接下來該問什麼了。

「有間建設公司在找尋當地園藝公司負責某些公園區域，他們的位置是諾爾公園附近的嶄新住宅區。」

我點頭。我曾經聽帕咪提起過諾爾公園，但我不記得確切位置。

「我得到尤斯頓的公司總部做簡報，但我提早到了一會兒，所以才在想要是妳有空的話，也許可以和妳見個面，妳應該不介意吧？」

「當然不會，我等一下與人在阿爾德蓋特有約，所以這樣剛剛好。但上次你打電話來的時候，我無法抽身，真的很抱歉，我經常得四處奔波。」

「別擔心，只是隨口提一下而已，我知道妳超忙，而且，妳還是來了。」

我望著他，露出甜笑。

「你媽媽還好嗎？」其實我真的不關心她的近況，但要是不問一下就失禮了。

「還不錯，她說你們在洛奇范恩餐廳見面，用餐氣氛很愉快。」

我覺得胸口彷彿被人重捶了一拳，「她是這麼說的嗎？」我一臉不可置信，「真的嗎？」

「是啊，」他哈哈大笑，「怎麼了？妳覺得不是？」

「哦，有一點小摩擦……」

他一頭霧水，「是怎樣？」

「我們……發生了一點小爭執。」

他等我繼續說下去。

「我喝太多了，你媽媽講了幾句我覺得不中聽的話，說起來真不好意思，我當場就回嘴了。」

「噗！」他哈哈大笑。

我微笑，「真的！」

「所以最後怎麼收場？妳們現在還是朋友嗎？」他的語氣儼然是把我們當成了兩個因為搶玩具而吵架的小朋友。

我皺鼻頭，「希望還是，但我不知道她的感受。從事後看來，她應該只是想要展現善意，但我卻拒人於千里之外。」

「她倒是什麼都沒有跟我提，」他繼續說道，「有時候我媽可能會在不恰當的時間點說出不恰當的話，但等到妳更加了解她之後，就會知道不能把她的話全部當真。」

他覺得我到現在還對她認識不深，讓我覺得莫名被羞辱了，不過，我必須要提醒自己，才不過短短六個月，在這麼短的時間當中，又怎麼可能好好認識一個人呢？

我老實回道：「希望如此。」

「相信我……」他的手蓋住我的手背，深情款款看著我。

當我們的皮膚彼此相觸的時候，我覺得自己彷彿被電到了一樣，不過，我的直覺雖然告訴我應該應該要抽開手，但我卻不希望讓他覺得彆扭。

「抱歉，我得要看一下手機。」我的聲調比平常還要高亢，希望他不要發現我有多麼緊張。

我從包包裡拿出手機。

他突然打斷我，「妳和亞當之間還好嗎？」

我看著他，那雙深藍色的眼眸也回望我，突然之間，我有一股想要大哭的衝動。

我覺得好丟臉，趕緊把手伸向桌面的餐巾架、抽了其中一張，輕輕按眼角。

「小艾，妳還好嗎？」他的焦慮全寫在臉上。

聽到他這麼叫我，簡直就像是在呼喚好友一樣，讓我更是難以控制情緒，趕緊吞嚥口水，忍住哽咽。

他的手跨越桌面，把我摀住臉龐的手抓過去、緊握不放。

「要不要告訴我出了什麼事？」

我可以說出來啊，我真的很想，但這樣公平嗎？我搖搖頭。

「我得走了。」突然之間，我好想離開那裡。我把椅子推回桌邊，但他依然握著我的手，目光堅定不移。

「小艾，只要妳需要我，我永遠都在妳身邊。」我望著他的雙眼，我相信他是一片真心。我的耳內聽到了自己的強烈心跳，宛若鼓聲砰砰作響。突然傳來颼一聲，讓我宛若沉入水底，被我自己的思緒所淹沒。

我拿起掛在椅背上的包包，抽開自己的手。「我得走了。」說完之後，我立刻茫茫然轉身，穿過原本只能容納四張桌子、卻硬塞了八張餐桌的狹窄空間。我撞到了別人的肩膀，碰到了他們的杯子，茶水也因而潑濺到茶碟裡，我走到門口的時候，聽到他們在訓斥我：「喂！注意一點！」

我衝向通往河岸街的斜坡，腦中充滿詹姆斯的話語，*我永遠都在妳身邊*。我想要奔逃，跑得越遠越好，不然，要是回到他的身邊，一定會十分危險。

19

薩博大叫，「靠，這是怎樣……？」

我必須要把事情講出來——對象是某個不會對我做出評價的好友——雖然我知道我可以安心告訴琵琶，但自從我搬出去之後，我們就很少見面，所以薩博自然是我的第一人選。

「所以，妳就直接走出了咖啡店？」

「拜託，你一定要幫我，」我苦苦哀求，「你要幫我釐清狀況。」

在我與詹姆斯見面之後的這二十四小時當中，我已經冷靜下來了，但我卻比之前還要迷惘。在咖啡店裡出了什麼事？為什麼會讓我如此激動？他說出那種話一定是無心的，我十分確定，但我依然無法擺脫那種不安感。與他說出口的話無關，而是那些還沒有說出口的話。

薩博問道：「我的意思是，妳覺得他是對妳有意思嗎？嗯，打算認真追妳？」

「對！不是……我不知道。」我發出哀號，整顆頭又往他的沙發上一靠。「只是，在那個當下，我覺得我什麼事都做得出來。我想要對他傾訴、想要吻他、想要與他一起私奔……」

「哦，最後一項就有點沖昏頭了。不過，如果只是玩親親，應該不會有人罵妳啦。」

「你根本沒有在幫忙，」我打了一下他的手臂，「這非同小可，我接下來該怎麼辦？」

「好吧，」他的臉色轉趨嚴肅，「妳想要怎麼辦？我們來研究一下妳的選項。我看到的狀況是：妳深愛亞當勝過一切，是不是？」

我點點頭。

「不過妳覺得他弟弟帥嗎？」

「薩博！」

「好啦，抱歉，馬上回到妳的問題，難道妳不覺得他弟很帥嗎？」

我依然面無表情。

「嗯，好，所以妳覺得他帥嘍？只是普通帥而已？我是不是猜中了？」

「不，我不知道，他跟亞當截然不同。他會聆聽我說話，提供我意見，也不認為我對帕咪反應過度。他似乎真的能夠了解我的立場，而且我們真心尊重彼此。」

「而且是超級大帥哥？」

我拿起靠墊丟過去，「對，他也是個大帥哥！」

薩博嚷嚷，「我就知道！」

「但不只是這樣而已。他讓我覺得自己在各方面都備受呵護。說真的，薩博，你也知道我的個性，大難臨頭的時候總是慢半拍，但從他的眼神我就知道自己完蛋了。他會不顧一切幫我，他也知道這樣會讓我有所期待。現在，待在他身邊就太危險了。」

「所以，妳和亞當之間的問題依然沒有改善？」現在的薩博變得嚴肅多了。

我搖頭，「沒有。」我覺得喉嚨深處好像被刺了一下，「詹姆斯正好在我低潮的時候，伸手穩住了我。對於他這樣的關注，我真的是十分受寵若驚。要是這件事是發生在其他時候，我一定是置之不理，完全不會有其他念頭。」我不知道自己這番話是要說服誰？薩博還是我自己？

「好，現在我們面對的問題是有個妳深愛的男人，妳很久沒有和他上床；還有另外一個妳不愛的男人，但妳卻拚死拚活想要和他上床？」

「嗯，大偵探，真是謝謝你，經你這麼一說，結論似乎就十分清楚了。但這不只是性而已。」

薩博的目光緊鎖住我不放，「所以，難道妳真的沒有想過與詹姆斯上床嗎？連一秒都沒有？」

我猛搖頭，但知道自己已經雙頰緋紅。

他哈哈大笑，「妳的說謊功力真糟糕！」

「但真的很糟糕，是不是？我的意思是說，有這種念頭真的是非常惡劣。」

「要是妳真的做了什麼，是的；不過，現在它只是鎖在小小的幻想心房裡的念頭，這是我們的權利，大家也都喜歡在門口探頭探腦，但從頭到尾都沒有真的進去，這就是付諸行動與動念之間的差異。」

「所以，我該怎麼跟亞當說？把我見過詹姆斯的事直接告訴他嗎？」

「妳和這家人走在一起，已經讓妳自己遍體鱗傷，所以我認真建議妳，不要再找麻煩了。我是真心覺得妳應該要把你們見過面的事告訴亞當，不過，如果妳打算這麼做的話，應該昨晚就講出來了，但妳根本沒提吧？」

我搖頭，我也想要講，而且整晚都在苦思。那個念頭就像是熱鍋上的螞蟻，不斷在我心中狂奔，每次都演變出不同的結果。我一度想要告訴他詹姆斯詢問我有關尋求人力招募的建議，但這樣就等於是又撒了另一個謊，我知道很快就會被拆穿。

我的熱淚泉湧而出，「真是亂七八糟。」

薩博慢慢走到沙發旁，伸出手臂摟著我。「嘿，別這樣，不要難過了。妳應該要覺得自己很幸運，有兩個男人為妳吵翻天。我連要一個可以一起吵架的人都沒有！」

我笑了，但很勉強。

「所以你覺得我這樣沒問題？沒有做錯吧？」

「我剛說了，只是幻想，不需要有任何的罪惡感，但切記不能付諸行動。」

我用力吸鼻涕，「不可能，我絕對不會的。」

好，既然是這樣的話，詹姆斯在一週後又打電話給我的時候，為什麼我答應要和他見面喝咖啡？

我只能說，我不知道。這個答案不夠好，但我也只能擠出這句話而已。

我一直無法放下自己對他的感覺，而我天真地以為要是能夠再見到他的話，我就可以釐清自己的思緒，好好做個了結。我好傻，我早該知道生活的運作模式並非如此，所以我為什麼還要進入某個自己完全無法抵擋的情境之中？彷彿要向自己證明我很自制，明明知道自己內心世界正在崩塌，還要給自己這樣的試煉。

我可以把這一切怪在亞當頭上。我可以說，他似乎覺得我失去了魅力，已經對我沒有慾望，我感覺未來的先生已經不愛我了。我也可以說他不了解我，不支持我，也許這些都是事實，但卻無法成為我不忠的好藉口。

「我絕對不會和他上床。」當我打電話告訴薩博，我得要見詹姆斯最後一次「做個了結」的時候，我向他再三保證。

「妳想要說服的人是誰？我或是妳自己？」他發出諷刺笑聲，「因為，我必須要告訴妳，對於這件事，我跟妳抱持不一樣的立場。如果妳的自我需要得到撫慰，請便吧，不過妳正在玩一場危險遊戲，妳必須要明白會有什麼後果。就算你們之間沒有發生任何事，但只要被亞當發現的話，妳就吃不完兜著走。」

我嘆了一口長氣，「我知道自己在做什麼。」

「隨便妳，但萬一出包的時候不要來找我。」

聽到那樣的話，我的心一陣涼。薩博一向對於一切都很包容開放，居然以這樣斬釘截鐵的措辭做出評斷，讓我的處境更是雪上加霜。

「等妳神智恢復清醒之後再打給我。」丟下這句話之後，他就掛了電話。

我心中不免有些期盼詹姆斯能夠取消約會。這樣一來，狀況就不會那麼棘手了，為目前的曖昧劃下一道界線，但是他卻沒有，所以，我懷著焦慮心情，進入薩沃伊飯店的美國酒吧，我朝他走過去，兩人四目相接。

「看到妳真是太開心了，」他扶著我的雙肩，親吻我兩邊的臉頰。「妳美呆了。」那句形容詞在我腦中不斷迴盪，美呆了。這絕對不是未來的小叔應該說出的話。可愛，沒問題；氣色很好，沒問題；甚至是很不錯，也沒問題。不過，美呆了？當然不行。我想起他在咖啡店裡凝望我的模樣，還有那些話所隱藏的深情，不禁心跳加速。

「要喝點什麼？」他趁開口問我的時候，順便揚手找酒保。

「義大利氣泡酒，麻煩你了。」

他向站在酒吧櫃檯後方、身穿白色外套的酒保說道：「那就兩杯香檳，謝謝。」

我問道：「我們要慶祝什麼？」

「現在站在妳面前的是諾爾公園『藍斯道恩宅邸』花園景觀的正式負責人。」

「哇！太棒了！」我不假思索，把他拉過來，給了他一個慶賀的擁抱。「你拿到合約了！」

我們的臉互碰的那一瞬間，很難確定這算是擁抱？親吻？抑或是兩者都有？我們尷尬抽身，但導火線已經被引爆。

「所以亞當知道妳在這裡？」詹姆斯問我的時候，雙眼不敢正視我。

「沒有，」我老實回答，「我還沒有告訴他。」

他把頭側過去，髮絲也晃了一下。「為什麼沒說？」

「我不知道。」

他溫柔說道：「我不想要讓妳為難。」

拜託，別用那種眼神盯著我看，也不要每次移動的時候都摩擦到我的大腿，那我就不會為難了。

「沒有的事。其實這樣剛剛好，我恰巧在附近開會，而且今天地鐵罷工，所以在外頭坐一下再回家也很合理。」句句屬實。今天稀鬆平常，就和其他日子沒兩樣。他不需要知道我拚命在騙自己，我假裝這身迷你裙加絲質上衣的打扮就是日常上班的日常打扮，但這一個多月以來、其實我都是穿長褲。

「靠，妳瘋了嗎？」今天早上亞當忙著打領結、看著我穿上裙子的時候，曾經這麼問我。「今天冷斃了。」

我低聲回他，知道了。

「而且，今天還有地鐵罷工，所以我們根本不知道能坐到哪裡。妳今天最好還是穿靴子，不要穿那雙高跟鞋。」

「我沒問題的，」我當時還嗆他，「少煩我了。」但罪惡感的碎片卻割穿了我的胸膛。

酒保在我面前放了杯香檳，細長的酒杯杯腳，穩穩擱在雙層紙墊上面。

「乾杯，」詹姆斯語氣開心，舉起酒杯。「見到妳真開心。」

我們喝了第一口酒，四目相接，我先別開了目光。

他把酒杯放回吧檯桌面，「嗯，最近好嗎？」

「嗯，很好，」我隨口答道，「非常好。」

「奇怪……但妳的眼神卻告訴我不是這麼回事。」

我眨眨眼，又把頭別到一旁。

他問道：「想不想聊一下？」

「說來話長，」我說道，「我們會想辦法解決的。」

「妳開心嗎？」

多麼沉重的問題啊。我開心嗎？老實說，我不知道。

我只好這麼回他：「我並沒有不開心。」

「難道妳不覺得妳應該要過更好的日子嗎？也許有人可以真的給妳幸福？」

我體內的氣息宛若瞬間全部被吸了出去，每個毛孔都散發出刺癢的熱感，我的嘴裡彷彿塞滿了保麗龍，讓我啞然無語。

「詹姆斯，我……」我最多也只能擠出這些話而已。

他盯著我，一直搜尋我的目光，想要找出答案。

「詹姆斯……」我也只能擠出這幾個字。

他握住我的手，緊緊不放。一股電顫從我的手臂通流而過，真的讓我寒毛直豎。

我的眼前開始瘋狂跳閃一連串宛若老派電影的畫面。我們準備走向樓上的某個房間，等不及電梯門關上，已經開始激情接吻。我們走過鋪滿地毯的長廊，心情迫不及待，在房門口掛上「請勿打擾」牌子的時候，我已經脫掉了鞋子。

我們沒理會梳妝台上的冰鎮香檳，樓下繁忙街道的行人面容模糊，匆匆而過，絕對沒有人想得到不過就在十幾公尺之上的地方、正準備要上演欺騙與背叛的情節。

他把我推向牆邊，我以大腿緊扣他不放，我們體內溫度飆升，熱吻也越來越熾烈。他把我帶向床邊的時候，我們緊抓彼此，撕扯衣服，我們倒在奢華的白色床褥之間，他的目光緊盯著我的雙眼不放，因為——

夠了！

我立刻停止了狂亂妄想，我知道最後的結局就是兩人躺在那裡，哀嘆怎麼會做出那樣的事，真是悔不當初。

「抱歉，我不該……」他放開了我的手。

我好希望他能夠再次撫摸我，讓我再次感受那股竄流全身的急猛熱流。

「我愛亞當，」我說道，「我們馬上就要結婚了，我們的確有自己的問題，但我們一定會想辦法解決。」

「妳值得更好的人，」他說道，「亞當──」

「不要說下去了，」我打斷他，「這樣很不好。」

我起身，離開了高腳凳。「詹姆斯，抱歉，我真的不能這樣，這真的是大錯特錯。」

我想起今天早上自己挑選內衣的時候何其慎重，我到底在想什麼？真的想要做出那麼離譜的事嗎？

「我得走了，」我拿起外套，掛在手臂上。「真的很抱歉。」

我推開旋轉門，街上的冷空氣瞬間襲來，從泰晤士河吹來的風發出了狂暴颯響。

「祝您晚安。」門房對我微笑，還微微拉低帽簷向我致意。

我不知道要去哪裡。本想打電話給薩博，看看他是否還在市區，但就在我準備要撥出電話的時候，我突然有股衝動，想趕快回家見亞當。我必須要確認他並沒有對我起疑。我知道自己自私，但只要一想到他可能知情，就讓我胃痛。他會怎麼看待這件事？我與他弟弟相約見面，心中隱隱蠢動。懷有那種念頭，和真正遂行願望相比，難道不是幾乎一樣可惡嗎？

我想要努力佯裝現在潸然而落的淚水是因為迎面而來的逆風，而不是源於我剛才那種行為所產生的羞恥感。但我的腦袋沒那麼笨，等到我走到查令十字車站的時候，我沒有辦法說服自己是清白之身。雖然身體沒有與對方上床，但心理上卻覺得已經大幹一場。

我擠上七點四十二分的列車。這場地鐵罷工顯然讓往來的通勤族動彈不得，因為車廂內的擁擠度就像是六點零二分的車次，大家就像是沙丁魚一樣擠得滿滿的。我後頭的禿頭肥男緊貼著我，鼻息極其接近我的耳朵，他就算伸舌舔弄也不成問題，我前方那個二十多歲的妙齡女子有先見之明，提前拿出手機、擺出準備傳訊的姿態。而我的上半身被周遭人群夾攻，動彈不得，根本沒機會讓亞當知道我已經在回家的路上了。

我背部的皮膚冒出刺癢汗水，車廂的侷促感讓我渾身不自在。我覺得自己的背脊已經出現了一條濕答答的細流，滲出了我的翠綠色真絲襯衫，再加上其他人身體與我相觸的熱氣，讓我更顯狼狽。那些有幸坐在座位裡枯等十分鐘、等待列車出發的乘客們，在我們列車過河的時候，紛紛伸手關起了窗戶。他們拚命把臉埋在羊毛圍巾裡，而我卻必須對抗那股緊緊包圍著我、逼迫我無法喘息的熱力。

我稍微移動，調整自己身體的角度遠離後頭的那名男子，他圓凸的大肚腩與我的背脊完全貼合在一起，他發出了抱怨聲響，不知道他是否能聞到我不忠的氣味。

亞當已經在廚房了。當我一進入屋內、把外套掛在門後小鉤的時候，油煎洋蔥與大蒜的氣味立刻撲鼻而來。

「嘿，是妳嗎？」

從他的語氣聽起來，我知道一切無恙。胸中的沉重塊壘也煙消雲散。我不知道是否該對他坦白，但我真的很想要說出一切。

我哈哈大笑，「不然你以為還有誰？」

「妳這個時間回來正好，」他吻我，手裡還拿著木匙。「我足足浪費了兩小時。」

「我想也是。所以我決定在辦公室待久一點，處理一些公事。」我不加思索，又決定繼續說謊。

「準備餐具，倒點酒，我十分鐘就好。」

「馬上來，」我回道，「讓我先換掉這身衣服。」

我走進臥室，解開上衣鈕釦，把裙子扯了下來。我需要洗個澡，洗去塵泥，清除身體所沾染的真正與想像的髒污。熱水的溫度已經超過了舒適的程度，但正好可以麻痺我的神經末梢，不要讓它們繼續蠢蠢欲動。我依然閉著眼，伸手拿掛鉤上的毛巾，卻有隻手攔住我，害我嚇了一大跳。

「天！」我大叫，心臟狂跳不已。

亞當哈哈大笑，「抱歉，不是故意嚇妳。我只是在想既然妳在洗澡，也許會喜歡這個。」他把毛巾交給我，另一手則給了我一杯紅酒。我微笑，滿懷感激啜飲了一小口，感受那股流入心口的暖意。

他坐在浴缸旁邊，看著我擦乾水珠，目光一直在我的裸身四處游移。

突然之間，我覺得很難為情，趕緊拿毛巾裹身。「妳真的好美，」他站起來，走到我身邊。「把它拿掉，讓我好好看仔細。」

我微笑，緩緩拉開毛巾。

他喝了一口我的酒，然後，手指深入杯內，沾了一點酒、送入我的口中。他愛撫我的雙唇，我吸吮他指尖的酒液，味蕾也開始甦醒。他凝望著我，目光緊依不離，我發現自己的下腹部也跟著出現了激烈搏動。

我們準備喝光剩下的酒，就在他來回遞送的時候，有些酒汁濺了出來，從我的下巴滴落到胸部。他低頭，慢慢舔舐。就在他吻向我嘴唇的時候，我的背往後弓，他的指尖從我的脊柱一路往下滑，讓我起了雞皮疙瘩，全身不由自主顫抖。

他抱住我，我的大腿緊纏他的腰，他帶著我進入臥室、把我放在床上。

「天，我好愛妳。」

當他進入我身體的時候，我哭了，釋然與慾望的熱淚，但主要是罪惡感。我怎麼能冒險失去這份感情？

20

完事之後，我沉浸在重燃的親暱感之中，開口問了他：「跟我說蘿貝卡的事。」

「妳想要知道什麼？」

「她是誰，你對她的感覺，還有你們之間發生了什麼事。」

他坐直身子、靠在床頭板上面，眉頭深鎖，雙眼瞇成了一條線。

「小艾，那都是許久之前的事了。」

「我知道，但她對你來說很重要——就像是湯姆對我的意義一樣。」

他挑眉，表情充滿質疑。

「哎呀，拜託一下，我們都是成年人了，」我哈哈大笑，「不要那麼愛吃醋。」

他問道：「妳還會想到他嗎？」

「對，偶爾，但並不是因為我依然盼望和他在一起，而是很好奇『這個人現在在幹嘛』。他還和夏綠蒂在一起嗎？當初兩人聯手欺瞞我，值得嗎？他，或是她是否會想到我？」

他點點頭，但神情十分嚴肅。「我是在二十歲的時候認識蘿貝卡。我們正好參加同一場派對，靠著朋友的朋友介紹而認識。」

我問道：「是在七橡樹的時候嗎？」

「對，不過她的家鄉是在邊郊某個名叫布拉斯特德的小村。反正，我們就是一拍即合，我們先前都不曾有過認真交往的對象，所以這對我們來說十分特殊。我們年輕氣盛，又沉浸在愛河之中，覺得其他人、其他的一切都沒那麼重要。」

他嘆氣，「不知道是好是壞，我們真的是十分契合。我們的朋友甚至家人警告我們花太多時間在一起，但我們就是置之不理，聽不進去。我們衷心覺得自己會在一起天長地久，至於其他人，要嘛就全盤接受我們，不然就拉倒，我們認為絕對沒有其他選項。」

「所以，到底是哪裡出了問題？」我是真的不懂，如此緊密的感情怎麼會就這麼凋萎至死。

「那我就不懂了，後來出了什麼事？」

「我們在一起五年。我在銀行業表現突出，而她也剛拿到了教育學位，在幼兒園找到了工作，而且地點在她家附近。我們在韋斯特勒姆租了間房子，第一個共築的家，正準備要搬進去。」他的聲音已經變得嘶啞。

「繼續說吧，」我溫柔哄他，「之後呢？」

「她好興奮，還向學校請了好幾天的假，就是為了要佈置新居。我下班準備回家的時候，媽媽打電話給我，告訴我出事了。」

我繼續追問：「什麼？出了什麼事？」

「太不合理了，因為我離開辦公室前才打電話給她，讓她知道我馬上就要回去了，她好開心，還說她已經做了辣醬燉肉，叫我要趕快回家。」

他的雙眼盈滿淚水。我以前從來沒看過亞當哭泣，看到他為了別人流淚，我不知道應該是要難過還是憤恨。

「我一出火車站就拚命跑，等我到家的時候，已經太遲了，救護車早已到了那裡，急救人員無計可施，沒有辦法挽救她的生命。」

我嚇得倒抽一口氣，伸手摀嘴。

「她死了。」他開始啜泣，十分激動，是源自身體深處、撕心裂肺的那種泣淚，我趕快挨到他身邊抱住他。

我不知道是不是應該要繼續追問下去，但要是不知道意外的來龍去脈或死因而就此打住，感覺就是不太對勁。

「出了什麼事？」

「打從她小時候開始，就一直為氣喘病所苦，不過，她控制得很好。可以過著正常生活，跑趴、去健身房——只要有吸入器就不成問題，對於這一點，她一向很注意。這是我們必須要考量的問題，但卻完全沒對我們造成任何困擾，她的生活健康又快樂。」

「所以她為什麼沒有用吸入器？」

他發出冷嘲大笑，但我知道這並不是針對我而來。「大哉問。她總是隨身攜帶，但搬家讓她興奮過頭，所以我們覺得她就是忘了。」

「我們？」

「我和她的父母。她有固定留一個在她爸媽家，但總是四處放了好幾個，萬一有需要的話，隨時可以派上用場。我在廚房抽屜裡找到一個，但裡面的藥劑已經沒了。所以她一定是忘了，不然就是疏忽了，忘記哪些需要補充藥劑。」

「真的十分抱歉，」我低聲說道，「為什麼之前沒告訴我？我可以好好陪伴你，讓你不會覺得那麼孤單。」

「我沒事，」他開始抽泣，「媽媽一路陪我走過來了。當初也是媽媽發現她有狀況，打電話給九九九。這對她來說也很痛苦，因為她也很疼愛『小貝』，投入的情感與我不相上下。」

聽到這一段話，我覺得心頭被刺了一下。突然之間聽到了「小貝」，還有她、亞當、帕咪之間的緊密感，那是一種我永遠無法成為其中一員，而且永遠不會斷裂的關係，這就像是參加了一場只能在中途加入的競賽。我的想法好自私，我不禁開始在心裡痛罵自己。

我應該要把它當成是引領我前進的某種方式，可以幫助我在班克斯家族的複雜分裂行為中尋索答案。若要找出帕咪為什麼會這樣對待我的合理解釋，想必還有很長一段路要走，一想到她的舉動其實是與蘿貝卡有關、而不是因為恨我，我的心也變得柔軟多了。我終於開始明白了：這讓我找到了努力的方向，也是足以為她辯解的理由。

亞當掙脫我的懷抱，挺直身子坐在床邊，他不斷抽泣，用手背擦去眼淚。

接下來的這個問題並不重要，但我就是忍不住。「要是沒有出事的話，你還會和她在一起嗎？」

他冷冷悶哼了一聲，搖頭，站了起來。「妳真是莫名其妙。」丟下這句話之後，他拿起放在床尾的T恤與短褲。

「只是問問而已。」

「妳希望我說出什麼樣的答案？」他的聲音越來越大，「要是她沒有慘死，我們還會在一起嗎？要是說出了『對』這樣的答案，會讓妳心情比較好過？知道答案會開心嗎？」

我搖頭，突然之間覺得好窘。

「好，如果妳不想知道答案的話，就不要再問蠢問題了。」

我的提問並沒有惡意，但我多少猜得到怎麼會出現這樣的回應。我原本以為我們現在終於又能做愛了，亞當應該會開心一點，壓力也會減輕，但我覺得他的心中依然有一股沸騰的怒火，而且，發洩的對象——總是針對我。

他說道：「我要出去繼續吃完晚餐。」

21

我不知道媽媽怎麼會開始張羅我的告別單身假期。其實我早已把指揮權正式交給了我的主要兼唯一伴娘琵琶，不過，後來薩博也參一腳，媽媽更雞婆，突然之間，我們發現自己都必須在地雷區裡顫顫巍巍前進。

琵琶一直在抱怨薩博的控制欲，媽媽則在哀嘆琵琶總是有事瞞著她，而我只是卡在中間的小棋子，進退失據。

我只有給他們幾條規定而已，不准找搞脫衣舞男、不要做活動T恤制服，而且絕對不能有充氣娃娃。我提出了溫柔勸告，「少即是多」，希望我的派對能比弟媳蘿拉當初的場面多一點優雅氣質。那個週末，她被帶到了黑潭，我提到的那三項一應俱全，不過，感謝老天，她完全記不得發生了什麼事。然而現場至少有六個沒喝到爛醉的人參加了後來的婚禮，大家都無法抹去她對著鋼管上下磨蹭、有舞男坐在她大腿上跳豔舞的那些回憶。

至於史都華與他那十二個好友在馬約卡小島馬蓋洛夫的那場狂歡派對，當然是平安無事，這是表面說法。對他們來說，顯然只需要打打高爾夫球、早早吃晚餐、享受靜謐的夜晚就夠了。這是他們與我們之間最大的差異：男人隨心所欲，不會有人碎嘴亂講話，而且他們可以當作什麼事都沒發生過一樣繼續過日子。

「旅行時的荒唐，結束後就全忘了。」是我們大家都應該要遵行不悖的箴言，而我們女人呢，要是沒有因為兩瓶義大利氣泡酒入肚而陷入感傷的話，一定會為了後代子孫而全程錄影，反正就是要讓我們的小孩看到我們曾經的年少輕狂。

「我真的沒差，」當母親打電話詢問我想要出國還是在國內找個地方，我是這麼回答她的。「我想琵琶應該已經在處理了。」

「嗯，是沒錯，」她回道，「不過，她的計畫對於那些沒有錢暢遊全世界的人來說，實在很吃力。她的建議包括去冰島搞瑜伽，甚至是拉斯維加斯。艾蜜莉，某些人就是沒有那種財力。」不過，琵琶通常不會煩惱這種事，因為她爸超寵她。

「媽，我知道，我也不想要太鋪張浪費，而且，亞當已經要和他朋友去賭城了，所以我們當然不會去那裡。」我哈哈大笑，但她依然在低聲抱怨。「好啦。反正琵琶知道自己在做什麼，我知道她一定會考量每個人的需求。」

媽媽忿忿不平說道：「哎，可是帕咪想要去湖區。」我的心突然一涼。

「帕咪？這和她有什麼關係？」我原本希望既然工作交給了琵琶，那麼誰被邀請、誰沒被邀請的責任就根本不關我的事了。如此一來，要是我那位老是愁眉苦臉的同事泰絲不在名單之列，也不會是我的錯——但我實在無法想像怎麼會把帕咪找來。

「她昨天打電話來詢問計畫內容，」媽媽說道，「她說要是妳還沒安排好的話，她可以幫點忙。」

所以，琵琶並沒有邀請她，是我媽媽把她拉進來，我的內心默默發出哀嘆。

我盡量裝出雀躍語氣，「妳怎麼回她？」我一直沒有把自己與帕咪不和的事告訴她，因為我不想讓她擔心，而且我也不希望在她們之間製造不必要的緊張關係，為了這場婚禮，我已經把大家搞得緊張兮兮，我只希望我的家人，尤其是媽媽，能夠開心享受，不需要擔心幕後出了什麼狀況。帕咪是我自己的問題，我會搞定。

「哦，我告訴她，一切都是由妳的朋友在負責詢問，」她突然急著為自己辯護，「我是不是不該說出那句話？哎，我哪知道不能對誰說些什麼啊，這有點太超過了吧。」

「媽，沒事，真的沒關係，妳要說什麼都不成問題。也許妳唯一應該小心的人是我，因為這明明是準備要給我驚喜啊。」

「對，親愛的，我知道。我一直保守秘密，只有我、琵琶、薩博、帕咪知道而已。」

我放下手機，想要打電話給琵琶或是薩博，想要知道現在是什麼狀況，但我還是努力放下了自己的控制欲，決定放手讓他們處理。

不過，在我的神秘之旅出發日來臨之前，他們還是不斷出現內鬨。我想要置之不理，但那些小事卻開始讓我心煩意亂。琵琶哀嘆，「我很想要邀請某人，但妳媽媽說不可以。」媽媽也不高興，「我覺得妳表妹雪莉應該要過來，但薩博卻告訴我，琵琶覺得妳不希望她過來。」出發的前一晚，我就寢的時候已經是快要早晨六點了，我開始好後悔，當初幹嘛答應要辦告別單身的活動。

「貪睡鬼，起來，快起來，」亞當低語，吻醒了我。「我們在婚前最後一次胡搞亂搞的日子到來了。」

我懶洋洋朝他打了一拳，「你有膽給我試試看。」我威脅完之後又翻身，拉高棉被，蓋到耳朵附近。

「別鬧了，」他哈哈大笑，「剩不到一個小時，他們就要來接妳了。」

我問道：「在接下來的這四天，我們就不能只躺在床上發懶嗎？」

他開始逗我，「等到妳開始玩樂就不會唉聲嘆氣了。我自己呢，倒是非常期待自己的最後一次狂歡。」

「那是因為你要飛去拉斯維加斯！」我大叫，「想也知道我一定是去博格諾，你根本不會擔心我亂來。而你卻可以在內華達附近享受人生，賭博、打架、打砲樣樣來。」

「喂，不需要提賭博和打架，」他在浴室裡對我大叫，「我才不會在那裡搞那種事。」

我們兩人都哈哈大笑，但其實我心中還是有些不安。不只是因為擔心亞當可能在那裡搞花樣，一想到我不知道要去哪裡、又有哪些人與我為伴，就讓我頭皮發麻。

五十分鐘之後，我與亞當吻別——他拿著老舊的棕色真皮週末包，身穿棉質長褲與馬球衫，一身勁帥休閒風，走到了馬路的另一頭——接下來，我被他們蒙住雙眼推入了某輛車的後座。

「薩博，有必要搞成這樣嗎？」我哈哈大笑，「要不要也順便幫我上手銬？」

他回我，「其實我真的不是此道中人。」

我大叫，「還有別人在這裡嗎？哈囉？哈囉？」

「大白痴，只有我們兩個啦，」他哈哈大笑，「猜得出我們要去哪裡嗎？」

「我希望能去伊比薩島的某間歡樂天堂，但我太了解你了，所以最後很可能是待在謝德蘭群島上陶藝課。」

等到我們上了M25公路之後，他為我解開了眼罩，我發現我們正朝西行，所以蓋威克機場是可能的選項之一，然後，我們左轉進入M23引道，所以如果不是蓋威克機場，那就是布萊頓。

我開始在回想自己的行李箱裡面的那些東西，簡直就像是要去參加某場天氣詭譎多變的英國夏日音樂節一樣。靴子、沙龍裙、防雨風衣，而牛仔短褲是我在慌張打包時丟進去的最後一件物品，我不知道自己到底是要去滑雪、做日光浴，還是介於這兩個極端之間的某個地方？

我面向薩博求救，「萬一該帶的東西沒有帶？我該怎麼辦？」

他語氣神秘，「不要擔心，一切都打點好了。」到底是誰打點了一切？如果是琵琶的話，她一定會在我的衣櫥裡拚命挖寶，找出那些我發誓總有一天能夠又穿上身的衣服，比方說十九歲時的牛仔褲，我一直不肯相信上次穿是好久以前的事了。其實，那些褲子已經比我現在的身材小了兩號，而且剪裁超老土，喇叭褲管搭配一排褲頭鈕釦，完全不符合我總是樂觀自傲的品味。萬一是媽媽偷偷挖我的衣櫥，拜託千萬不要啊，她一定會挑那件印花海灘裝與綁帶式開襟毛衣，這兩件都是在夏末特賣會一時興起所買的東西，標籤都還沒撕掉，因為我穿上之後簡直就像是個十二歲小女孩。

我發出哀號，「拜託一下，告訴我你們至少有先詢問過亞當吧？如果說有誰知道我喜歡什麼衣服或是適合什麼打扮，他一定是優先人選。」我露出乞求臉色，

但是他只是微笑，望向窗外，某架易捷航空從我們旁邊低飛而過，尾翼的醒目橙橘色塊一閃而過。

當車子停在南端航廈接送區的時候，我又被蒙上了眼罩。「搞成這樣是怎麼過安檢？」我認

真問道，「你這樣搞，走私人口又被推升到另一個層次了。」

他哈哈大笑，引領我進入離境大廳，我的聽覺變得敏銳，四周興奮旅客的吵鬧聲響清晰入耳。我們先左轉，然後右轉，突然停下腳步，四周一片靜悄悄。

「一，二……三！」薩博大叫，同時取下了我的眼罩。聽到歡呼與吼叫，害我踉蹌後退。我的眼睛一時之間無法對焦，看不清擠在我面前的那些人的面孔，五官線條模糊不清的他們，露出宛若漫畫版人物的燦笑。

這群人全圍上來，撫弄我的頭髮，還獻上飛吻，我不確定有多少人，更不可能知道到底有誰在這裡。

琵琶大叫，「嘿，終於等到她了。」

「哦天哪，她好像快哭出來了。」開口的是我同事泰絲。

我轉身，分不清東南西北，拚命想要把聲音與人兜在一起，眼前飄浮的那些無數的畫素粒子終於慢慢成形，顯露出真實的五官。

「哎呀，親愛的，妳看起來嚇傻了，」媽媽哈哈大笑，「是不是？」

「真不敢相信有這麼多人。」

「一共有九個，」琵琶說道，「嗯，本來是九個，但現在有十個人。」

我挑眉，一臉問號。

她張嘴默示向我道歉，「真是對不起。」

我對著那群鬧哄哄的人來回張望，最後目光落在帕咪身上。不要緊，與媽媽通過電話之後，我知道她會出現在這裡，就認了吧，反正也迴避不了。

我對琵琶低聲說道：「沒關係。」但她卻把頭別過去，表情緊張兮兮。

然後，我看到她了，就站在那裡。及肩的金色捲髮，豐滿的雙唇露出了假惺惺、近乎是憐憫的笑容。

夏綠蒂。

我覺得自己的心跳似乎立刻停擺，就像是有人把手伸入我的胸膛、擠壓出了最後一口氣。

我周邊的一切也陷入停滯：噪音、光線、空氣，我只看到她緩緩朝我走來，伸出了雙臂。現在她距離我不過只有三、四步而已，但我的腦袋卻以慢動作在釐清一切，等到她走到我面前的時候，彷彿已經相隔了一生一世那麼久。

「嗨，小艾……」她擁抱我，在我耳邊低語，一股清新的柑橘味飄蕩在我們周邊，看來Jo Malone的葡萄柚香水依然是她的個人特色。

「好久不見，真的太久了。真是謝謝妳，願意讓我參加妳的歡慶派對。」

我上一次看到夏綠蒂的時候，她全身赤裸，跨坐在我男友湯姆的身上。那幅畫面一直在我腦中徘徊不去，但我的心理卻產生了某種自我保護機制，我只記得他們的驚愕表情，還有那老套的動作，趕緊伸手拉床被蓋住自己。後來，我終於發現了一件相當諷刺好笑的事，無論是湯姆還是夏綠蒂，我早就見過他們光溜溜的模樣，次數不勝其數，然而，他們卻覺得必須要先蓋住自己的上半身，而不是抽出黏在一起的生殖器，嗯，老實說，其實應該把它們稱之為破局的關鍵。我撞見他們的時候，他依然還在她的身體裡，當然，等到我再次走出去的時候，他的小弟弟想必也沒那麼硬了。

我本來以為我會嫁給湯姆。我們已經同居了，但那天晚上，他在辦公室打電話給我，他說他不是很舒服，他說，要是晚上他一個人待在家會比較舒服，這樣對我也比較好。

「相信我，」他邊說邊擤鼻子，「妳絕對不想被我傳染。」

我還記得當初心中閃過的念頭，他真的好體貼。

「但也許只是小感冒，」我當時還哀求他，希望他會回心轉意。「對你們男人來說，可能感覺像是重感冒，但對於我們女人而言，充其量就是一點小鼻塞罷了。」

「吼，少來了，」他當時哈哈大笑，「我要努力展現溫柔體貼，妳卻在取笑我。」

「要是你來我家的話，我可以在你胸膛抹些舒緩膏。」

「說得讓我好動心。但我覺得這樣對妳太不公平了。我說真的，我覺得自己累斃了。」

當我帶著一些藥品盒和森寶利超市的烤箱義大利千層麵前去探望的時候，卻發現他似乎其實沒那麼累，他並沒有推開我的好閨蜜，還任由她在他身上蠕動。當時我的腦袋裡只掛心一個問題：是否應該要假裝這是我親手煮的菜呢？我心想：當然，這樣會讓我看起來更像個貼心女友。

我悄悄把鑰匙放在窗台，躡手躡腳上樓。

就在我走到一半的時候，我聽到了聲響，但我卻好天真，以為他的呻吟是咳嗽，而他的喘息是因為呼吸困難。我還記得自己當時走到了階梯頂端時依然對他深信不疑，而且還閃過一個念頭：也許應該要給他倒杯水。當我在最上方的那個台階暫停腳步的時候，依然不疑有他。有時候，我會假裝當時自己在那個當下決定回頭、下樓為他倒水，而這個動作也正好可以喚起他們的注意力，知道我已經出現在屋內。我的腦中會浮現她被突然塞進他衣櫥的畫面，而我們將會開始準備一場「白首偕老」的大鬧劇。

也許，如果真是這樣的結局，那麼我就能夠擁有無知的幸福，我完全被蒙在鼓裡，可以在婚期到來之前歡樂慶祝我最後的自由時光。夏綠蒂依然會成為我的主要伴娘，而我永遠不知道當初出了什麼事。

當她還緊緊鉗抱我的時候，琵琶一把抓住我的手、把我拉開。

她說道：「快過來啊，我們得辦登機手續。」

我已經失去了正常行為能力，只能一片茫然站在原地。

「記得要保持微笑，」薩博說道，「我真的不知道這是怎麼回事。」

「可是她……」我結結巴巴，「怎麼會這樣？」

「我是真的不知道怎麼回事，」他說道，「明明一直是九個人，琵琶說這女人就是不知道怎麼冒出來的。」

「妳希望我怎麼辦？」她把我拉到君王航空櫃檯前面，地勤細唇抿得緊緊的，一臉不耐。我隱約看到她背後出現了「法魯」的目的地標誌，但我的腦袋完全無法消化任何資訊，我只知道我想要盡可能逃離這裡，一個人清靜一下。

「我還有其他選擇嗎？」我語氣譏諷，「現在，我真的看不出自己還有其他選擇。」

「我們可以請她離開，」琵琶說道，「如果妳想要這麼做的話，我很樂意配合，沒問題。」

我完全無法思考。

我好想哭，但夏綠蒂要是因為這樣而心爽不已，我就嘔死了。

我說道：「真不敢相信會遇到這種事。」

「好，小艾，妳希望我怎麼辦？」

我望著大家的興奮面孔，我知道對我的老同事楚蒂、尼娜，以及莎曼珊來說，這一定是她們僅有的年假。他們都花了大錢支付機票與住宿，根本還沒有起飛，我就毀了他們的大好興致，這樣並不公平。

琵琶追問：「要不要我去告訴她？」

我讓腦袋暫時停止快轉，努力回想自己曾經把夏綠蒂與湯姆的事告訴了哪些人。現在，看起來大家都知情，而且，每當我轉身的時候，他們都在我背後哈哈大笑。但等到我開始冷靜回想，我驚覺其實只有媽媽、薩博，還有琵琶。那時候我覺得好丟臉——當然不會到處嚷嚷。要是我現在在鬧場的話，大家都會發現，這不會只是週末的八卦話題，就連到了婚禮的時候，這話題還是會繼續延燒。

「讓她一起來吧，」我厲聲說道，「我來處理。」

先前我早已思忖許久不知道再次遇到她會是什麼情景？會發生什麼事？我會不會朝她撲過去？把她的頭髮全部扯下來？或者，把這個人當空氣？結果都不是，我的感覺只是麻木而已。

我悶悶不樂問道：「我們要去哪裡？」

「葡萄牙！」琵琶的語氣也未免裝得太熱情了一點。

我知道她想要逗我開心，給我好心情，不過我現在實在很難打起精神。

我們坐在離境休息室，我努力專心聆聽大家對我所說的話。大家都好開心，想要讓這趟旅程別具特色，而且似乎為了吸引我的注意力還暗中較勁。我的頭東轉西轉，臉上掛著笑容，還做出誇張手勢，但感覺好假，彷彿我太矯揉做作，擔心那個禁忌話題會就此曝光。

廣播宣布登機，大家起身，拿著行李，免稅品的購物袋還撞在一塊兒。「我覺得我們在這裡買的酒數量已經嚇死人了，」琵琶說道，「克里夫．理查[7]不需要擔心我們會喝光他的酒莊。」

媽媽興奮問道：「我們會見到克里夫．理查？」

「不會，」我回道，「他應該在那裡忙著釀酒吧？」

「我不能喝太多，」泰絲說道，我們已經開始往前走。「我下禮拜有一場重要簡報。」

我們都發出哀號。琵琶悄聲對我說道：「我現在明白妳為什麼會那麼形容她了。」她說完之後，哈哈大笑，又拍了拍我的背，酒精已經讓她變得有點茫了。

「見到夏綠蒂好意外啊，」母親低聲說道，她放慢腳步，把我拉到一旁講悄悄話。「現在什麼芥蒂都沒了吧？」

我勉強一笑。

「原來妳早就解決了一切，我真是為妳感到開心，妳應該要早點告訴我才是。」

我無言以對。我驚嚇得不知如何是好，根本不知該如何開始拼湊事件全貌。

在這段旅程當中，我想盡辦法避開夏綠蒂，只要感覺到她準備要接近我，我就會立刻閃開。

[7] Cliff Richard，英國歌手。

琵琶與薩博都是我的擋箭牌，不過，機上源源不斷供應的酒精飲料，對於他們的判準能力完全沒有任何加分效果。

我們正在等行李，夏綠蒂迫不及待想要幫我拿下來，薩博根本放棄跟她爭，只是對我含糊說道：「我保證，明天就可以好好靠我了。」

我聽到了，但完全沒接話。我根本不想看到她，因為我知道要是自己這麼做的話，她所對我做出的那種事將會再次浮現眼前，宛若一公噸的磚塊砸向我身。

我拖拖拉拉，確定自己是最後一個之後才進入小巴士，這樣我就不會有機會與她坐在一起。接下來的這四天，我不能一直這樣避著她——這本來應該是我的快樂時光，不能再這樣下去了。一想到我曾誤以為帕咪會是這週末的頭號麻煩人物，我差點發出了諷刺狂笑。

22

我面對窗戶，可以看到我背後的夏綠蒂的映影，在一片漆黑之中，我們都盯著外頭，很好奇接下來到底要去哪裡。我不知道她是否和我一樣，想起了我們上次進行這種長旅時所發生的故事，兩個天真的十八歲少女，正準備要進入賽普勒斯阿伊納帕的恐怖地帶。長途巴士的其他乘客陸續下車，我們兩個尖聲狂笑，因為那些飯店都烏煙瘴氣，而且一間比一間可怕。「真慶幸我們沒有住在那裡，」她當時大吼大叫，「我絕對不會跳進那樣的游泳池。」

但我們的巴士司機卻對我們的天真不以為然，他一直透過自己的後照鏡在觀察我們，微笑又搖頭。顯然他很清楚某些我們毫不知情的事，因為，當他把車停在某個荒涼的地方，準備放我們下車的時候，他望著我們困惑的臉龐，哈哈大笑。

「不，不可能是這裡，」當我們下車、走進吱嘎有聲的濕泥裡的時候，夏綠蒂很堅持。「旅遊小冊說這裡是吃喝玩樂的精華地帶。」

我們現在看到了司機名牌，他叫丹尼茲，還是在搖頭微笑。

大門口上方的強光照過來，讓我們看到了那條狹窄的步道，我們一臉淒涼，拖著行李往前走，許多壁虎被嚇得四處逃竄。

「再會嘍！」丹尼茲開心道別，繼續上路，而我只想趕緊追過去。雖然他滿臉鬍碴，還有一雙如豆細眼，但與那個神情肅穆的飯店櫃檯小姐相比，至少令人安心多了，她滿頭大汗，拿著蒼蠅拍趕蒼蠅，不斷發出嗖嗖聲響。我們喝了三、四杯茴香酒之後才覺得這件事超爆笑，我依然不記得我們到底是喝了幾杯之後而醉得不省人事，第二天早上，我們是躺在發霉的日光浴床上面，被灼熱的賽普勒斯驕陽所曬醒。

自此之後——嗯，至少是到我們再也不講話之前——我們把它稱之為我們的「成年」之旅：一趟充滿茴香酒與瘋狂闖蕩的神秘冒險，我忍不住自顧自笑了。

琵琶的興奮叫喊打斷了我的思緒，又把我拉回到現實之中。「應該就是了，」她說道，「我們到嘍！」

這間別墅有蜜桃色的外牆，在地燈柔和光線的照耀之下，顯得十分美麗。但我想要和我自己喜歡的人待在這裡，而不是患有神經病的準婆婆，以及曾經和我前男友睡過的女人。

「哇！」眾人齊聲讚嘆。

琵琶問道：「還不賴吧？」

她忙著開鎖，大家全都興奮圍在大門前。我站在後頭，真想回到那輛即將離開的小巴，會開去哪裡？我不知道。我擠眨刺癢的淚水，發現有人把手放在我的後腰。

母親溫柔問道：「妳還好嗎？」

我勉強點頭，把滿腔委屈吞了下去。媽媽在這裡，一切都會平安順利。

琵琶已經在某間名叫BJ[8]的海灘餐廳預訂了座位，我們從髒兮兮的停車場離開，沿路摸索陡峭階梯。「這名稱還真是取得剛剛好，」原本一直很安靜的泰絲大喊，「下去吸！」

琵琶哈哈大笑，「我靠，她有完沒完啊？」

有人在抓我的手，把我往後拉，我轉頭，發現是夏綠蒂。「妳從頭到尾都沒跟我講話，連招呼都沒打。」

「現在不是時候，」我回道，「我沒那個心情。」

「那妳為什麼還要邀請我？」

我突然停下腳步，轉頭看她。

「邀請妳？妳覺得我會邀請妳？」她的表情像是被人賞了一巴掌。

「嗯，對啊，帕咪是這麼說的……」她遲疑了，「難道妳沒有嗎？」

我的耳朵突然一陣熱，夏綠蒂的嘴巴在動，但我卻聽不太清楚她所說的話。帕咪？我根本難以想像怎麼會發生這樣的事，我開始找尋他們之間的關聯，想知道這些人為什麼會湊在一起。帕咪、亞當、詹姆斯，甚至是湯姆的身影在我腦中不斷兜轉，他們都在哈哈大笑，五官扭曲成《化身》諷刺秀裡的醜怪木偶，前後搖晃，我覺得他們把我踩在腳下蹂躪，但是我卻看不到到底是誰在操控。

他們彼此認識嗎？是怎麼認識的？又是什麼時候的事？我想要弄清楚一切，心緒狂亂。

夏綠蒂跨坐在湯姆身上的畫面在我眼前飄過，我必須按捺衝動，不然我真想把她推入海中。

我開口問道：「帕咪？」我真希望是自己聽錯了。我身體的每一吋肌肉都已經進入戰或逃二擇一的緊繃狀態，我討厭自己這麼軟弱，我必須要自制。

❽ 口交的縮寫正好是BJ。

「對，她說她代表妳邀請我。」

我搖頭，「什麼？怎麼會這樣？」

「我不清楚，」她說道，「我只知道帕咪打電話給我，她說妳希望我能夠參加妳的告別單身假期。我立刻問她確定嗎？有沒有搞錯？她說就是這樣，我開心死了，簡直不敢相信。」

「不過，妳對我做出了那種事，妳怎麼會覺得我還想要看到妳？」這是我第一次正眼看她，我的眼眶裡盈滿淚水。我嚇了一大跳，在各種複雜情緒毒害我心靈的同時，我居然超想擁抱她。我忍住了衝動，但其實這並不容易。現在，她出現在我面前，我才知道我有多麼想念她。

她目光低垂，盯著地板。「真的十分抱歉，」她的音量簡直像是在呢喃一樣，「我依然不敢相信自己做出這種事。」

「但妳明明做了。」我厲聲說完這句話之後，立刻轉身步下樓梯。

我需要喝一杯，幸好等到我們抵達餐桌邊的時候，酒杯都已經斟滿了。我還沒坐下來就已經喝了一大口。

「好，有誰要玩『毛毛鴨』？」泰絲大叫，「各位小姐，準備排好妳們的酒杯吧。」

薩博糾正她，「還有一位先生哦。」

我只能微笑看著正前方，因為，要是我的視線飄向左邊，就會看到夏綠蒂，飄向右邊，就會看到帕咪，我現在不能看她的臉，因為我很擔心自己可能會做出衝動的事。

薩博插嘴，「還是玩『真心話大冒險』？」

泰絲大叫，「太好了！」

我依然強顏歡笑，只有在喝酒的時候才張開嘴巴。它已經多少發揮了功能，麻痺了我的神經末梢。

裝了騎兵粉紅葡萄新酒的赤陶色酒瓶開始劇烈旋轉，速度越來越慢，指向了薩博。

琵琶問道：「真心話還是大冒險？」

「大冒險！」

「好，」她說道，「等一下服務生過來問你要吃什麼的時候，你要盡量講葡萄牙文點餐哦。」

他微笑，叫服務生過來。

「所以……我想要這個，你是怎麼說的啊，波隆『辣』義大利麵加大蒜『棉』包，還有餐前開胃酒。」

大家忍不住，咯咯笑個不停。泰絲說道：「他剛才那段話裡面鐵定有三種語言，但我願意拿性命當賭注，裡面根本沒有葡萄牙語。」

這位笑咪咪的服務生講話有考克尼口音，「老弟，也需要帕米森起司嗎？」

眾人哈哈大笑，但我只聽到桌尾刺耳的沉默之聲。我斟滿自己的酒杯，喝了一口，望著帕咪。她也一臉高傲回瞪著我，彷彿準備要宣戰。

其他人渾然不覺，但話說回來，沒有人像我一樣這麼了解她。他們並不知道這個體貼可愛、從容漫行、扮演犧牲者角色的老太太，其實是個工於心計的狡詐賤人。不過，她要是想玩那種遊戲，以有條不紊的方式啃噬我，盼望能見到我血肉無存，那好啊，我也準備迎戰了。

酒瓶又在旋轉，指向夏綠蒂。

薩博大喊，「真心話還是大冒險？」

她的雙眼大膽盯著我，「真心話。」

「我有一個問題，」琵琶大叫，「妳一生中最大的悔憾是什麼？」

她似乎早就猜到會有這樣的問題，「愚蠢的我，以為自己與某人相戀，」她說道，「唯一的問題是，他並不是我的男友，而是我最要好朋友的愛人。」

坐在我身邊的琵琶與薩博都已經蓄勢待發、準備作戰。

泰絲倒抽一口氣，聲響清晰可聞。

夏綠蒂繼續說道：「我天真以為一切都會有最圓滿的結局，當然，並非如此，而且，從來沒有發生。」

「所以接下來呢？」泰絲問道，「妳朋友發現了嗎？」

夏綠蒂緊盯著我，「對，而且是在某種最令人傷心欲絕的狀況下發現真相。我永遠忘不了她臉上的表情，她整個人破裂成無數碎片。」

我的心突然開始抽痛。

「這樣值得嗎？」泰絲逼問，「你們後來在一起了嗎？」

「沒有，」她平靜回道，「我們兩個都很愛她，而且程度超過了我們對彼此的愛。等到我們一發現自己所造成的傷害，一切就結束了。一個愚蠢的錯誤，引發了這麼可怕的後果。」一滴清淚從她臉頰滑落而下，她立刻擦乾淨。「真的不希望大家跟我一樣。」她勉強一笑，想要緩和心情。

我好不容易忍住熱淚，一直到現在，我才發現自己這麼多年來都在忍痛，從來不曾好好檢視失去男友與好友的巨大壓力，而對夏綠蒂來說，似乎也等於和我遭遇了一樣的狀況。我只是一直不肯面對現實，死撐下去，就是不願意面對它所造成的傷害。也許我誤以為只要不去正視它，就可以讓它消逝，宛若從來不曾發生過一樣。我差點自我催眠成功，誤以為這是我最重要的人生體悟，因為歷經那次事件之後，人心優劣立判，沒有他們，我會活得更好。但其實並非如此。在那個時候，湯姆是我的摯愛，我打算要幫他生小孩的那個男人。而夏綠蒂呢？打從我們在小學三年級一認識，她就一直是我形影不離的好閨蜜。

「這兩個根本是連體嬰，」我媽媽曾經在校門口對著夏綠蒂的媽媽這麼說，「她們會變成一輩子的好朋友。」當時她媽媽也微笑點頭。自此之後，我們兩人天天都無話不談，我們念同一所中學，一起去度假，就連第一份工作也都在牛津圓環後面，彼此相隔幾條街而已。我每隔幾天就會打電話問候她媽媽，她也是。這感覺就像是我們是同一個模子刻出來的，擁有相同的印記，不過，她的行為卻證實了我們根本是天壤之別。

現在，我望著她拭去淚水，不禁對我們所失去的時光感到傷悲。我們本來應該擁有的是愛與歡笑，而不是痛苦與仇恨。

「好，下一個是誰？」薩博又開始轉酒瓶。

轉速漸漸變慢，大家的哇哇聲響也越來越宏亮。

「艾蜜莉！」大家都歡呼拍手，「本來就應該的啊，」有人大吼，「告別單身派對的女主角必須懺悔自己的罪行。」

我笑得勉強，「我衣櫃裡沒有藏骷髏頭哦。」

琵琶哈哈大笑，「這很難說哦！」

泰絲哀求，「我可以問嗎？」

我喝光了酒，望著她，等她繼續開口。

她問道：「真心話？大冒險？」

「真心話。」

「好，妳有沒有偷吃的經驗？」

想都不用想，「從來沒有。」

大家齊聲哀號。泰絲追問：「什麼？從來沒有？就連年少輕狂的時候也沒有？」

「沒有，從來沒有。」我望向夏綠蒂，我相交最久的朋友，希望她為我作證。

她搖頭。

「哦，這要看偷吃的定義是什麼了，」泰絲咯咯笑個不停，「我的意思是，我們講的是親吻愛撫呢？發生性關係？還是狂野性愛？」

眾人哈哈大笑，對於平日沉靜泰絲的大暴走提問，還假裝露出驚訝神色。

琵琶問道：「妳說的性關係到底是什麼意思？」

「《傑瑞米．凱爾秀》裡說的那一種嘛，他們在做測謊時會問的那種問題啊：『自從與夏敏開始交往之後，還有沒有與任何人發生性關係？』」

薩博說道：「哦，泰絲，這樣就清楚多了，謝謝妳給大家的開示。」

「也許不只那樣，」帕咪插嘴，「就算是只有那個意圖，也應該算得上出軌吧？」

「哎喲，帕咪，」琵琶大叫，「如果只是在腦袋裡幻想就是不忠，那我就是世界超級大浪女了！」

帕咪一臉嫌惡，皺起鼻頭，看得我哈哈大笑。「我指的不是妳腦中的幻想，而是討論某種企圖出軌的真正意圖，比方說，在明明知道可能會天雷勾動地火的狀況下，還是執意與某人見面。」

琵琶回她，「帕咪，我不知道這算不算出軌。」

「就像是背著自己的伴侶，與別人偷偷見面……最後有沒有付諸行動都一樣。明明知道可能會出事，但還是出現在約會地點……就我的定義而言，這就是不忠。」

女孩們與薩博紛紛發出不滿的嘖嘖聲響，大家都不以為然。「這就表示我曾經背著我的丹恩出軌，已經有好幾次了。」楚蒂的臉色突然一陣黯然。

帕咪問道：「好，妳曾經抱著與那些男人上床的念頭、與他們見面嗎？」

「哦，不是，但我的確和那些帥哥在晚上見面。」

帕咪問道：「然後，妳可曾在你們都心知肚明接下來會出事的前提之下，繼續安排見面？我們就坦白說吧，會期待的結果也就只有那麼一種而已。」

楚蒂說道：「這個嗎，沒有……」

「既然是這樣，妳就沒事了，」她滔滔不絕，「我要表達的只是這個概念，要是與某人見面的企圖純粹就只有出軌，就算是沒有上床，也不能算對伴侶忠心不二吧？」

現在，與她剛才丟出這問題的那一刻相比，大家的反應已經略有改變，好些人轉而默默點頭。

她說道：「所以也許妳應該拿同一個問題詢問艾蜜莉。」

我瞇著眼看她，耳朵開始發燙，我與詹姆斯在一起的畫面開始在眼前閃動：我們舒服窩在某條小街咖啡店的角落；還有我們兩人坐在高檔飯店酒吧的高腳椅上面，他握著我的手，還有想必看來十分露骨的肢體語言。「他們應該是會做吧？」我自己知道那是什麼情景，要是別人看到會有什麼感想，我也猜得出來。是不是有人看到了我們？她正在對我有所暗示？

泰絲看著我，「好，所以我再問妳一次。艾蜜莉．哈維史托克小姐，妳是否曾經企圖對伴侶不忠？」

帕咪雙手交疊胸前，揚眉，似乎在等我的回應。她不可能知道的，對吧？詹姆斯沒有理由要告訴她，他為什麼需要這麼做？而且，被別人看到，又正好把一切兜在一起的機率是微乎其微，我只是恐慌罷了。

我盯著她不放，「不，從來沒有。」

坐在那裡的她，氣得寒毛直豎，其他人的注意力早已轉移到下一個玩家，不過，她卻以氣音在對我低語，我知道她吐出的那幾個字是「詹姆斯」。

23

「我已經好久沒笑得這麼開心了。」媽媽與我站在浴室鏡子前面卸妝的時候，她對我說出了這段話。我們兩個都喝茫了。嗯，反正我是。也許是因為我已經喝醉，所以也覺得她很茫。

我微笑回道：「我覺得那個男服務生對妳有意思。」

「哎呀，別這麼說！」她哈哈大笑，又歪歪斜斜倒在我身上，一隻腿還懸在半空中。「哦哦，小艾幫忙一下！」

我咯咯笑個不停，趕緊扶住她。「妳是要幹嘛啦？」

「哦，我只是在想可不可以……」她話沒說完，整個人已經進入歇斯底里的狂笑狀態，我抓住她的手肘，讓她坐在地上，我從來沒看過她瘋成這樣。

「能夠再見到夏綠蒂，感覺真是太好了，」她繼續說道，「妳能夠與她和解，我開心得要命。為了某個男孩而失去了友誼，太不值得了，尤其是妳與夏綠蒂的那種深厚友情，我也是這樣告訴帕咪的。」

光是聽到她的名字，就讓我整個人清醒了過來，我小心翼翼，裝出輕快語氣。「妳跟她說了什麼？」

「就那樣嘛，」她依然坐在浴室地板上，這個答案一點幫助也沒有。「我把事情經過告訴她，我說，這樣真的是很令人傷感，因為妳們兩個明明很要好，妳說是不是？」

我的體內有一股熱氣在沸騰，我坐在她身旁的地板上。「媽，為什麼要提起這件事？」

「帕咪問我那份邀請名單是否有遺漏。她只是想要確認，理應參加婚禮的人是否都有受邀。我告訴她，我們已經都仔細檢查過了，不過，她開始問起妳年輕時的朋友，於是我就想起了這件事。」

「哦，這也合理呀。」不過我的內心卻在尖叫，靠，這到底和她有什麼關係呀？我們自己出婚禮的錢，爸爸媽媽替我們的蜜月買單，帕咪無權過問。

「所以，我就說了，我們只漏了一個人，原本無論如何都會邀請，但實在無法開口，這個人就是夏綠蒂。」

我點點頭，假裝耐心聽下去，而且拚命要讓自己趕快清醒過來。

「然後，妳就把一切都告訴了她？」

「嗯，多少算是吧，妳當初撞見他們在一起的那段過程，我覺得不要提起比較好，所以我只說湯姆與夏綠蒂背著妳偷偷幽會。」

我的胸膛彷彿被緊緊鉗住了一樣。

我從她的腋下勾住她，「好，讓我扶妳起來。」

她一路咯咯笑個不停，終於躺在床上，我悄悄離開房間，關上了門。

我走過梯台與走廊，朝別墅後方的那間臥室走去，我邁開大步，速度越來越快，踩踏聲也越來越響亮。

我根本沒敲門，直接推開。

我咬牙切齒問道：「妳到底以為妳是誰啊？」

帕咪正在看書，根本懶得抬起頭看我，她說道：「我正覺得奇怪，妳怎麼還沒來找我。」

「妳怎麼敢做出這種事？」我破口大罵，「妳怎麼可以私自邀請她來參加我的告別單身派對？」

「我以為妳這樣會開心，」她說道，「我以為這是可以讓妳們重修舊好的絕佳機會。」

她把書放在床邊，拿下眼鏡，搓揉鼻梁。

「明明是好朋友，卻就此斷了聯絡，」她繼續說道，「太可惜了。是不是發生了什麼重大事件才會結束友誼？」

好，她想要玩遊戲？沒問題，我奉陪。

「不，其實沒有，」我語氣平淡，「只是長大各奔東西罷了。」

「哦，當我知道妳們在學校裡認識、一直這麼要好，但這麼特別的人居然沒有出現在妳的大日子，我實在看不下去了，」她說話的時候，眼中還出現了一抹光芒。「我就在電腦前仔細找了一下，他們是怎麼叫它來著？『書臉』之類的東西？」

天，她好厲害，但她似乎忘了亞當不在這裡，他又聽不見她這些話之中的悲憫語調，也看不到她臉上的假笑表情。她是這麼厲害的偵探，想必讓他驕傲到不行。「哇，她真可愛，」亞當一定會這樣哄我，「真體貼啊，她真的很了不起，妳說是不是？」

我微笑，「帕咪拉，臉書，那叫作臉書。」

她臉色抽搐，立刻臉色大變，剛才的裝可愛行為已經消失無蹤。「我不需要對妳好聲好氣，」她咬牙切齒，「但不管怎樣，妳馬上就要變成我的媳婦了。」

我放聲大笑，「的確，而且我真的迫不及待。」

「妳最好不要講話這麼譏諷，」她說道，「這根本不像妳。」

「那妳最好也不要繼續耍賤。」

她眼露陰沉兇光，吸了一下細薄的雙唇，露出兩顆大門牙上方的牙齦，宛若狂吠的狗。「妳真的這麼沒教養？妳真覺得我兒子會跟妳這樣的人共度餘生？」

我知道她還沒說完，所以我雙手交疊胸前，站在那裡繼續等待接下來的猛烈砲火。

「他想追什麼樣的女孩都不成問題，」她繼續說道，「所以到底為什麼要和妳定下來，我真的不知道。不過，妳就牢牢給我記住，他遲早會意識到這一點，我只盼望這一天能夠早一點來臨。」

我微笑，彷彿讓她的惡毒話語像是流水從我身旁滑過，不留任何痕跡，但每一個音節都像是利劍，割斷了我的每一條心弦。我覺得自己彷彿進入時光隧道，回到了小學的時候，討人厭的費歐娜把我推到操場角落欺負我，一看到我趴在地上，條紋裙向上翻掀到腰部，她哈哈大笑。「妳的內褲為什麼那麼髒？」當時的她發出冷笑，「大家看哪，艾蜜莉尿褲子了。」

其他小孩衝過來，對我指指點點，哈哈大笑，我趕緊拉下裙子起身。費歐娜假裝要扶我，而正當我把手伸過去的時候，她卻立刻縮手，害我往後一摔，她哈哈大笑。「哎呀，艾蜜莉真是髒兮兮的小可憐！」她周邊的人也跟著狂笑，彷彿擔心自己會成為下一個受害者。「妳應該要回家換褲子，因為沒有人想要坐在滿身屎尿的人旁邊。」

我依然記得當時的羞恥與難堪，我的臉紅得滾燙，我萬萬不想這麼狼狽，但卻無能為力。我立刻衝向廁所，那裡總是聚集了一群小孩擋路，當我推開他們，正準備要鑽過去的時候，下課結束的鈴聲響起。

「艾蜜莉．哈維史托克，準備上課了！」操場另一頭的卡德爾老師在對我大吼，她似乎後腦勺也長了眼睛一樣。我決定對她置之不理，我寧可讓她動怒，也不敢惹到費歐娜。我猛力關上廁所大門，鎖好，脫下內褲仔細檢查。什麼都沒有，只有剛才摔在髒兮兮柏油地面的時候不小心沾到的一小塊泥巴。我不知道自己剛才為什麼會誤以為會有其他東西，然後，我開始放聲大哭，是那種強忍多時、知道萬一潰堤就停不下來的洶湧淚水。

二十年之後，我站在另一個惡霸的前面，那樣的淚水又彷彿隨時要崩落而下。我硬是吞了下去，冷硬雙眼瞪著帕咪不放。

「妳到底什麼時候才會明白我和亞當馬上要廝守終生？」我的聲音甚至還有些微微顫抖。

她嘖嘖兩聲，翻白眼。「我不覺得有這種可能，」然後又嘆氣，「妳沒機會。」

我湊到她面前，「我馬上要嫁給妳兒子了，無論妳說什麼或做什麼，都不可能阻止我們。無論妳喜不喜歡，這是一定會發生的事，所以我勸妳還是早點接受吧。」

她傾身向前，比我過之而無不及，所以我們的鼻頭幾乎要碰在一起。她厲聲說道：「等我死了再說吧。」

24

「妳現在似乎有超級大粉絲了。」亞當依偎在我身邊的時候，刻意說出了這句話。現在是半夜兩點鐘，他已經到家一個小時了，大部分的時間都在做愛。我不可能會拒絕他的，尤其我們已經分開了四天，而且，想必在這段時間當中，他一定遇到了許多誘惑但卻礙難解放。不過我現在已經累得半死，想要在早上六點鬧鐘響之前好好睡一下。

「嗯，」我低聲問道，「誰啊？」

「媽媽啊，」他語氣歡欣，「她說她玩得很開心，而且妳的招待讓她覺得十分窩心。」

我深吸一口氣，以免自己出口嘲諷，等待他說出她到底講了哪些話。天，她這麼快就找上他？在我還沒和他談話之前就先發制人？他踏上英國國土才不過兩個小時而已啊。

「所以，謝謝妳了。」他一邊親吻我的臉頰，一邊道謝。

我轉頭看著他。

他哈哈大笑，「怎麼了？」

我回想起自己的誓言——婚禮之後，就此與她一刀兩斷，永不往來——因為她質疑我與薩博的關係。

我們吵架後的第二天早上，我躺在游泳池邊做日光浴，她突然冒出這段話：「既然開始籌辦婚禮了，妳就不能和薩博經常碰面了，妳自己知道吧？」

我根本不知道她已經起床了，更不可能發現她走到游泳池旁、躺在我旁邊。我動也不動，只是戴著太陽眼鏡、睜開雙眼，望著泰絲與琵琶在另一頭的淺海處浮潛。

四周沒有人。

「是嗎？」

「對，就是這樣，」她突然開始連番猛轟，「妳和另一個男人走得這麼近，這樣是不對的。亞當可以忍耐到舉行婚禮之前，不過，等到妳嫁為人妻之後，就不要與薩博往來了。」

我依然沒有任何動作，但我皮膚下的肌肉已經開始抽搐，我現在只想要飛撲過去、把她的眼珠子挖出來。

我保持平和語氣，「是亞當說的嗎？」

「對，他一直很不安。打從一開始他就告訴過我了，他對此不是很高興。」

「帕咪拉，我不知道妳是不是沒注意到這件事，不過，薩博是男同志。」我才剛說出口，立刻就想把這些話給吞回去。這感覺像是我真的做錯了什麼，必須為自己辯護，趕緊說出薩博是男同志為自己解套。

「這一點我十分欣賞，」她悶哼說道，「但這樣不對，他不該出現在這個地方。亞當當初發現妳邀請他來這裡，已經嚇得半死。」

亞當一直沒有跟我多說什麼，諒他也不敢。不過，現在仔細回想，我們先前並沒有討論過這個話題，從來沒有，我與薩博的關係一直就是那樣，早在亞當出現之前已是如此，而我一直以為，想當然耳，他早就接受了，但可能並沒有。

我自信滿滿，「所以他是怎麼說的？」

「反正他就是不敢置信，」她當時這麼回我，「無論是不是男同志，他畢竟是個男人，而且還歡天喜地和他的女友一起參加告別單身活動，對他來說很難堪。」

我摘掉太陽眼鏡，坐起身子，我不知道她有沒有發現我的這個動作，反正她依然不為所動，維持平躺姿勢，遮陽帽蓋住了一半的臉龐。

我立刻反問：「亞當真的這麼說？我讓他很難堪？」我好恨自己落入她的圈套。

然後，她露出微笑，對於她引爆的這個話題，越講越興奮。「對，誰不是這樣呢？這不是亞當的錯，只是男人的天生反應。我不知道這世界上有哪個男人看到妳與薩博老是窩在一起會覺得開心。一個已經訂婚、馬上要進入結婚禮堂的女人，不該有這樣的行為舉止。」

「我們又不是活在十八世紀，」我當時得要咬住舌頭，不然我的真心話很可能會立刻脫口而出。「現在和妳那個年代已經不一樣了，女人也變得截然不同。」我依然拚命在辯解我們的關係。

「也許吧，」她一派冷靜，嘴角依然掛著笑容。「不過，我說出這些話，全然是一片好心，我不希望妳因為必須與薩博斷絕往來的事和亞當吵架。等到結婚之後，他絕對是忍不下去。」

「我斷絕往來的對象不會是薩博，」我咬牙切齒，「而是妳。」

她在日光浴床上頭掙扎起身，帽子掉落地上。「什麼？」

「妳也聽到了。要是我不肯見妳，妳知道那代表了什麼意義嗎？」

她望著我，露出嫌惡神情，臉部肌肉扭成一團。

「妳想要見到亞當就是難上加難。」

「祝妳好運了，」她語氣平靜，就算有任何的恐懼，也掩蓋得十分高明。「妳真心覺得他會選擇妳，而不是我？」

「他和誰住在一起？和誰共睡一張床？又和誰做愛？我看妳的機會相當渺茫。」

「我倒不這麼覺得。」她說完之後，立刻起身，緩緩走向別墅，她的佩斯利渦旋紋長袍在風中飄揚，過了游泳池之後，她問候泰絲與琵琶：「小女孩們，玩得開心嗎？」她一副無憂無慮的樂天模樣，真是個大變態。

現在，她居然告訴亞當她玩得很開心？而且我的招待讓她覺得十分溫暖？我突然覺得自己處境艱難，彷彿她在玩貓捉老鼠的遊戲，而老鼠是誰，大家都一清二楚。

亞當拉起棉被、蓋住我們的頭，他把我拉過去，我發覺他又硬了。「已經四天了，」他哈哈大笑，我發出不耐嘖嘖聲響。「我忍不住。」

「趕快去睡覺，」我語氣疲倦，「我們再過幾個小時就得起床了。」

「好，一定。我等一下拿槌子敲昏自己，保證不會再煩妳，但妳要幫我一個忙。」

我笑了，「拜託，什麼事啦？」

「媽媽問她是否可以去看妳最後一次試穿新娘禮服。」

「什麼？」我倒抽一口氣，立刻坐直身子面向他。「真的假的？」

「她說妳們出國的時候相處得十分愉快，所以不知道可否去看妳試裝。」他苦著臉，彷彿已經準備要挨罵一樣。

我的嘴巴張得好大。

「小艾，拜託，這對她來說十分重要。她以前就說過了，她沒有女兒，所以永遠不會有機會可以共享這特別的一刻。妳幾乎是她的女兒了，她一定會好開心。」

「可是……」

「妳媽媽已經看過了，所以也不會產生那種被人搶先一步的感覺。」

「可是琵琶還沒看過，薩博也沒有。週六試裝結束之後，我們四個人打算要一起去吃午餐啊什麼的。」

亞當立刻以手肘撐身，「薩博？」

我不敢呼吸。

「薩博要和妳一起去？」

我又縮進被窩裡，心跳怦怦作響。氣氛發生了變化，是不是純粹出於我的幻想？一定是，因為薩博是帕咪在她自己腦海中想像出的麻煩人物，亞當並不會這樣。所以我幹嘛好像是踩到地雷一樣？只能等待遲來的爆炸？

「當然，」我冷冷回道，「他為什麼不能去？」

他一臉不爽，「因為這是女人家的事。」

我面向他，依偎在他的溫暖胸膛，把手臂環到他背後，我哈哈大笑。「你有性別歧視哦。」

我發現他變得很疏離，身體與心理都距離我好遠。「所以薩博要和一堆女人一起坐在新娘禮服店裡面？」他露出不可置信的表情，「他會比我先看到妳的禮服？」

「哦，別鬧了，」我開始抗議，「拜託，是薩博耶。」她是不是對他洗腦成功？已經把這種荒謬的念頭植入他的心中？

「老實說，這真的有點太超過了，」他語氣尖銳，「不過，如果他還是要去的話，我實在看不出來我媽一起去有什麼問題，妳說呢？」

我沒回答，覺得自己的身體已經陷在床墊裡，精疲力竭又萬分沮喪。我到底該怎麼辦才能把這個壞女人趕出我的世界？

25

我把帕咪硬是要參加我們的特別日子的消息告訴了媽媽，就連她也無法掩飾驚訝之情，她態度很開明。「哦，這樣啊，好吧，親愛的，妳打算怎麼樣都不成問題。」

「媽的妳在開什麼玩笑啊？」琵琶尖叫，她倒是很大方行使自己的言論自由，這對她來說不成問題。

在試裝的前一天，我滿懷羞愧打電話給薩博，我說不能讓他一起去了，因為我另有考量。

「可是我想要比別人先看到妳穿禮服的樣子啊！」聽到他這麼說，我知道他好生失望。

「你還是有優先權哪，」我當時是這麼回他的，「你幫我做頭髮那天就會看到了。」

「好，那就這樣吧。」他丟下這句話之後就掛了電話。

我不知道我為什麼會對壓力屈服，但這樣一來狀況就比較簡單，少了一個必須要處理或擔憂的問題。我的壓力已經夠大了，現在只想要平安度日。

我們在布萊克希斯站足足等了二十分鐘，才看到帕咪姍姍來遲，也害我們前往新娘禮服店是註定遲到了。我討厭遲到，去問問我周邊的人吧，我最討厭的是什麼事，大家的答案一定都一樣：「遲到」。這真的會讓我大動肝火。怎麼會有人這麼不尊重對方的時間？爽爽浪費完全無所謂？工作上我不接受，而私人領域亦然，除非有絕對言之成理的藉口。火災、地震、死亡，都在可容許的範圍之內，不過，帕咪卻只丟下這一句：「抱歉，我錯過了火車，我們應該沒遲到吧？」

她送出虛假的飛吻，我立刻扭頭，大步往前奮力爬坡，拋下媽媽與帕咪在後頭拚命追趕，琵琶則是氣喘吁吁跟了上來。

我們踏入婚紗店，大門立刻發出叮鈴聲響，從窗戶透入的炎熱陽光迎面襲來，店內中央的小圓桌放了一盆過大的白百合。

「早安，艾蜜莉，」我的婚紗設計師法蘭西絲卡溫柔呼喚我，立刻朝我們走來。

「再過兩個禮拜，妳的大日子就要到了！準備好了嗎？」

我雙頰通紅，整張臉髒兮兮，而且發現背腰已經開始沁汗，我微笑說道：「差不多了。」

「真的很抱歉，但因為妳遲到了半小時，我們的時間有點緊迫，半小時之後，下一位準新娘就要來了。」

今天本來應該是特別的大日子，輕鬆自在，但我的胸口已經開始變得緊繃，充滿了纏結的焦慮感。

「但千萬不要擔心，」她繼續說道，想要緩和剛才那段話的急迫感。「我保證我們一定會一切都處理妥當。」

我好想坐下來喝杯水，冷靜一下之後再進入更衣室，但現在似乎已經沒有任何餘裕。今天選穿厚褲襪，真的不是明智之舉，因為黑色的毛屑散落在乳白色的豪華地毯上面，而且還黏在我的汗濕腳趾之間。這根本不符合我原本的期待，我好不容易才忍住奪眶而出的淚水，我提醒自己，要是哭出來的話，就會讓我像是個被寵壞的公主，為了小事情而發脾氣。

法蘭西絲卡緩緩將禮服從我的頭頂套下去，我舉高雙臂，讓它穿過我的肩膀，貼著我的身軀。「揭曉的時刻到了，」我屏住呼吸，彷彿這個動作能讓自己更貼合禮服。「看看是否需要放寬一點。」我嘴角牽了一下，我有信心自己應該維持在目標體重，但也懷疑自己的意志力是否真有那麼堅定。

我瞄了一下鏡中的自己，幾乎認不出那個回看我的女子。雪紡皺褶覆貼胸膛，增添了柔美氣息，隱形縫線束出了腰身，象牙色真絲裙身化成一條條的完美涓流，垂流於地。

我怎麼能就這麼結婚呢？我覺得自己的內心還像個小孩，只是在玩扮家家酒婚禮，然而，我卻已經走到了這一個階段，成為被大家認定的成人，準備承擔各種責任成為人妻，亞當的妻子。我的腦中開始浮現他站在教會走廊前端的模樣，當我走過去的時候，看得出他很開心，但臉部表情卻因為緊張而十分僵硬。我的家人都在微笑，對於我成為這樣的女子而深感驕傲，媽媽戴著海軍藍的紗網帽，爸爸身穿新買的帥西裝。（他會這麼說：「妳知道嗎，一定要有馬甲。」）還有我弟弟和他的小家庭，寶寶蘇菲拚命想要掙脫母親的懷抱，想要到底下的教會座椅區玩耍。然後，我的頭轉向右側，飄過亞當，望著他的伴郎弟弟，詹姆斯，他站在亞當身邊，罪惡感讓我的心好揪痛，已經快要斷氣。而他的母親，神情糾結，顯露出那股只有我才看得透的憎惡，正緊抓著他的手臂。

法蘭西絲卡探頭伸入布簾，「妳準備好了嗎？」

我緊張點頭，只聽得到另一頭的交談聲，帕咪的尖銳聲音宛若鐵刺網一樣，劃破了我的身體。

「好，那就出來吧，」法蘭西絲卡溫柔哄我，「讓妳的啦啦隊看看妳的模樣。」

我推開厚重的絲絨布簾，走了出去。

母親驚呼，「哇，小艾！」

「妳好美啊。」琵琶眼睛瞪得好大，而且還伸手摀嘴。

「妳覺得呢？」我問道，「符合妳的期待嗎？」我的發話對象是琵琶，但應答的卻是帕咪。

「不，」她語帶遲疑，「我覺得應該要……我不知道……我想應該要大一點。」

我低頭看著托住我鼓凸曲線的優雅裁線，襯托出我的細腰，然後，滑過大腿部位，最後披洩在地。

「小艾，我覺得這很完美，」琵琶激動得要命，「超符合妳的風格。」

「親愛的，好漂亮，真的，」帕咪接腔，「當然，除此之外，妳還需要一些配件，這樣才能讓妳在特別場合有完美穿搭。」

她的話真是刺耳，但是琵琶與媽媽並沒有聽出來。這就是帕咪的可怕之處：她會對妳講出大家都聽得到的讚美之詞，但後面一定會夾槍帶棒，幾乎不會有任何人發現，當然我是例外，我是她特定的攻擊目標。

「要不要整理妳的頭髮？」帕咪問道，「稍微妝點一下吧？」

法蘭西絲卡立刻取出一個附有單層網紗的簡單水鑽頭飾。

琵琶興奮問道：「妳是要盤髮還是放下來？」

「我正在想。」我皺著鼻頭，依然拿不定主意。法蘭西絲卡撈起我的蓬鬆長髮，把臉龐周圍的髮絲全部收攏，隨手拿了好幾根髮夾固定之後，輕輕把頭飾戴了上去。

她開口說道：「給妳參考一下。」

「嗯，最後應該不會像那樣吧？」帕咪不以為然，「我想那一天應該會有專業人士處理。」

面對這種誇張的問題，我不覺得自己有回答的義務。

「所以妳們喜歡嗎？」我問道，「妳們覺得亞當會有什麼想法？」

我聽到店內傳來一連串的「真漂亮」、「他一定會喜歡」、「美呆了」的讚美和聲，但我覺得最大聲的似乎是「有意思」。

三十分鐘之後，我們必須準時離開，我頭昏腦脹。在我們回去的路上，我的眼中只有那一抹低掛豔陽。

「午餐餐廳已經訂好了，是妳最喜歡的『兩個好朋友』，」琵琶開心叫喊，「現在有點早，不過我想他們一定有位置給我們，不然我們也可以在酒吧小酌一下。」

我問道：「嗯，可以改天嗎？」

琵琶迅速轉身看著我，挑眉，等我繼續說分明。

「我頭痛得要命。老實說，我最多只能喝杯茶而已。」

她挽住我，把我拉開，遠離了那兩位聒噪的媽媽，她們聊得正起勁，完全沒發現。「我應該沒猜錯吧？」琵琶說道，「現在這狀況是不是『不可思議』？」

我臉上露出微笑，我們已經好久沒有講出那樣的密語。至少，我與亞當在一起之後就沒有了。那是我們的暗號，意思就是「帶我離開這裡」。我記得我上次說出那句話，是因為自己在布魯爾街的「狗與鴨」酒吧的卡拉OK之夜喝得爛醉，認識了某人，一直被他勸誘回去他家。琵琶當時和他的同伴窩在角落擁吻，當我們灌酒、五音不全吼唱〈納特布許市速限〉的時候，這提議感覺還不賴，不過，等到我們大家都進入計程車、琵琶跨坐在她新朋友身上的時候，算我幸運，突然被明顯的那一根頂了一下。我才驚覺現在不想做這樣的事，也不想去對方家中，我大喊一聲：「不可思議！」琵琶立刻挺直身體，彷彿像是聽到了泰山的叢林呼喊。

她當時驚叫：「真的嗎？」

「對，不可—思—議。」我又緩緩說出了那個字，其實這是為了我自己好，要是她誤會我的意思，那兩個男生恐怕會以為等一下可以爽到不行。

現在，琵琶側著頭、朝帕咪的方向點了一下，又開口問我：「她惹毛妳了，對不對？」

我點點頭，眼內被淚水刺激得又癢又痛。

「好，要不要來我家？」

我想到了亞當，他正在家裡等我，迫不及待想要聽到我是怎麼度過這個大日子，但我就是不想面對。我沒辦法佯裝出開心面容，從嘴巴吐出一切如此完美之類的謊言，不過，我還不想要告訴他真相：他的母親又再次毀了一切。也不知道為什麼，他一直誤以為我和他母親之間最近關係大有進展，而且，似乎只要他抱持著這種想法，我與他之間也就變得越來越親暱。現在，當我們提到她的時候，再也不會因為他認為我有莫名其妙的偏執而犯蠢吵架。我發現每當他一提起他母親的時候，我只要專心聆聽，微笑，跟著附和，狀況就簡單多了。因為我突然恍然大悟，她說的可能沒錯：一旦攤牌，我逼他做出選擇，老實說，他會投靠哪一方，我真的沒有把握。

「各位女士們，」琵琶面向她們，開口說道：「艾蜜莉覺得不太舒服，所以我先帶她回家休息。」

「哎呀，親愛的，怎麼了？」媽媽大叫，還伸手搓揉我的背。「要不要我陪妳？」

我搖頭，「媽，謝謝妳，但不用麻煩了，我只是有點想吐。」

「她應該是沒好好照顧自己的身體，」帕咪插話，彷彿把我當空氣。「為了要把自己塞進那件禮服，想必是拚命減肥，吃一些亂七八糟的餐點。」

琵琶一定是發覺我神情有異，立刻把我帶離現場，不然我一定會出拳，痛扁那個多嘴賤女人的眉心。

「問題是不是出在我身上？」我們終於安全躲入她家，我窩在沙發上、手拿杯湯，開口問道。「大家都稱讚她好細心溫柔，然而我卻只看到一個頭上長角的紅臉惡魔。」

「不過，她對待大家的確就是這種態度。看起來像是個『天真無害的女士』，她是個好心人，為妳找來了老友，為妳的告別單身假期製造大驚喜，然後，她乞求要看妳的試裝，因為她沒有自己的女兒，永遠無法共享那種獨特體驗之類的話。老實說，小艾，大家都會相信她的說法，就連她自己的兒子也看不透，完全不清楚她對妳所造成的傷害。」

「所以，問題都是在我身上？」我的眼淚已經快要奪眶而出，必須強忍回去。

「當然不是，」她起身，伸出手臂摟著我。「她的所作所為，我當然看得一清二楚，不過，我對妳來說沒有用，偶爾在這種時候才能派上用場，」她把我摟過去，「妳需要妳的未婚夫挺妳，讓他看到她的這些舉動，以及把妳害得有多慘。要是妳積怨這麼深，真的不能結婚，因為最後一定會毀了妳，就算妳沒事，婚姻也走不下去。妳必須要找他談一談，把一切告訴他。」

「我努力過了，」我哭了出來，「但當我大聲說出來的時候，聽起來就是在裝可憐，彷彿我是個被寵壞的小孩。就連我自己也都這麼覺得了，天知道亞當會怎麼想？」

「夏綠蒂出現在妳的告別單身假期，他又怎麼說呢？那可不是在裝可憐，這是嚴重越界，一般人根本不會想要這麼做，更別說是付諸實行了。」

「我還沒有告訴他……」

「什麼？」琵琶驚呼，「妳再過兩個禮拜就要嫁給他了，這麼重要的事居然沒說？」

我搖頭，「我們才回來幾天而已，而在短短的共處時間當中如果不是在聊賭城，就是在講婚禮的事。」

「妳這明明是在逃避啊，」她語氣強硬，「憋下去是會生病的。」

我軟弱無力點點頭，自己也明白這種狀況會對我產生負面效應。「我會在今晚跟他說。」

我回家的時候，亞當正在看電視轉播的橄欖球賽。

「可以聊一下嗎？」我悄聲問道，心中不免暗想要是他沒聽到也好，那麼我就可以把這件勢必得要解決的事再拖一個禮拜。

「好，沒問題，」他心不在焉，「但等到比賽結束再說可以嗎？」

我點點頭，走進廚房，我從冰箱裡拿出了一些青椒，開始狠猛亂切，他連我今天過得怎麼樣都沒問我。

「其實不行，我不能等。」我又衝回客廳，手裡還拿著菜刀。

他略略挺直身體，但目光依然飄向我背後的電視。我從咖啡桌上面拿起遙控器、關掉了電視。

「靠，到底是什麼事？」他大吼，「已經是半準決賽了！」

「我們必須要好好談一談。」

「怎樣？」他發出哀號，簡直就像是個任性的臭小孩。

我坐在咖啡桌前面，正對著他，所以他無法閃避或擺出坐立不安的姿態。他神色緊張，望著我手中的菜刀。

「我們必須要談一下你母親的事。」我把刀子輕輕放在我旁邊的木頭桌面。

他開始鬼叫，「真的嗎？又來了？我們不是已經解決了嗎？」

「你必須要找她講清楚，」我繼續說道，「她的行為令人無法接受，害我們之間出現了問題，我已經受不了了。」

「沒有吧，」他一派天真，「我以為妳們現在相處狀況已經有所改善，妳們共度告別單身週末假期之後，我從她那裡得來的印象是這樣沒錯。」

我雙手摀臉，搓揉雙眼，想要讓自己沉澱一下，到底該怎麼說才好。「她在葡萄牙做出令人無法原諒的事，」我繼續說道，「讓我焦慮痛苦不堪，逼得我一定得讓你知道她做了什麼事，害我有多麼難受，不然我真的不知道該怎麼和你走下去。」

他傾身向前，但我看出他現在陷入兩難，不知道是要碰觸我表示安慰，還是要僵在那裡，以免被誤會與自己的母親作對。他選擇的是後者。「好，她到底做了什麼天大的壞事？」

我清了清喉嚨，「她邀請夏綠蒂。」

我本來以為他會跳起來，大聲嚷嚷：「靠，這是怎麼回事？」但他卻無動於衷，「誰是夏綠蒂？」

這根本不是我預期的反應，「夏綠蒂，湯姆的夏綠蒂！」

他搖頭，充滿迷惑。

「你們是故意的嗎？」我哭了出來，「我最好的朋友，和湯姆搞上床的那一個！」

他充滿不解，「怎麼會這樣？」

「對！這就是我的重點。你媽媽想出的好主意，想要促成我與夏綠蒂重新和好，所以你媽媽開始追查她的聯絡方式，邀請她去葡萄牙。」

他回道：「但這根本不合理啊。」我們總算達成了某種共識，但他態度依然強硬。

「這擺明了是要整我，」我繼續說道，「她想盡辦法找到了夏綠蒂。」

「但她怎麼可能會知道？」他開始為自己辯護，「她怎麼會知道我們談話的內容？」

「因為我媽媽告訴了她！」

「哦，別鬧了，」他從沙發起身，「要是媽媽知道妳們之間的糾葛，她才不會做出那種行為。顯然她給妳一個驚喜，只是為了要發善心做好事。」

「亞當，到底是哪個部分你不懂？」我大哭，淚水不斷奔湧。「她是故意的，她知道我們當初為什麼失和，她找夏綠蒂過來，擺明就是要惹毛我。」

「但她哪會做這種事？」他回道，「我覺得妳只是陷入恐慌罷了。」

「你必須找她談一談，找出她的問題究竟是什麼，你如果不這麼做的話，她一定會毀了我們兩個的將來。」

他發出輕笑，「妳不覺得這有點太誇張了嗎？」

「亞當，我是認真的。你必須要和她攤牌講清楚，對我個人的怨恨應該要就此停止。」

「她從來沒有說過妳壞話，也沒有反對妳或貶低妳的意思。」現在他已經站了起來。

「你想要相信什麼都隨便你吧，但我要告訴你，你根本不肯相信事實，完全徹底否認一切。」

「拜託，她是我的母親，我想我比妳更了解她。」

我盯著他，努力讓自己的語氣保持平穩冷靜。「無論她到底出了什麼狀況，你必須要想辦法解決，我已經無法繼續忍受下去了。」

他微笑，搖頭，一副高高在上的模樣。

「你到底有沒有聽見我說的話？」我大吼大叫，彷彿在刻意強調一樣

我進入臥房，把門砰一聲關上，要是他不打算對帕咪採取任何行動，好，我就自己來。

26

門鈴響起，但我整個人正準備要進入浴缸，水面上的泡泡悄聲四裂，突如其來的鳴響震耳欲聾。

我靜靜祈求，走開。

我覺得我的禱告已經得到了回應，但正當我準備要挺直身體的時候，那音質粗糙的鈴響又開始在公寓裡迴盪不止。

我大叫：「拜託，別來煩我！」

對方一按再按。

「好，我馬上就來了啦。」我低聲抱怨，明明是嬌寵自己的時段，卻必須提前中止，讓我氣呼呼。我拿毛巾包起頭髮，抓了掛在牆上的浴袍。

「最好是有什麼重要大事！」我打開大門的時候，以為會看到琵琶或是薩博。

「詹姆斯！」我出於本能，立刻把浴袍拉得更緊了一點，妄想這動作也許可以讓自己看起來沒那麼暴露。「亞當不在家，」我緊緊守住大門，「他和同事一起去喝酒了。」

「我來的目的不是為了找亞當。」他有點口齒不清，開始輕輕推門。

「現在不是時候。」我心跳飛快，光溜溜的腳丫子想要撐住大門。

「我需要和妳談一談，」他說道，「我不會給妳惹麻煩。」

我盯著他，和善的雙眸與溫柔的五官，而且豐滿雙唇的嘴角微微上揚。他是喝了酒，但似乎態度友善，容易溝通。我不再壓著門，側身讓他進來。他微笑，把頭髮往後撥，露出了眼睛。我覺得我彷彿看到十年前的亞當，還與蘿貝卡在一起的那個時候。我不知道亞當鬢角的灰白髮絲，以及每日的蹙眉憂容，是否受到了蘿貝卡年輕早逝的影響。對於那麼年輕的他來說，想必並不容易，未來人生已經都規劃好了，準備要與自己的摯愛共享一切，但她卻突然離世，而且死得冤枉。想必這種傷痛一定讓亞當跌落深淵，他能夠爬出來、反抗命運，我應該要多多給他鼓勵才是。

「要喝什麼，你就自己來。」我對他示意可以直接進廚房。

他微笑，對我挑眉，表情充滿暗示。

「我的意思是，你要喝茶或咖啡都沒問題，我去換一下衣服。」

我對著浴室裡的鏡子梳頭髮，聽到酒瓶塞子被吸拔出來的聲響，鏡面依然充滿了蒸騰熱水的霧氣。熱水凝滯不動，泡泡已經全部消散，我伸手拔塞子，把剛才用過的濕毛巾掛在加熱架上面。

我現在是什麼樣子並不重要——好不好看有差嗎？——但我還是想要看一下自己的模樣。我對著佈滿凝霧的鏡面抹出一個圓圈，往後退，卻看到詹姆斯站在我背後，手裡拿著一杯紅酒。

時間似乎瞬間靜止，現在只聽得到熱水緩緩排流的咕嚕聲響。

「詹姆斯，我……」我轉身看著他，綁帶式浴袍的胸口不小心敞開了。

「抱歉……我……」他結結巴巴，「我馬上走開。」

我立刻穿上黑色緊身褲，抓了件亞當的襯衫，走向客廳的時候，順手捲起袖口。然後，我突然想到，這也許是出於下意識動作，某種象徵性的自我選擇，我是亞當的人。

我裝出隨性語氣，「所以是什麼風把你吹來？」

「想到就過來了。」

我走向窗邊，街上沒看到他的車。「你沒開車吧？」

他回道：「沒有，我搭計程車。」

我驚呼：「從七橡樹直接過來？」

他點頭。

「啊，我剛才告訴你了，亞當不在這裡，所以這一趟你恐怕是白跑了。」

「我不是要來找亞當的。」

我拿起流理台上的酒瓶，為自己斟了一杯酒，想要平靜心緒。

「所以……」我決定要站著，而不是坐在他身旁的沙發上。

「我想要找妳講話，需要好好談一談。」

「詹姆斯，不要。」我繞到廚房中島後面，能夠有一公尺的大理石相隔，感覺似乎比較安全。

「妳一定要聽我說。」他已經站了起來。

我知道自己的防備心已經越來越軟弱，我當然想要聽到他必須說出的那些話，但我卻也想要摀住耳朵，畢竟我的生活已經夠混亂了。自從我與詹姆斯上次見面之後，亞當與我的關係向前邁進了一大步，要是他現在向我吐露真心話，我擔心我與亞當之間又會倒退兩步。

「我想你該離開了。」我發覺自己正不斷往後退。

「可不可以給我一分鐘就好？」他握住我的手，「要是妳願意給我機會，只要幾個禮拜就夠了，我一定可以證明給妳看，我會讓妳過著無比幸福快樂的日子。」他對我深情凝望，目光真切。

「詹姆斯，你這樣是不對的。我馬上就要嫁給你哥哥了，難道你完全不放在心上嗎？」

「但是他並不會像我一樣這麼呵護妳。」

如果我願意面對現實，他說的是沒錯。詹姆斯和他哥哥完全相反。亞當無論遇到什麼狀況都會散發自信，他總是率先自我介紹、在餐廳裡總攬全局，不然就是在橄欖球隊唱歌的時候，搶頭香脫褲。這就是亞當的本色，而且我也十分清楚，要不是因為他這麼直接，我們也不可能立刻在一起。詹姆斯內斂，性格比較體貼，而且似乎總是深思熟慮之後才出手。他總是專心聆聽我說話，換作是亞當，早就對我充耳不聞了。而且，就算我周遭的世界全然崩塌，他也會堅決挺我。

他的頭與我相隔只有幾公分而已，而且他的嘴與我的雙唇如此接近，幾乎已經可以讓我直接舔嚐。我只需要閉上雙眼，就能夠進入另一個境地。

「妳值得更好的人，」他低聲說道，「我保證我永遠不會傷害妳。」

我愣住了。亞當縱有百般不是，但他從來不曾刻意傷害我。詹姆斯是不是在暗示亞當有這種傾向？

「亞當一直對我很好……」

梯台傳來聲響，我轉頭，看到亞當站在那裡，十分狼狽。我們兩個都嚇得往後退，彷彿被電到了一樣，我根本沒聽到他開門進來的聲響。

「嘿，嗨，這裡是怎麼回事？」他口齒不清，整個人靠在客廳門框，正在拉扯早已鬆開的領帶。

「我……我們……」我吞吞吐吐，低著頭，想要掩飾我臉上藏不住的罪惡感。

「果然被我賭對了，」詹姆斯開口，把手伸向我的脖子，揪住我的衣領。「我就說這是我的襯衫。你一定是趁我們在聖誕節都睡在媽媽家的時候偷偷幹走了這件衣服。」

「靠，當然不是，」亞當朝我們走來，腳步不穩，拚命想要維持直線前進。「你等一下就知道了，這是我的甘特牌襯衫。」

詹姆斯靠過來，瞄了一眼，他的溫熱氣息撲向我的頸項。「哈，明明是伊頓牌！我早就告訴你了，這是我的衣服，你這個噁心的小偷。」

什麼，我現在穿的是詹姆斯的衣服？這情境好諷刺，我不喜歡。

「嗨，寶貝……」亞當含糊呼喚我，想要與我舌吻，我不假思索，立刻退後，他的呼吸混有酒氣與沙威瑪，而且全身滿是菸味。

「親愛的，怎麼了？妳看到我不開心嗎？」

「什麼？當然不是。」我緊張大笑，「可是你好臭，你是不是有抽菸？」如果真的是這樣，我只能說大感意外，因為他明明知道我最痛恨的事情之一就是菸味。

「什麼？當然沒有。」他聞了聞自己西裝外套的袖口，一臉困惑，彷彿那種神情就可以證明這純粹是出於我的幻想。

他大剌剌伸出手臂摟著我，整個人的重心都靠在我肩頭。

亞當現在拉開了嗓門，「好，我的小詹弟弟，你來這裡做什麼？」

我睜大雙眼、望著詹姆斯，期盼他能夠講出合理藉口。

他態度平靜，「我過來拿你戒指的收據。」

亞當伸出另一隻手東摸西摸，但依然摟著我不放，我快要被他壓垮了。

「我沒拿，你早就拿走了，」他一臉困惑，「我真的——」他放開我，蹲坐在地上，哈哈大笑。「嗯哼，」他清了清喉嚨，「我記得很清楚，你拿走了。」

「可能吧，」詹姆斯說道，「我查看過皮夾了，但也許是放在我長褲口袋。」

「一定就是啦。」亞當一開始還在大吼，隨後就轉為幾乎聽不見聲音的低語。

詹姆斯與我互看了一下，無奈微笑。我開口問道：「你覺得你自己是不是喝醉了？」

「來吧，大哥，」他對亞當開口，已經準備要拉他起身。「我扶你上床。」

「除非你要跟我一起來，我才要上床。」亞當哈哈大笑，我們都不知道他在跟誰講話。

詹姆斯拉起亞當，承受住他哥哥的重量。

我衝入浴室，立刻解開襯衫鈕釦，看到衣領標籤，我不知道自己是要大呼意外？還是覺得這是意料中事？但上面明明寫的是「甘特」。

27

婚禮前五天，帕咪打電話問我，是否能多邀請六名賓客觀禮；婚禮前四天，她又問我能不能在前一晚與我一起住在飯店；婚禮前三天，她希望我可以把座位安排表用電郵傳給她。

對於這一切，我只有不斷說出「不要」。

「她純粹就是想幫忙而已，」當我抱怨她插手干預的時候，亞當卻這麼回我。「那個可憐的女人不可能成為贏家。」

我一臉無奈看著他，雖然失望，但也不覺得意外。他已經明確表態了，老實說，我覺得他的態度應該是沒有任何改變。

兩天前，亞當與帕咪共進午餐的時候，他似乎是數落了她一頓。帕咪一如往常，發動淚水攻勢，開始扮演無辜者的角色。她宣稱自己完全不知道夏綠蒂與我為什麼會有芥蒂，我對她這個人，還有她的動機充滿疑慮，實在是天大的誤會。亞當回家的時候，是這麼告訴我的：「她一心只想要當妳的朋友。」

「就這樣？」我覺得不可置信，繼續追問：「她說出那樣的話，你信了，然後就這樣？」

他當時的反應是聳肩，「不然我得怎樣？」

「相信我的話啊。」我丟完這句話之後，就走了出去。

我們慶祝活動的開端是「家族晚餐」，小型的親人聚會，在瘋狂大日子來臨之前與最親近的家人共度的一段時光。我覺得最好的方式就是只邀請我的家人，不過，我沒那麼自私，覺得自己的願望會比亞當的期待來得重要。

「我看起來還可以吧？」我順了一下黑色洋裝的抓皺部分，然後又拿了條絲巾。

「美呆了。」他還吻了一下我的臉頰。

我逗他，「你根本連看都沒看。」

「不需要啊。」

「真老套，就連從你嘴巴裡說出來也一樣。」

我把兩條口紅放入手拿包，其中一個是郵筒的豔紅色，這是我出門「大玩特玩」的專屬色，而另外一條是裸色，狂歡結束之後、心情放鬆時使用。不過，我想今晚結束的時候依然是紅色，畢竟，這是我們婚禮前的倒數第二晚，應該一生就這麼一次了。

我們到達的時候，媽媽、爸爸、史都華，以及蘿拉早已待在「常春藤」酒吧裡。媽媽已經雙頰泛紅，當侍者為我們取走外套的時候，她舉起了淺碟香檳杯向我們致意。

亞當哈哈大笑，「呃，妳媽媽已經開始喝香檳了。」

「那應該是義大利氣泡酒，不是真的，」我說道，「她還不知道我們今天會買單，不會開喝香檳。」

要是只有我們六個人的話，那麼真可以說是完美的一夜，但是帕咪即將到來的陰影卻一直籠罩著我。一分一秒過去，我覺得自己的身體宛若千斤重，雙肩早已被壓得無法撐挺。

帕咪終於出現了，身旁還有詹姆斯，距離我們約定好的時間已經過了半小時之久。

一看到他，不禁讓我的腦袋亂得一塌糊塗，但我不肯投降。今晚，我要成為自制的典範。

我對詹姆斯打招呼，「看到你真開心。」他的吻在我臉頰停留的時間似乎過久了一點。

「我也很開心能見到妳，」他語氣平靜，「妳好嗎？」

「一切都很好，」我刻意讓眼神也迎合自己的語氣，「克洛伊不來嗎？」

「不會，我想她是不會來了，我以為媽媽已經讓妳知道了？」

我搖頭，挑眉看著他。

他說道：「我們已經分手了。」

我好不容易才擠出這句話：「真是遺憾。」

「這是最好的結果，」他說道，「她不適合，她不是我的真命天女。」

「這種事很難說，」我的語氣簡直近乎開心，「搞不好她可能是啊。」

他的目光直透我的雙眸，「我不覺得。遇到對的人的時候，一定會有感應，妳說是不是？」

我沒繼續理會他，轉向帕咪，向她打招呼，但她緊抿著嘴，雙唇拉出了一條細線。

「帕咪拉，見到妳真是太好了，」我態度熱情，「好令人興奮，妳說是不是？」

我話中帶刺，但別人都沒有注意到異狀。

「艾蜜莉……」她擺出臭臉，我等著她開始酸我：像是我胖了或瘦了多少公斤，是胖是瘦得看她心情而定；還有我的髮色，怎麼比平常淡了一點；再不然就是我的穿著打扮。我第一次覺得自己已經準備好被她打槍，但她什麼都沒說。

「親愛的……」她面向亞當，抱住他，但她依然緊閉著嘴巴，彷彿要是不做出這個動作的話，她可能會說出不該講的話。

「媽，一切都好嗎？」他給了她一個溫暖擁抱。

她目光低垂，盯著地板，一臉悶悶不樂。「好得不得了。」我暗暗祈禱亞當不要再問了，千萬不能讓她得逞。媽媽從高腳椅起身，杯內的酒汁全濺了出來，似乎正好呼應了我的祈求。

「哦哦，抱歉，」她又恢復了平衡，「我不知道我剛才的位置有那麼高啊。」

亞當哈哈大笑，接下她的玻璃杯，又扶著她的手肘、引領她走到我們的餐桌。而帕咪只能擺著一張臭臉跟在後頭。她實在很高招，幾乎不發一語，已經營造出了某種氛圍。

「所以妳準備好了嗎？」媽媽態度熱切，她當天已經問了我三次，我給她的答案明明都一樣，不過，她就是這麼興奮，而且這種心情具有感染力，我寧可這樣，也不希望承擔帕咪進來時的那股重擔，這由亞當去煩惱就好。

「對，我們都準備好了，」我回道，「這禮拜剛開始的時候有些小問題，但我們都已經順利解決，在週六到來之前，我實在看不出還會有哪裡出差錯，」我敲了一下餐桌側邊的木頭，「只剩下一天了。」

「我是沒辦法這麼樂觀，」帕咪老是愛插嘴，「我嫁給吉姆的那一天，樂隊根本沒出現。我們原本預定的是曲風類似『阿巴』的樂團，但一直到吃完晚餐之後，才發現我們被放鴿子。」

亞當大笑，顯然是想要舒緩她的心情。「媽，後來呢？」

「他們又派了替補樂團過來，」她繼續說道，語調少了平常的輕快歡欣。「結果演奏風格卻像是『黑色安息日』。」

全桌的人笑成一團，但是帕咪的臉卻不為所動。她裝可憐的卑鄙招數可以騙倒所有人，就連她自己也一樣。

她低頭看著自己的大腿，十指全擰在一起，我在心中暗想，又來了，亞當轉頭看我的時候，我差點就大聲說出了心底話。

帕咪正使出她的拿手絕活。

她想要別人注意她，我才不會正中她的下懷，不過，媽媽卻渾然不知她的招數，反而接腔發問。

「天，帕咪，到底是怎麼了？」

她搖頭，抹去不小心落下的眼淚，也就是好不容易硬擠出來，唯一的那一滴。

「真的沒事……」她聲音顫抖，以那種「千萬別為我擔心」的獨特語氣說出了這句話，現在我已經十分熟悉，會把它自動轉譯為「每一個人趕快來關心我」，我真的是看膩了。

我喝光香檳，還沒把淺碟酒杯放回桌面，殷勤的服務生已經馬上過來斟酒。「哦，這樣啊，小帕，勇敢一點，」我舉起酒杯，「反正又不是什麼無藥可救的事。」

母親斥責我，「艾蜜莉！」

「我覺得有可能。」帕咪悄聲低語，幾乎聽不見她的聲音。

我笑得誇張，就像是啞劇裡男扮女裝的丑角一樣，我問道：「好，為什麼這麼說呢？」我讓眾人直接聚焦在她身上，讓她稱心如意。我心想：妳想要，那就這樣吧，等到一切結束之後，我們可以繼續歡度今晚，也許到時候大家的重心就會放在亞當和我的身上，這本來就是聚會的目的。

「小艾，」亞當低聲警告我，「夠了。」

「別吵我。講嘛，帕咪拉，」我沒理會亞當，繼續問道：「到底怎麼了？」

她又低頭，引發了這樣的尷尬場面，她應該是在佯裝不好意思。

「今晚我不想提這件事，」她說道，「時機似乎不太對。」

我回她：「哦，現在大家都在專心聽妳講話，妳直說無妨。」

她神色緊張，不斷搓弄項鍊，目光不敢與任何人有交集，只能遠眺繁忙餐廳的另外一頭。

「我恐怕得公布某個可怕的壞消息……」她聲音嘶啞，又努力擠出了另一滴淚水。

亞當放開我，握住了她的手。

「媽，怎麼了？妳嚇到我了。」

「兒子，我得了癌症，」她說道，「抱歉，我真的不想在今晚告訴你，不希望毀了你重要的大日子。」

全桌的人驚嚇無語。媽媽的嘴巴張得好大，我的其他家人則尷尬別開目光。詹姆斯低著頭，似乎早已知情，而我不知道該笑還是該哭。

「哦天哪。」我不知道是誰冒出了這句話。我的世界變得好模糊，眼前的一切都以慢動作在搖晃。

亞當問道：「什麼？怎麼會這樣？」

「乳癌，」她語氣平靜，「第三期，所以還有一點點希望。」

「妳知道多久了？有誰——是哪家醫院？」亞當有一連串疑問，全塞在一句話裡面。

「兒子，我被照顧得很好，我在長公主醫院有個優秀的醫療顧問。」

「他們怎麼處理？」

「他們盡全力，該做的都做了。已經完成了許多檢驗，我也做了切片，」她苦著一張臉，把手放在胸前，加強效果。「他們還不知道擴散得有多麼嚴重。我今晚真的不想提這件事。就這樣吧，我們不要毀了這個特別的夜晚。」

我根本不知道該怎麼以字句表達我的想法，更不可能大聲說出來，但也許這是最好的應對方式。

「所以，什麼時候可以知道更詳盡的狀況？」亞當問道，「我們要等到何時才會確定療程？」

「當然，我會接受治療，」她說道，「但他們不知道需要多久。」她發出慘笑，「或者，也不知道到底有沒有用呢。但他們的醫療方式，我一定照單全收，你說是不是？誰知道會不會出現奇蹟呢？」

亞當低頭，雙手摀住了臉。

「不過，別這樣吧，」她的語氣又突然變得好愉悅，「我們現在就忘了那一切。現在是亞當與艾蜜莉的時刻，反正等你們度蜜月回來之後，我們才會更清楚病況。」

亞當說道：「我們哪裡都不去，等妳恢復健康再說。」

「什麼？」我發現自己不小心脫口而出。

亞當轉頭看我，一臉盛怒。

「別傻了。」她微笑，捏了捏他的手。

「你們什麼也幫不上忙，就好好去度蜜月吧，一切就依照原定計畫進行。」

他問道：「那治療呢？」

「我得接受化療，星期一開始。我決定延後到婚禮之後，以免自己掉髮。」她發出假惺惺的大笑，「我得要以最佳狀態現身。」

她望著我，露出憐惜笑容。我死盯著她的雙眼，拚命激她，看看她是否會為自己剛才所做出的舉動流露出些許罪惡感或是懊悔。但什麼都沒有，我只看到由她內心散發而出的得意光芒。

28

完全不出我所料，在帕咪宣布這個驚天動地的消息之後，晚宴提前結束，亞當與詹姆斯都堅持要陪她回家，確保她安好無恙。

媽媽陪我回家，而爸爸與史都華、蘿拉先回去了。

媽媽說道：「我來泡茶，」而我一臉茫然坐在沙發上，「喝茶會讓我們心情好一點。」是嗎？我真不知道為什麼我們英國人一直有這種想法。

聽到帕咪宣布的消息，她依然震驚不已，我也是，但我們背後的理由卻截然不同。

她拿著兩杯熱氣蒸騰的馬克杯進入客廳，又把它們放在咖啡桌上面。「嗯，」她開口，「我還是沒辦法進入狀況，妳呢？」

我搖頭，「真是不可置信，妳說是吧？」

我不知道媽媽有沒有發現到我的語氣有異，但看不出她有任何反應。她從特地為今晚餐宴購買的海軍藍外套袖口拿出面紙、擤了一下鼻子。「人生真的是很難參透啊。前一分鐘還覺得自己活得好好的，下一分鐘就聽到了那樣的消息，」她低著頭，「可憐的帕咪。」

我望著我的母親，令人驕傲的媽媽，一心只想著我與史都華，總是把我爸爸照顧得無微不至，她放棄了自己的護士工作，就是為了要照顧我們一家人，為了今晚的活動，她還興致勃勃去弄了頭髮。然後，我又想到了帕咪，充滿嫉妒心的她，為了自己的變態樂趣，特地設局毀了我。

這樣是不對的。帕咪要對我怎麼使壞都沒關係，但怎麼能對我媽媽做這種事？我不能坐視不管。

我走向沙發，坐在她身邊，握住她顫抖的雙手。

「媽，我有事情要告訴妳，妳必須要專心聽我說。」

媽媽望著我，她的淚水已經不斷滾落而下，她不知道我接下來要說什麼，臉龐已經出現擔憂與恐懼的蝕痕，她問道：「什麼？到底是什麼事？」

「帕咪沒有罹癌。」

「什麼？這話什麼意思？」她搖頭，一臉困惑。「她剛才說她得了癌症啊。」

「我知道她剛說什麼，但她在撒謊。」

「啊，艾蜜莉，」她倒抽一口氣，趕緊伸手摀嘴。「妳怎麼能講出這種話？」

「媽，拜託妳聽我說，希望妳先好好聽我說完，然後，妳想說什麼都可以，好嗎？」

我把一切都告訴了她，從一開始的節禮日事件，一直說到她故意安排夏綠蒂參加我的告別單身活動。媽媽坐在那裡，瞠目結舌，無法講出自己心中的話，她開口多次，但依然無法言語。

等到我說完之後，我開始啜泣，她抱著我，不斷哄搖。「我不知道啊，」她哭了，「妳怎麼之前都不告訴我？」

「因為我知道妳一定會很擔心，」我說道，「我之所以會講出來，是因為我真的無法看到妳這麼難過。」

「我把一切告訴帕咪之後，」媽媽一臉不可置信，「她居然找夏綠蒂去參加告別單身派對？」

我點點頭，「對。」

「要是我知道會發生這樣的事，我絕對不會——那兩個可憐的兒子呢？誰會對自己的小孩做出這種事？」

我回道：「我會好好照顧亞當。」

「妳會告訴他嗎？」她問道，「準備要向他吐露妳知道的這些真相？小艾，妳確定這樣妥當嗎？妳要是說出來，可是天大的指控，萬一妳弄錯的話……」

「我會自己處理亞當的部分，」我說道，「我們就先把婚禮解決，然後我會想辦法。我想要告訴他真相，但他就是看不透，在他的眼中，她絕對不可能會犯錯。不過，她一定會出包的，只要我給她表現的機會，她遲早會露出馬腳。」

她問道：「妳確定還是要舉行婚禮嗎？如果妳不確定……？」

「我深愛亞當，我已經等不及要成為他的妻子。我又不是嫁給他媽媽，我只是得要想辦法找出與她相處的方法就是了。」

「小艾，很遺憾發生了這樣的事……」

「我會解決的，」我想讓她安心，「而且，我和夏綠蒂又和好了，所以也不算太壞嘛。」

我們對彼此慘然一笑，擁抱，但我已經覺得自己比先前舒暢了一百萬倍。

29

等到亞當出現的時候，母親心不甘情不願準備回家。「答應我，妳要好好的，」她依然站在門口，「如果妳希望我留下來，當然沒問題。」

「我不會有事的，」我回道，「我只是需要確定亞當的狀況，明天下午飯店見了，妳知道要帶哪些東西吧？」

她微笑，我們已經演練過一百次之多了。「我已經把清單寫好了。」她準備要進入爸爸的車，又對我揮揮手。

亞當看起來潰不成形，彷彿被狠狠碰撞，裂成了上千碎片。我好想撫平他的傷痛，但我必須等待，要有耐心。我不能大剌剌開轟，把我告訴母親的事全說出來。他不一樣，我們要討論的是他的母親，我下的每一步棋都必須要十分小心。

他坐在餐桌前，雙手抱頭。「真不敢相信會發生這樣的事。」

我走過去，從後頭抱住他，但他身體卻好僵直。「我們一定會度過難關，」我努力哄他，「等到我們的婚禮與蜜月結束之後，再來好好想辦法。」

「媽媽在這裡為生命奮戰，我怎麼可以飛到模里西斯躺在沙灘上？這樣太不孝了。」

「可是我們還不知道接下來要面對什麼樣的狀況，」我說道，「等到我們回到英國之後，我們會知道更多細節。」我覺得她的這齣冷酷鬧劇應該持續不了那麼久。

「也許吧，但要是她得在星期一做第一次化療，我想要留在這裡陪她。」

我胸口突然揪緊，只能勉強自己保持冷靜。

「我們馬上要結婚了……就在明天，」我看了一下手錶，「我們先面對眼前的狀況吧。」

「現在，我覺得婚禮根本不可能進行下去，」他厲聲回道，「在我媽媽很可能快死掉的時候還大肆慶祝，感覺就是不對。」

我不發一語，只是平靜走開，讓他自己去體會我剛才那些話所蘊含的道理。等到我進入臥室的時候，我默默拍打枕頭，心中充滿無奈。

「你現在感覺怎麼樣？」我問道，「好多了嗎？」

他嘆了一口長氣，「我覺得我們應該要把婚禮延期。」

我坐直身子，立刻轉頭過去。「什麼？」

他清了清喉嚨，「我覺得我們，我，在目前的狀況下，沒有辦法繼續下去。這個消息實在太可怕，我需要時間好好沉澱。」

「你認真的嗎？」

他點點頭。

「真的嗎？千真萬確？」我越來越大聲，而且每一個音節都比平常高了八度。

「小艾，反正這樣就是感覺不對勁。妳心底也明白，這種狀況並不適合結婚。我們不希望搞砸婚禮吧，妳說是不是？」

如果他是想要藉此尋求我的批准，那麼他可就大錯特錯。

「你媽媽得了癌症……」講到癌症那個字的時候，我刻意用手指做出引號。

「靠，妳這是什麼意思？」他全身上下只穿了一條內褲，暴跳如雷，伸手猛抓頭髮。「小艾，拜託！她得了癌症！」

我望著他來回踱步，真切感受到他散發而出的無力感與憤怒。他像是被關在小籠子裡的母雞，無處可去，不知道要如何發洩鬱積在體內的熱氣。其實我可以找到方法減緩他的憂煩，至少，打開那個他逼自己進入的壓力鍋的鍋蓋。我可以告訴他，其實我覺得她在說謊，我知道她在撒謊，我可以講出自己的觀察心得，她瞎編出這一切只是為了要阻止這場婚禮。但那樣的話聽起來太扯了，有誰會做出那樣的事？任何一個理智的正常人都不會說出這麼惡毒卑鄙的謊言。我可以把自從我們在一起之後，她的一切惡行與狠話全講出來，為了想逼我們分手所進行的各種阻撓動作，不斷傷害我，在這八個月的時間當中，她一直玩陰的、對我百般羞辱霸凌。他會相信我嗎？不可能。他會不會恨我？極有可能。她將會成為贏家？無庸置疑。

不，要是告訴他實情，也不會有任何好處，不過，萬一反而讓她的下流謊言得逞，我就慘了。無論她喜不喜歡，反正我們這個婚是結定了。

「冷靜一下。」我從床上起身，走到他身邊。

「冷靜？冷靜？我明天就要結婚了，而我媽媽卻罹患了癌症，妳是叫我怎麼冷靜？」

「我們明天就要結婚了，」我糾正他，「我們是共同體。」

我走過去，打算抱著他，已經張開了雙臂，但他卻大手一揮，擋住了我。

「遇到了這種事，我們根本不是共同體，」他大發雷霆，「妳毫不掩飾妳對我母親的嫌惡，而且，說老實話，就算她深陷在火海之中，妳也根本不會鳥她，所以就不要再假意關心，妳根本不會對我的痛苦感同身受。」

我往後退，「你這樣講並不公平，別把事情賴到我頭上。從我認識你的第一天開始，你媽媽就想盡辦法搞我，我不斷努力，想要與她和睦相處，但亞當你知道嗎？都是因為她排拒我，害我根本就是白費功夫！」

他舉起手，在那一瞬間，我本以為他要狠狠修理我，但他卻轉身，將憤怒的拳頭揮向衣櫥，上方擺放的是我放置紀念物的帽盒，全部掉落下來，裡面的東西也散落一地。

我站在那裡，整個人僵住不動，我想要開口，但卻說不出隻字片語。

「小艾，抱歉，」他大叫，膝蓋一軟，整個人癱在地板上。「我不知道……我真的不知道。」

我的確想要跪坐在亞當身邊、把他擁入懷中慢慢安撫，但心中也出現了一股詭異的疏離感，彷彿像是目睹了某個孤寂的陌生人在四處亂爬，想要撿拾自己破碎的人生碎片。我發現了自己深愛男人的另一面，我從來沒有看過的那個面向，而且就在我們婚禮的前一天，不禁讓我感到不安又恐懼。

我坐回床上等待。我需要時間釐清所發生的一切，確保自己依然處於百分百自制的狀態，因為我極度渴望想要講出一切，但我的胸口卻因為恐慌而揪痛不已，因為我驚覺要是這樣一搞、正好給了他取消婚禮的大好理由。

「小艾，真的很對不起，」他繼續道歉，以半爬的姿勢靠到我身邊，把頭倚在我大腿上。「我只是不知道該怎麼辦。」

我撫摸他的後腦勺，「我保證，一切都不會有事的。」

「妳怎麼能說出這種話？妳能保證什麼？她搞不好會死。」

我想要對他尖叫，她不會死的，因為她根本沒生病。但我並沒有對他說出這樣的話。「我們會好好照顧她，她會康復的。」

他抬頭望著我，那雙眼眸滿布血絲。「妳真這麼想？」

我點點頭，「我覺得她希望我們要如期舉行婚禮。其實，我想這將會是她的堅持，她不希望讓我們徒增麻煩，被迫取消一切。」我講出這種話，自己差點笑了出來。

「妳說的應該是沒錯。」

「每一天的時時刻刻，都有人被診斷出罹患癌症，」我雖然這樣講，但一想到得要把帕咪與無數對抗惡疾的真正戰士相提並論，就讓我很不開心。「現在病人的康復機會很高。」

他點點頭，神情悲戚。

「醫療水準大幅改善，癌症治癒率顯著提升。」

他的雙眼依然淚濛濛，我知道我剛才說的那些話他聽不進去。

「許多罹癌者都活下來了，已經有千百萬人成了見證，」我把手伸過去，握住他的雙手，緊緊捏了一下。「她痊癒的機會很高。我們先等待病情報告，然後陪伴她走下去。」

「我知道，我都知道，」他吸了一下鼻子，「不過，我現在就是沒有辦法管其他的事。」

「我懂，所以我們一切活動就照常舉行吧。要是取消婚禮的話，反而還有更多事得善後呢。」我誇張嘆了一口長氣。

「但我寧可取消，也不想堅持要熬過那一天。現在我除了媽媽之外，什麼事都無法專心，她需要我在那裡陪她。」

他沒有用心聽我說話。我的腦袋開始快速急轉，心想萬一婚禮無法照常舉行，我應該要打電話給哪些人。沒什麼好想的，這種事不可能發生的，我絕對不容許。

我抓住他的手腕，捏得死緊，直盯著他的眼眸。「聽我說，」我語氣堅決，「我們明天結婚，你媽媽一定會康復。她會開心享受那一天，每一個人都會特別呵護她，然後，我們去度蜜月。我們不在的時候，詹姆斯會照顧她，他能力超強，等到我們回來之後，我們可以陪她一起去醫院，了解病況，再看看接下來該怎麼辦，好嗎？」

他點點頭，但我依然不確定自己是否已經成功說服了他。

他從地板上站起來，開始穿衣。

「你在幹什麼？」我的喉底冒起一股恐慌，「你要去哪？」

「我要去媽媽家。」

「什麼？不可以，現在是清晨五點。」

「我得去探望她。」

「拜託，亞當，你反應過度了。」

「要是妳媽媽得癌症的話，這怎麼可能會是反應過度？」他咬牙切齒，整張臉進逼我的面前。

我好害怕。他一直是自我控制良好的人，是大家崇拜與依賴的對象，他帶領分析師團隊，只要有家人想要尋求建議，一定會先找他，他也為我的生活帶來了理性與架構。他本來是井然有序的人，然而，現在的他卻是被車頭燈意外照到的野兔，不知道該衝向光源還是該逃跑。看到他這種模樣，讓我充滿憐憫，我現在更恨帕咪了，因為她居然對他、對我們，做出了這種事。

我的淚水泉湧而出，「你不能就這樣扔下我，」我說道，「我需要你待在這裡陪我。」

「不，妳不需要人陪，」他嗆我，「靠，我看妳也只擔心婚宴與蛋糕吧？」

我嘴巴張得大大的，盯著他不放。

「我媽快死了，妳卻擔心的是海綿蛋糕？妳搞清楚重點好不好？」

「你要是出去，我發誓我就——」

我才剛站起來，大門就砰一聲關上了，就在這時候，我知道我別無選擇，只能讓大家看到帕咪真實世界的模樣。

30

我以為自己一定睡不著，但還是昏沉打盹，等到我睜開眼睛的時候已經天亮了，我望著床邊桌的時鐘：早上八點零二分。我在床上抬起頭來的時候，腦內不斷在抽痛，緊繃感宛若被壓縮的彈簧，隨時會蹦跳出去。我哽咽得好嚴重，完全無法吞下那股想哭的衝動。我拖著蹣跚腳步，走到鏡子前，回瞪我的是一對浮腫雙眼，髒兮兮的臉龐，枕頭上還留有我的淚痕。

我萬萬沒想到自己必須這樣度過婚禮前夕，如果，我還真有那個機會可以結婚的話。

我在床上摸了一會兒，找到了手機，模糊的焦距終於能夠清楚盯著螢幕，我本來以為會在我們兩人的頭像之間看到一堆未接來電與簡訊。

沒有簡訊，也沒有未接來電。我不知道亞當在哪裡，也不知道他現在到底在幹什麼。我打電話給他，但直接轉語音信箱，我又試了一次，結果一樣。

打給帕咪，就會讓她得意洋洋，我才不會這麼做，所以我挑了第二順位——詹姆斯。

才響了兩聲，他就立刻接了電話。「嗨，小艾？」

「嗯，」我好不容易才繼續說下去，「你知道亞當在哪裡嗎？他今天一大早就不見人影，我找不到他的人。」

「妳的聲音在發抖，妳還好嗎？」

不好，你的家人把我搞得好慘。

不過，我是這樣回他的：「是，我很好，你知道他在哪裡嗎？」

「他和媽媽在一起。幾個小時之前，我們換手交班，所以我可以回家補眠。」

「他有沒有跟你說什麼？」我裝出樂觀語氣，不想讓我的聲音透露出自己的絕望心情。「我們吵了一架，他說要取消一切，詹姆斯，我不知道該怎麼辦。」

「天哪。」

「他似乎心意已決。」

「要不要我過去找妳？」

不要，好，不要，我不知道。

「小艾，要不要我過去找妳？」他這次問得更大聲，充滿了焦慮。

「不需要，請他打電話給我就是了，他現在不接手機。」

「也許這樣最好。」他的聲音微弱得幾乎聽不見。

什麼？我有沒有聽錯？

「讓你們兩個有充分的時間沉澱一下，確定是否真心想要步入結婚禮堂。」

「這怎麼會是最好？」我大吼，「但話說回來，我早該知道你也不會給我其他的說法。打從我和亞當一開始交往的時候，你就存心破壞，我想你現在可開心了，對吧？」

「我一心只是為妳好。」

「你只是想要證明自己比哥哥厲害而已。」

「不是這樣。」他語氣很平靜。

「現在，我真的不在乎了，我只想要知道現在到底是什麼狀況。」

他態度嚴肅，「我現在就趕去媽媽那裡，到了那裡會再打電話給妳。」

還沒有和亞當講到話，我根本無法好好思考，有太多事情得討論了。現在，他是不可能回頭了，大家會怎麼想？為了參與我們特別的那一天，他們特別排定計畫，做出了各種犧牲。休假的時間、花錢請保母、火車票的錢——而這只是我們賓客的部分而已。還有飯店、婚姻登記官、花藝店，以及樂隊呢？

我打電話給琵琶。一聽到我呼喊她的名字，她就立刻趕過來了。「待在那裡就好，我十分鐘之內到。」

她站在門口，瞄了我一眼，立刻說道：「我發誓，要是他動了妳一根汗毛……」

我神情木然，搖搖頭。「帕咪得了癌症，亞當臨陣逃脫。」

她挑眉，一臉問號。

我說道：「就是這樣。」

無論是她或是其他人，完全無能為力，只能幫我泡茶，一起等待。這種毫無頭緒的漫長等待，真是煎熬。

早上十點鐘剛過沒多久，我的手機響了，螢幕上閃動的是亞當的名字。

就在那一瞬間，琵琶突然走過來，刷了一下握在我掌心的手機，把來電轉為擴音模式。

她劈頭就罵人，「現在給我聽好了，你這畜生——」

開口的是某個男聲，「小艾？」

琵琶滔滔不絕，「要是你不在半小時之內趕回來的話……」

「小艾，我是詹姆斯。」

琵琶把手機交給我。我屏息問道：「他和你在一起嗎？」

「對，但他狀況不是很好，似乎是已經下定決心了。」

我的心已經裂成無數碎片，「叫他來聽電話。」

詹姆斯口氣歉然，「他現在不想和妳講電話。」

我的聲音近乎尖吼，「現在就叫他給我過來！」

琵琶在搓揉我的大腿，還抓住我在空中亂揮的那隻手，我拚命想要找東西支撐自己，穩住重心，但其實我早就坐了下來。

我聽到一陣含糊不清的人聲，然後，亞當終於開口：「我已經決定了，」他語氣平淡，他怎麼能夠這麼冷酷？「婚禮延期，等到媽媽康復之後再舉行。」

「可是——」

「小艾，就這樣了。我已經開始聯絡大家，反正就是我有電話號碼的那些人。我也打了電話給旅行社業務，她會看看能否把蜜月延後或是退還一些費用。」

體內流的血可能會變冷嗎？至少我感覺到了。一股寒意進入我的頸項，往下竄流到我的胸膛與臟腑，快速循流。當它一接觸到我胃部熱酸液體的時候，我立刻把手機丟給了琵琶，衝到廁所，大吐特吐。

我覺得她好像在水底講話一樣，我聽不清楚任何字句，我把頭靠近馬桶，一看到那東西，立刻引發我體內一陣抽搐，逼我吐出了燒喉的灼熱膽汁。

過沒多久，琵琶已經跪在我身邊，攏起我的頭髮，搓揉我的背脊。

「不會有事的，」她輕聲細語，「我來解決一切。」

我搖頭，但又開始吐。

琵琶逼我洗澡，幫我洗頭髮，她好聲安慰我，這可以稍稍減輕這世界對我產生的脅迫感。

我把我的聯絡人名單交給她，等到我回到客廳的時候，只剩下飯店與婚姻登記官需要聯絡而已。

「接下來恐怕就由妳自己打了，」她說道，「畢竟這種事只能由妳開口。」

我一臉悲傷，點點頭。

「我來泡茶。」她進入廚房，忙著開櫥櫃、找杯子，不斷發出砰砰聲響。

「哦天哪，這實在太不尋常了，」飯店的婚禮統籌人員神經大條，「我們從來沒有人拖到前一天才取消。」

「我們別無選擇……」我幽幽開口，對方講的話幾乎都聽不進去。我已經進入了自動駕駛模式，無法感受，也沒辦法面對真正的人與情緒，我覺得自己像是個機器人，進入了預設程式的處理階段，隨時可能會短路。

我一臉茫然，發現手機被拿走了。「嗨，我是琵琶．霍金斯，我是伴娘，要是您有哪裡需要協助，我可以……」

我把雙臂擱在桌面，低頭掩面開始啜泣，身體也顫抖不止。

31

在我們即將要成婚的前一個小時，亞當終於現身。自他消失之後的這段時間當中，我們公寓的訪客川流不息，大家都很關心我，確定我不會跳樓自殺。不過，面色漲紅又憔悴的他，終於到家的那一刻，全程陪伴我的人其實只有琵琶而已。

我渴望這個場景出現，已經超過上萬次了，不過，當我坐在餐桌前，看到他站在我面前的時候，我卻覺得他不像是我認識的人，根本不是我深愛不已，而且已經同居了八個月之久的男人。感覺像是我們曾經有過短暫邂逅，但我幾乎想不起細節。我不知道這是不是心靈的防衛機制，讓我不要碰觸現實，可以減輕它對我造成的衝擊力道。

我的眼角瞄到琵琶已經在拿自己的外套，但我依然死盯著他，心想他絕對不敢看我，的確，他一直迴避我的目光。

「我要走了，」琵琶說道，「沒問題吧？」

我點頭，目光依然鎖定亞當。

先前的悲傷與難堪已經消失，現在取而代之的是暴烈火氣，我覺得現在的自己宛若被牽繩拉住的野獸，他只要敢開口說出任何一個字，我的鎖鏈就會立刻斷裂。

他說道：「妳要搞清楚狀況。」

我立刻起身，力道猛烈，椅子居然向後倒地。

「你什麼都不需要告訴我，」我怒氣沖沖回道，「我已經忍受過各式各樣的情緒折磨，你還有膽過來對我頤指氣使，告訴我需要搞清楚狀況？」

剎那間，我本來以為他要揮手打我——他的肩膀後縮，胸膛鼓凸，不過，他隨後就整個人軟癱下來，像是爆破的氣球一樣，而且，還真的吁吁吐光了所有的氣。我不知道這反應真的有比較好嗎？要是他展開報復的話，至少，我還可以對他發洩，與他大吵一架。但是這個已經失去原本自我的空洞亞當，慘不忍睹，是一坨難以得到他人尊敬的皺爛殘軀。我希望他能站得直挺挺的，能夠讓人安心倚靠，而不是癱軟在我腳邊、像小孩一樣的廢物。

他平靜說道：「我們得好好談一談。」

「你說得沒錯，我們需要講清楚。」

「要像是大人一樣的成熟對話。」他拉出我對面的那張餐椅，兩人對望，要不是因為有餐桌隔在中間，我早就朝他撲過去了。他坐了下來，十分倦怠，那模樣就和我自己現在的感受一模一樣，精疲力竭。

剎那間，我一度以為她對他說出了真相，終於鼓起勇氣吐露她對我所做出的一切惡行，不過，雖然我在腦中努力想像那樣的畫面，但就是一片空白。

「所以呢？」

他說道：「妳需要冷靜。」

「你又擺出盛氣凌人的姿態，如果我們想要有任何結論，你不能繼續這樣下去。」

他低垂著頭，「抱歉。」

「好，既然我完全沒有做錯任何事，何不就先由你解釋一下你去了哪裡？還有，為什麼過去那三十六個小時當中完全找不到人？」我咬住嘴唇內側，舌頭已經嚐到了鮮血的腥味。

「我只能向妳努力解釋我的感覺，還有這件事所帶來的衝擊。」

我雙手交疊胸前，等他說下去。

「妳要知道，我一直全心全意付出，就是為了想要在今天完婚。」

我的表情依然沒有任何改變。

「不過，當媽媽把她生病的消息告訴我之後，我覺得我整個世界都爆炸了。我想到了婚禮、蜜月、媽媽的診斷結果，一切的感覺都好不真實。」

「你失去了方向。」

「對，也許吧，但我覺得我自己已經沒辦法當個正常人，我無法就這麼走入教會，過著平靜的日子。」

「又沒有人這樣要求你，」我說道，「你馬上就要結婚了，卻聽到母親罹癌的消息，你當然會情緒激動，我想大家都能夠諒解。」

「小艾，可是這就像是嚴重恐慌症發作一樣，我的腦袋彷彿已經麻痺，我沒有辦法在婚禮前及時平撫下來。」

我開始酸他，「但你都出現在這裡了，似乎已經完全走出創傷，你還剩下四十五分鐘的時間可以準備。」

「可以跳過這個話題嗎？」他問完之後，頭垂得低低的。

「我需要獨處，好好沉澱一下。」

他抬頭看著我，表情悲戚。

「我不管你要去哪裡，但我現在要想想自己接下來要怎麼辦，在這段時間當中，我不希望你待在這裡。」

他問道：「妳是認真的嗎？」

「我爸媽今晚要睡在這裡，因為他們本來以為要參加女兒的婚禮，現在什麼都沒了。而琵與薩博等一下也會過來，所以……」

他起身，「我去打包。」

我回了一句：「請便。」隨即轉身走入廚房，為自己倒了一大杯蘇維翁白酒。

過了一會兒之後，傳來大門悄悄關上的聲響，我整個人癱在沙發上，哭了出來。我不知道難過的原因是因為今天本來應該是我的大喜之日？抑或是帕咪終於贏了？她曾經撂下狠話，亞當要娶我，等她死了再說吧，我當下的反應是哈哈大笑，現在狂笑的又是誰？

32

這十天以來，我都沒有接亞當的電話。倒不是因為我在玩心理戰或是想要尋求他的關注，純粹就是需要自我空間，排除了他的影響力之後，搞清楚我自己究竟要什麼。雖然早就已經請了婚假，但我還是強迫自己回去上班，我天真以為生活有了目標就能讓我好過一些，不過，當我發現亞當在我辦公室外頭徘徊的時候，我再也無法對他置之不理。我一直不知道當我再次見到他的時候，自己會產生什麼樣的感覺，或者，我是否還會有任何感覺？所以，當我一看到他就出現呼吸困難的時候，我想這一定代表了什麼意義。我在急喘，彷彿體內的氣全被吸走了。

他哀求我，「這樣不公平，妳不可以這樣拒絕我。」

「少跟我說什麼是公平，」我邁開步伐，準備前往托登罕宮地鐵站，完全沒有打斷行進節奏。「我需要時間，也需要空間。」

「我得找妳談一談。」

我加快速度，「我不打算留在這裡討論這件事。」

「妳就不能停下腳步？給我個一分鐘？」

我轉身看著他。他瘦了。原本的合身訂製西裝變得鬆垮垮，而且皮帶就算使用最後一個洞也無法拉緊腰身，留下的空隙足以伸入我的拳頭。他面色憔悴，而且似乎從離家之後就沒有刮過鬍子。

「為什麼？」我大吼，早就知道自己的聲音會比咬人還可怕。我已經沒有談話的氣力了，早已消耗殆盡。

「難道我們就不能坐下來，把事情講清楚？」

我望向黃金廣場，黃水仙驕傲挺立，雖然有陽光助威，但其實天氣還是不夠暖和，沒辦法坐在長椅上。轉角有間咖啡店，我伸手指了一下。「五分鐘，」我說道，「我們可以過去喝杯咖啡。」不過，我知道自己就算是喝下更濃烈的飲料也不成問題。

他滿心感激，「謝謝。」

很諷刺，在這好不容易爭取來的五分鐘當中，我們東扯西聊，就是不提我們之所以會待在那裡的真正原因。我告訴他小蘇菲會走路了，他說他的健身房卡需要辦理續卡。眼前這個人明明與我同住在同一個屋簷下，講這些小事真是彆扭，真叫我受不了。他恐怕早已成了陌生人，我已經感受到那股疏離感。我心中一驚，差點掉淚，我不敢眨眼，還是忍了下來。

悠悠緩緩，又過了五分鐘，我們兩人還一度同時望向窗外，已經完全詞窮了。

他說道：「我們在這裡十分鐘了，妳連媽媽怎麼樣都沒有問一下。」

我壓根沒想到這件事。為什麼要問？因為我知道她好得很：沒有癌症，沒有良心與道德。

「真抱歉哪，」我無法克制自己話語中的酸意，「帕咪好嗎？」

「要是妳不肯接受她，不肯接受已經發生的一切，我們也沒辦法有任何進展，」他說道，「小艾，這並非是任何人的錯，有時候生活就是會出現這樣的轉折。」

我問道：「所以她宣稱自己生病，我就該原諒她了？」

「她沒有宣稱她生病，她確實病了，」他臉色鐵青，「天，萬一出了什麼問題，妳會作何感想？」

我聳肩，我根本不在乎。

他瞇眼瞪我，「妳要搞清楚，我們要結婚隨時都不成問題，但媽媽可能在世的日子不多了。」

「你說對了，所以你犯下大錯，」我繼續說道，「我們本來應該要如期完婚，讓你母親可以參加婚禮。」

「也許吧，不過事情反正已經發生了，我們需要一起熬過去，同心協力。」

「嗯，所以帕咪還好嗎？」我知道他剛才的話隱含了懇求，但我就是不理他。

「謝謝，她很好，」我聽得出他語帶譏諷，「我們上禮拜帶她做了第一次化療，下禮拜還有一次。」

我覺得我彷彿被十噸的卡車迎頭撞上，「我們？」

他點點頭，「對，上禮拜我帶她去醫院，我只是想要確定她沒問題。小艾，妳也會對妳母親做出一樣的事。」

我拚命想要搞清楚狀況。他和她一起去？為了某個虛構的療程？她到底是怎麼辦到的？

「病人必須歷經痛苦折磨，」他繼續說道，「媽媽目前的副作用是還好，她覺得有點噁心，而且十分疲倦，不過，醫生已經提醒她了，療程繼續下去，不適感也會越來越嚴重。」他搓揉雙眼，「我說真的，就算有什麼深仇大恨，也不會希望對方發生這種事。」

我太震驚了，甚至忘了要表現基本禮節、伸出安慰的手。自從她「宣布」罹癌之後，我也開始思考她搞不好說的是真話。我心中大驚，因之而生的燥熱感從腳趾冒到了頸項，讓我的雙頰漲紅，我悄悄抖脫外套，想要讓自己冷卻一下。

我萬萬沒想到她原來說的是實話，不禁開始思索這會讓我有多麼難堪，周遭的人又會怎麼看待我近日的行為。我發飆的緣由是因為她撒的謊無人知曉，大家都不知道她是殘忍的騙子。但萬一這一切屬實呢？

「那邊是怎樣？」我好不容易擠出了話，「我指的是醫院。」我必須要確定他所說的話與我的推測相符。

「他們已經竭盡一切努力、希望能讓病人覺得舒適，」他說的每一個字，都讓我的心不斷下沉。「診療室裡面還有其他女病患，嗯，和我母親一樣的問題，所以也可以讓她得到一些幫助，因為妳也懂得她的個性，但那裡不會有人讓她可以耍孤僻。」他露出微笑，「所以能有人陪她聊一聊總是好的，知道將來可能會遇到什麼狀況，先有個心理準備，也可以幫助她明白她其實並不孤單，我想這對她來說應該是最重要的一點。」

他低頭，「小艾，但看起來狀況不是太好。」說完之後，他雙肩一沉，全身顫抖，胸膛不斷激烈起伏。

我走到他的身邊，與他一起坐在長椅上，當我摟住他的時候，他哭了出來，他緊抓我的手、湊到他的嘴邊。「我愛妳，」他溫柔低語，「真的很抱歉。」

「噓，沒關係。」我頓時之間語塞。我一直深陷在自己的情緒裡，反覆想到的都是這整起事件對我有多麼不公平，還有我覺得帕咪打從認識我的第一天開始就對我使出的那些陰招。我自始至終不曾考慮過亞當的感受，我只是把他當成了笨蛋，任由自己被愚弄的沒用男人。但那並不是他的感受，他承受的是即將失去親人的傷痛。他取消了與自己深愛女子的婚禮，而且他深信——當然，他沒有任何理由懷疑——他的母親來日無多。

「這裡恐怕不是談這種話題的最佳場所。」我勉強笑了一下，因為窗外有許多來來往往的通勤族。

「對，的確不是。」他面向我，在我的額頭留下一個濕吻。「要不要來看媽媽？她真的很想見妳，我不知道妳信不信，因為她真的很想要向妳道歉。」

我忍不住畏縮了一下，「我不確定。」我已經無法控制自己的思緒或是脫口而出的話。

「拜託，這對她來說十分重要——對我們母子而言都是。」

我點點頭，「好吧，應該可以。」

「下星期三她要繼續做化療，剛好是妳的休假日。也許妳可以在療程結束之後開車過來找我們？不然的話，我也可以先回家，然後再一起開車過去？」

現在，我已經什麼都不確定了。亞當說出自己帶帕咪去醫院的事之後，不但沒有辦法讓我釐清思緒，反而讓我更加頭昏腦脹，太陽穴開始激烈抽痛。

33

我頭痛欲裂，原因倒不是因為亞當準備要回家，而是準備要去探望帕咪讓我壓力大增，那股緊繃感直達我的雙肩，又悄悄潛入我的頸項，真的逼得我無法喘息。

我不假思索，準備打開冰箱拿酒，但突然愣住不動。長期以來，酒精一直是麻痺我神經末梢的良伴，我不能把它當成我一輩子仰賴的拐杖。我必須要依賴自己的力量勇敢站起來，讓自己的身心狀態恢復清明，體會真正的感受，而不是被困在絕望與疏離的迷茫雲霧之中長達兩週之久。

我一臉渴望，盯著那瓶冰鎮溫度完美的蘇維翁白酒。想必是琵琶星期天過來吃晚餐時帶過來的東西，老實說，這瓶酒能夠留到現在也真是奇蹟，不過，我當時也沒有要開喝的意思。那一天，我告訴她我剛剛見過亞當，她要求馬上過來我家搞清楚一切。

我在她面前來回踱步，她坐在沙發上，瞠目結舌看著我，我與亞當對話的所有細節，顯然是讓她憂心忡忡。雖然這陣子承受了巨大壓力，但能看到琵琶回到我身邊真是太好了，我想念我們住在一起以及閒聊的日子。她幾乎是我的副腦，當我自己的腦袋開始胡思亂想的時候，她就成了我十分需要的理智意見。

「妳確定這樣做好嗎？」她問道，「讓他回到妳身邊？」

我點點頭，痛苦而緩慢，我的十指絞在一起，我現在連自己的決定都信心不足。

「但妳還是得對付她啊，」琵琶當時連「帕咪」這名字都講不出口，「她永遠陰魂不散，亞當值得妳這樣付出嗎？」

「小琵，我愛他，我還能怎麼辦呢？我們目前就暫時相信她是清白的好了，也許她會說出實話。」

「少來，我才不信她是無辜的，」她猛搖頭，「妳記得我開過的那個玩笑嗎？我說這世界上很難看到六十多歲的心理變態老人犯？」

我點點頭。

「我錯了。」這句話惹得我們兩人哈哈大笑。

我的手機響了，嚇了我一大跳。

「喂？」接起電話的時候，我依然還有笑意。

開口的是薩博，「陌生人，妳好嗎？聽到妳這麼開心真是太好了。」

突然之間，我覺得好歉疚，我應該要表現出哀傷情緒才是，但後來我發現這是我在這兩個禮拜之中第一次大笑，我根本沒有做錯任何事，不過，我猜薩博並不是這麼想。

「抱歉，」我是這麼回他的，「我現在的處境出奇艱難。」

「沒辦法信任好朋友能拉妳一把嗎？」

我嘆氣，我心裡有數，他打了好幾通電話，我都沒有回，我老是在心中吶喊，明天一定要回電，但遲遲沒有行動，讓我良心不安。我們的關係從來沒有這麼緊張，之所以會搞成這樣，我只想得出一個理由，而我也只能怪自己，居然任由外力滲染了我們的獨特情誼。

「真的非常抱歉。」

他問道：「妳在家嗎？我過去好不好？」

我陷入遲疑，「呃……」

他語氣沮喪，「別擔心，我知道妳超忙。」

我到底在幹什麼？「你當然可以過來。琵琶在這裡，能看到你就太棒了。」

他進來的時候，對著我的臉頰親了一下，淡淡的一吻，我本來以為自己遇到這種狀況，他應該會給我一個大擁抱什麼的，完全沒有。喝第一瓶酒的時候，我們聊得很尷尬，一直在迴避卡在我們之間的那個話題，但到底是什麼？其實我也不知道。他很沉默，而且情緒異常低迷，所以我陷入警覺狀態，等他丟出炸彈。我知道從婚禮取消之後，我就一直避著他，不過，其實我幾乎是對所有人都避而不見，只有琵琶與媽媽例外。不過，我內心很清楚薩博一直是我孤立無援時的忠誠支持者，他也知道這一點。

當他打開第二瓶灰皮諾的時候，他開口問我：「所以妳不願意我陪妳做最後一次試穿的真正原因是什麼？」

在剛才的那一個小時當中，我的腦袋裡已經上演了許多可能的劇情，但這個問題卻在我意料之外，我發現自己的雙頰立刻紅通通。

「我先前就告訴你了，」我朗聲說道，「我想要讓你在婚禮那一天看到我的模樣。」事實不就是如此嗎？我先前一定想盡辦法催眠了自己。

他把那瓶酒夾在大腿之間，抬頭看著我。「所以那與帕咪向妳提起的事沒有關係？」

「什麼？什麼時候？」我雖然這麼問，但其實卻驚嚇萬分，因為我已經心中有底。

「妳們在葡萄牙游泳池畔的時候。」

我面向琵琶，想要確定我的猜測是否正確，但她卻只是聳肩而已。

「抱歉，我不太清楚你在說什麼。」我希望他趕快亮出底牌。

「我當時正好坐在樹籬另一邊的長椅……」我拚命回想自己曾經對帕咪說過的每一句話，心中不禁一陣揪痛。

「其實，當妳說出妳選擇的是我，而不是她的時候，我覺得充滿希望，很樂觀，妳態度很認真。」

我瞠目結舌，「可是……我是啊，我是認真的。沒錯。」

他挑眉，神情充滿質疑。「對，可是當我們回到英國之後，妳卻告訴我不要去參加妳的試裝，而且，自從婚禮取消之後，我就根本沒聽到妳的任何消息。我不想成為妳的負擔，小艾，要是妳和我當朋友，反而讓妳的日子過得這麼難受，那麼我寧願妳直接說出口……」

他的話切中要害，我猛搖頭，彷彿想要把這一段真相拋諸腦後，我說道：「不是這樣。」

「所以亞當對我有什麼意見嗎？」

我想起那一次我們去看電影時發生的事，那時候他還沒見過薩博；還有，當他發現薩博要去看我試裝時的尖銳話語。我雖然心中也起了疑問，但卻不願多想。

「別鬧了，」我說道，「亞當怎麼可能會把你當成威脅呢。只是帕咪就是那德性……你也知道她的問題。」我走過去，摟住了他。「其實我這麼失禮，純粹就是因為婚禮出狀況所產生的羞慚感而已，要是你以為是別的原因，我只能向你道歉。」

他把我拉過去，給了我一個溫暖擁抱，就是剛才一見面的時候我期待與想望的那種撫慰。

「但我和別人不一樣，」他說道，「我們之間到底是從什麼時候變得這麼尷尬難堪？」

我露出微笑。

「不管怎麼樣，」他說道，「我永遠守在妳身邊。」

「哦靠，」琵琶說道，「也許應該要步入結婚禮堂的是你們兩個人。」

大家都開懷大笑，就在幾天前，這還是個不可能發生的笑話。

不過，當我現在坐在亞當的車內，準備前往七橡樹的時候，我卻發現生活已經不若以往那麼無憂無慮，我真希望有喝酒，就不會這麼緊張了。我的腦袋一片混沌，無法爬梳重點。

「妳還好嗎？」亞當微笑，他發現了我慌張不安。

我也對他回笑了一下，他伸手過來，握住我的手，向我保證：「不會有問題的。」我雖然存疑，但我想起其實今天的重點已經不是我了，而是可能罹癌也可能沒有罹癌的帕咪（我一直無法確定到底是有或沒有，但結論通常是後者，高達九成）。話說回來，我早已告訴自己，在百分百確定之前，必須要假設是最壞狀況。諷刺的是，當我相信她說的是實話的時候，我居然覺得也稍稍減輕了一點重擔，至少我們有具體的目標可以努力，我們會同心協力幫助她抗癌。不過，要是她撒謊呢？

「親愛的艾蜜莉，能見到妳真是太好了，」她在大門口擁抱我，「我實在不知該如何表達我深深的歉意，真的。我感到十分抱歉，要是我早知道會這樣，我一定絕口不提……」

我笑得尷尬，無論她到底有沒有生病，我依然不需要強迫自己喜歡她。

「親愛的！」亞當一靠過去，她就開始驚呼。「天，我好想念你。」

他哈哈大笑翻白眼，「我才離開兩天而已。」

「對，對，我知道，你應該要在家裡陪艾蜜莉，那才是你該待的地方。」我不知道這番話要說服的對象是我們還是她自己？

「妳都還好嗎？」我盡量裝出誠懇模樣，「感覺如何？」

她目光低垂，「唉，妳也知道，我不是很舒服，但我也不能抱怨什麼。噁心症狀不嚴重，而且頭髮都還在。」說完之後，她順手拍了拍自己的頭頂。

「兩位女士，我們進去說話好嗎？不然等一下整條街都知道我們在講什麼了。」亞當把我們送入低矮的門廊。

「哦，當然，只是我看到你們兩個就興奮過頭了。」她握住我的手，帶引我到了後頭的起居室。

「妳最近怎麼樣？」她的態度裝得十分真誠，「我好想念妳啊。」

我望著亞當，他對我露出溫暖笑容，就像是個驕傲的父親似的。她說的字字句句，他全都深信不疑，完全被她玩弄於股掌之間。我大失所望，一切都沒有改變。

「其實還不錯。」這是謊言。

出現了一陣尷尬的沉默。不過，我們站在那邊打量彼此，亞當卻完全不以為意。

「我們時間不多，」他說道，「而且現在路況很塞。」

聊了。」

「哦，那我們就趕快出發吧，」帕咪從椅子上拿起她的開襟毛衣與手提包，「那就等一下再

我勉強擠出微笑。

「好，我弄了幾個三明治，要是肚子有點餓的話可以先墊墊肚子。只要想吃，把保鮮膜撕開就行了。還有，食品櫃有個鐵鍋，裡面是檸檬糖霜蛋糕，我自己做的。」她的語氣十分得意。

「妳真是太貼心了，」我知道我們的對話充滿了虛情假意，我們上次客套閒聊不知道是多久以前的事了。「其實不必這麼費事。」

「快別這麼說，妳遠道而來，我只是聊表心意而已。反正，我們不會待太久的，他們只是要我注射藥物，然後我們就可以回家了。」她捲起上衣袖口，露出手臂內側的敷料繃帶。「也許等到我回來之後再好好聊一聊？」

我點點頭，但望向亞當。

他問道：「難道妳不希望艾蜜莉跟我們一起去嗎？」他也感受到我的困惑，原來她根本不希望我跟去醫院。

「天，當然不需要，」她回道，「沒有這個必要吧。等到我回來的時候，我們再一起喝茶、吃點蛋糕好嗎？」她先看著我，然後又望向亞當，我們兩個人都默默點頭。

「抱歉，我不知道她希望妳待在這裡，」亞當靠過來與我吻別的時候，對我悄聲說道：「我會盡快回來。」

「別擔心，」我語氣緊繃，「待會兒見了。」

「就把這裡當成妳自己的家啊。」他們走向大門口的時候，帕咪還丟下這句話。

我看著她拖著腳步走過去，吩咐亞當要把她的包包放在哪裡，然後，他開始扶她上車，當她彎身進入副座的時候，他還伸手護住她的頭頂。

我為自己泡了杯茶，坐在沙發上，心想不知該怎麼熬過接下來這漫長的數小時。要是遇到主人不在家，我卻得待在他們家的狀況，總是讓我覺得渾身不自在。周遭全是別人的物品，知道自已不該亂碰，那種感覺真是超級不安。我拿起咖啡桌上的《仕女》雜誌隨手亂翻，但裡面的文章與廣告所針對的客群完全不是我這種人，我現在並不需要管家、保鑣，或是遊艇員工。

我原本想要打開電視，至少製造點打破寂靜的聲響，但我瞄到角落的音響，老式的組合式音響，三片的CD換片箱。在我十幾歲的時候，臥室裡也有一台，我還記得我與爸爸花了許多時間，只為了要搞懂高科技說明書的那個漫長下午。時光荏苒，歲月悠悠，我找到電源、按下彈出鍵的速度依然比別人慢。音響裡面已經有「賽門與葛芬柯」的精選集，正好是我媽媽的最愛之一，所以我又把它關上，按下播放鍵。〈羅賓森先生〉開場的淙淙吉他聲盈滿整個屋子，讓我回到了以往的週六早晨時光，我和史都華坐在沙發上頭，她忙著拿吸塵器在我們腳邊清理地板，當她大喊「把腳抬起來！」的時候，我們兩個就會咯咯笑個不停。

在我第一次拜訪的時候，帕咪驕傲炫耀的那些相簿，全放在上頭的櫃子，兩側以喇叭充作書擋。我盯著相簿的書脊，全都以粗黑原子筆標註了年分。我只記得她給我看的那一本是紅褐色真皮外裝，不過，現在我逐一觸摸，卻發現全是努力仿真的廉價塑膠製品。我抽出了前三本相簿，粗劣的封皮全互黏在一起。裡面全是年輕帕咪與吉姆的照片，顯然是熱戀中狀態，深情款款凝視彼此，四周的人只能在一旁乾瞪眼。亞當根本就是吉姆的複製品，二十多歲的年輕版——而詹姆斯比他哥哥更像他父親。有張照片是吉姆得意摟住帕咪，擺出嚇退其他愛慕者的姿態。另一張照片是帕咪身著幾何花紋直筒連身裙，靠在某輛希爾曼印普小車的引擎蓋前面，而她的女性朋友們全都臭著一張臉，乖乖窩在車內。我可以猜想到她們的對話一定是嫉妒得要命，因為俊帥的吉姆正站在相機後方，深情欣賞自己的女友。接下來的那一張，帕咪、吉姆，還有朋友們躺在野餐毯上頭，雖然他們的位置位於沙丘之間的遮蔽地帶，但毯子還是被狂風掀得翻飛。絕對是英格蘭的夏日——也許是坎巴沙灘或是南邊海岸的雷斯頓。我開始想像某個生活在六〇年代末期的年輕人所享有的自由，突然心中湧起一股醋意。能夠活得如此快活，沒有任何束縛，想必可以恣意縱橫。當我們在未來回首今日的時候，我不知道會不會也有相同的感覺。

那四對情侶，男人都留著落腮鬍，女生則是清一色的大捲髮，大家都在微笑，但感覺還是帕咪與吉姆的主秀。顯然他們是那一群人當中的貓王愛侶，其他人的目光總是緊緊相隨，有他們在場，一定會讓大家開心。

好，看來帕咪一生都是別人的焦點。只有受到關注，她才會心滿意足，也不知道是怎麼回事，這種想法讓她天真以為萬一沒有引人側目，她就顯得微不足道。我想，不斷找尋鎂光燈的位置，一定很累吧。

相簿翻到最後，黑白照片當中開始出現了彩色，原本的單一色調漸漸被拍立得的真實炫彩所取代。被攝者見識到這種現代產品時的驚奇表情，完全一覽無遺，我的孫兒，甚或是小孩，看到老舊iPhone手機裡的那些照片的時候，是否也會在我們的臉龐上看到同樣的驚嘆神情？

我想起下一本相簿的第一張照片，吉姆與亞當的合照，站在某個池塘邊餵鴨。亞當手裡拿著一小片麵包，仰頭看著父親，一臉敬畏。我不禁心想，要是他們知道父子共處的時間來日無多，生活是否會有任何改變？大家都說就算有能力知道死期，但也沒有人想要預知這種事，不過，當我現在盯著這些照片，我不知道這種想法是好是壞？也許我們能夠以更明智的方式利用時間，與我們心愛的人好好相處。

我往沙發一靠，把相簿放在大腿上，翻到了最後，我記得那裡有亞當與蘿貝卡的照片，帕咪超熱心，刻意打開到那一頁，擺明就是要讓我看到。現在，我回想過往，帕咪從一開始的每一個小動作都充滿心機，她精心策劃一切，就是想要惹惱我，讓我火冒三丈。當然，不會有其他人發現——這就是她的狡詐之處。

她明明知道我已經吃過了，還刻意煮了一頓豐盛的聖誕大餐；她明明知道我的某位好友曾與我前男友上床，我就此與她失聯，帕咪還偷偷找到了她，邀請她參加我的告別單身派對，大家都這麼稱讚她，「好體貼哦！」嗯，真的是「老好人帕咪」。

我來回翻找，然後又找了一次，就是找不到蘿貝卡的那張照片。是這本相簿沒錯，我記得裡面的所有照片。我又翻了一次，逐頁尋索，但就是沒有那一張，也看不到那行字：「親愛的蘿貝卡——天天都在想念妳。」

到底在哪裡？她為什麼要把它抽走？我在客廳裡四處張望，看到音響下方的抽屜。光是觀看那些相簿就已經是探人隱私了，我已經十分不安，但我還是想要知道更多內情。我慢慢拉開其中一個抽屜，看到了一疊用過的支票簿，以橡皮筋捆紮在一起。放在塑膠檔案夾裡的那些收支明細與帳單滑落出來，散得亂七八糟。我小心翼翼拿起那些東西，盡量維持原貌，然後抽出支票簿，鬆開了橡皮筋，以大拇指翻閱那一疊存根，整齊的字跡清楚載明了日期、支付對象，以及金額。我快速掃視：英國天然氣、南方電力、亞當、家居基地、維珍傳媒、亞當、水石書店、泰晤士水務、亞當。我仔細一看，發現帕咪多年來都會按月付給亞當兩百英鎊，不過，當我想要找尋付給詹姆斯的類似款項的時候——畢竟這樣才公平吧——卻發現付之闕如。我好困惑，小心翼翼把那疊東西放回抽屜，我想要勸自己趕緊收手，不過，那感覺卻像是剛摳了一小塊疥癬，現在得把它清除得乾乾淨淨才爽快。我開始為自己找藉口，只是在找尋那張消失的照片罷了，但這女人實在隱藏了太多秘密，我不知道自己到底會挖出什麼內幕，真叫我興奮難耐。

五斗櫃的另一個抽屜有點卡住，我必須朝歪斜的方向硬扳，終於開了。裡面有兩疊閃亮的卡片，全都以緞帶捆好。我抽出了第一張，是亞當送給她的生日卡，而最下面的那一張是弔唁卡，裡面附了一張字條，是亞當寫下的話語：

親愛的媽媽：

在如此突發又意外的狀況之下，失去某個重要的人是什麼感受，只有妳懂。我一直追問自己：「要是……的話？」我想妳也一定自問了上百萬次。要是我在那裡的話，狀況會不會不一樣？我是不是有機會救她一命？媽媽，這些問題會停止嗎？要是妳知道當初也許有轉機，夜晚還能安心成眠嗎……

看到他的沉重字句，我為他感到無比傷懷，也覺得帕咪有些可憐。失去如此親近的人是什麼感覺，我連想都不敢想。另外一疊卡片就厚多了，全都是詹姆斯送給她的熱情卡片：生日、聖誕節、母親節，甚至還有一些是我不知道也可以送卡片的節日——復活節，還有聖大衛日。她很幸運，能夠擁有亞當與詹姆斯這種時時記掛她的兒子，但她卻不願意與人分享他們溫柔的這一面，反而把每一個與兒子談戀愛的女性當成了威脅，認為她們將會減少他們對她的愛與共處的時間。其實，她本來有機會在此時擁有兩個同樣愛她的媳婦，絕對樂意與她一起對抗她生命中這場可能是最艱難的戰役。

客廳裡已經沒有其他的隱蔽角落，所以我迅速瞄了一下廚房，除了家家戶戶都會有的「男人抽屜」（儲放報廢電池、外帶餐廳菜單、已經沒有鎖孔可以使用的老舊鑰匙的地方）之外，也只有餐具與廚房用品而已。

我本以為自己會回到客廳，拿起茶杯，聆聽CD正在播放的〈前往歸鄉之路〉。所以，為什麼我反而會站在樓梯下方的第一個台階？我抬頭望著那狹窄的台階，地毯早已磨損得只剩下薄薄一層，我十分好奇，要是繼續拾階右轉，到了盡頭，會看到什麼？還看得到杜鵑花殘痕的廉價檸檬色壁紙，由於每日不同時段日照的關係，已經慢慢褪去顏色。不過，到了梯頂位置的時候，可以看到一塊陽光永遠照不到的陰暗處，所以壁紙綠葉色澤依然翠亮。

我告訴自己，我要看個仔細，只是要好好欣賞色層，但我的腳步卻停不下來。我的雙腳似乎不聽使喚，登上在走廊時看不到的那最後三個步階，進入了房門大敞的那個房間。

一張雙人床加上小衣櫃，已經把這裡幾乎都塞滿了，不過，對面壁爐牆的兩側凹室有高櫃，每一片木材都有獨特的橘褐色紋路。真的，我還聞得到家具散發出的松木氣味。

從薄窗簾空隙透入的陽光，在房內照耀出一道銀色光芒。我在床邊走動，腳底下的木板條不斷傳出吱嘎聲響，最後，我坐在離窗邊最遠的那個櫃子前面。

最底下的那個抽屜感覺很沉重，所以我拉出來的時候施力過猛，不小心讓它滑出軌道。裡面裝滿了漂亮小盒與裝飾品。木質珠寶盒正在乞求我趕緊打開，我笨手笨腳，神經末梢刺癢不安。紅色絲絨上頭有細心放置的數顆小乳牙，經過了這麼多年之後，原有的白瓷色也慢慢發黃，還刻了亞當與詹姆斯名字的小手環。當我看到一對髒污的銀質男性袖扣，心中就充滿了罪惡感，應該是吉姆的遺物。我趕緊關上盒蓋。我的頭往後仰靠在床墊上，蜷著身子、夾在櫃子與床鋪之間。我到底在這裡幹什麼？這不是我，我平常不會做這種事。我居然讓這女人把我變成了與她不相上下的壞蛋。她做出許多劣行，但我不容許她改變我的本質：讓我父母千辛萬苦為我灌輸的價值與道德，就此扭曲變形。我把那個盒子放回抽屜，調整了一下位置，讓它可以塞回去，卻沒想到它掉了下來，我嚇了一大跳，盒子的背面朝上，露出了隱藏在底部的儲物格。

我盯著它好一會兒，想起了剛剛不斷複唸的箴言，強逼自己裝作沒看到。我對大聲講出「關上抽屜」，希望聽到自己的聲音之後，就能阻止自己做出知道自己無法停手的那個動作。我小心翼翼，把它再次拿起來，翻到底部，推開了隔層。我不知道自己會看到什麼，可能是古老骨頭之類的東西，所以發現裡面只有一個老舊吸入器的時候，不免有些失望。我以前在學校時也曾看過某個女同學使用那一款吸入器，她的名字應該是叫莫莉。我永遠忘不了她在體育課時昏倒的情景，老師告訴我們玩籃網球之前必須要跑操場兩圈暖身，她跑完之後就倒下去了。一開始的時候，我們以為那是在開玩笑，後來她開始不斷狂喘，手指緊揪心口。我跟那女孩可說是一點都不熟，但那晚我輾轉難眠，第二天早上朝會的時候，師長們告訴大家，莫莉沒事，我差點放聲大哭。

我不知道帕咪有氣喘問題，但我猜那也許是吉姆的吧，大家都覺得最奇特的紀念物會有撫慰效果。我發現吸入器下方還有個東西，可能是照片或剪報，我小心翼翼拿起它，看個仔細，但雙眼卻立刻緊閉，彷彿想要阻擋眼睛接收已經進入我腦海中的訊息。我想要把它退送回去，拚命拋卻那個畫面，不希望自己認出來。不過，我已經看到了，完全沒有挽回的餘地。蘿貝卡，對著我燦笑，旁邊站的是她心愛的男人，這就是相簿裡消失的那張照片。

亞當在樓下大喊：「嗨，我回來了。」

他在這裡幹什麼？他才出去半小時而已。我丟下盒子，吸入器掉落在抽屜裡，我慌慌張張把它撿起來，把一切歸位。腎上腺素在我體內流竄，我的雙手也變得更加慌亂，在顫抖的狀況下，就連最簡單的動作也無法搞定。

「妳在這裡嗎？」他從玄關走向廚房，我聽到地板的長木條在吱嘎作響。「小艾？」

要是我的雙手不再顫抖，就可以把一切恢復原狀。走廊傳來腳步聲，我知道他正朝我走來，再一步就到達房門口。一股灼熱的酸液湧入胸口，我拚命抽緊喉嚨肌肉，想要把它嚥回去。

「嘿，妳在這裡做什麼？」我坐在床邊，伸腳慢慢關上那個打開的抽屜，他根本看不到我的動作。

「我……我……」我結結巴巴，講不出口。

「天，小艾，妳臉色好蒼白，出了什麼事？」

「我……我在樓下時不太舒服，可能是偏頭痛什麼的，所以我就躺在這裡休息一下。」我拍了拍刺繡床罩下方的枕頭，其實形狀依然完整，根本沒有碰過的痕跡。

「哦，」他並沒有察覺異狀，「現在覺得怎麼樣？」

「好一點了，但我聽到你叫我的時候，起身起得太急了一點。你好快就回來了，帕咪還好嗎？我待在這裡，希望她別介意才好。」

「她還沒回來，我得出門了，再兩個小時就會把她帶回來。妳想不想要吃個三明治還是喝杯茶？」

我突然冒出疑問，「什麼？你把帕咪一個人留在那裡？」

「對，她不喜歡我陪她進去。」

「但你上次有陪她吧？」

「沒有，上次也一樣，」他說道，「她不希望我看到她全身綁滿管線接受治療的模樣。她真的很傻，因為我知道那其實是她最需要我的時候，不過，她很堅持不希望我待在那裡。」

「不過……上次……你告訴我有其他的女子，她們還一起閒聊？」

「那是她告訴我的，」他完全不明白他所說的話其實大有玄機，「當然，不讓我進去，是為了不要讓我太難過。顯然病患都可以獨力自理，院方也不鼓勵同行訪客進去，因為那是個小房間，空間也不夠大。」

「所以你放她下車之後，她去了哪裡？」我講話的速度像是連珠砲一樣快，腦袋完全追不上。「她到底去了哪裡？」

「三〇六病房什麼的吧，」他哈哈大笑，「我不知道，我只是乖乖遵照她的指示，帶她到大門口。」

「哦，所以你之後就沒有跟她進去了？」

「小艾，問這個是要幹什麼？」他臉上還有笑意，但已經聽得出語氣有些緊張。

我需要坐下來，安靜思考。新的線索從四面八方向我轟炸，我的腦袋快要爆炸了。吸入器、蘿貝卡的照片，還有帕咪進入醫院又直接從另一頭走出來的場景，嚴重堵塞了我的思路。

「妳真的看起來不太好，」亞當說道，「要不要躺一會兒，我幫妳泡茶。」

「我沒辦法，」我突然好想離開這地方，「我得要透透氣。」

「哎呀，要小心，」他說道，「慢慢來，好，抓住我的手臂，我扶妳慢慢下樓。」

「不，我的意思是——我沒辦法待在這間屋子裡。」

「妳到底是怎麼回事？」他略略提高了聲量，「我馬上就帶媽媽回來了，所以妳先喝杯茶，冷靜一下。」

「你等一下出門的時候送我去車站，我自己搭火車回去。」

「妳瘋了嗎？」他說道，「妳得要先進倫敦市中心，然後再到布萊克希斯，莫名其妙嘛。」

我也知道，但自從她做出了這一切之後，現在一切都變得不合常理了。我早已願意相信帕咪是清白的，而且也做好心理準備要放下一切怨仇，以家人的身分陪伴她熬過這段療程。不過這是什麼狀況？與我料想的截然不同，我根本毫無頭緒。

「好了，」亞當示意叫我過去，「這幾個禮拜很難受，我們大家都有壓力。」

他抱住我，搓揉我的背，我的心靈正被真相所緩緩毒害，幸好他毫不知情。原來，帕咪不只是精心設局毀我人生的大騙子，也是奪走蘿貝卡性命的可惡兇手。

34

我坐在車內，盯著她挽住亞當的手臂、蹣跚走過停車場，不禁讓我差點真的吐出來。她叫他在嘈雜的醫院大廳等候她完成「化療」。剛才他已經替我從餐廳買了咖啡，因為她說療程有耽誤，當然，這種說法又增加了她謊言的可信度，但我才不信。我本來想要提前在火車站下車，這樣就不用面對她、迎合她的邪惡謊言與欺瞞。不過，亞當卻拒絕了我的要求。

「妳現在看起來充滿元氣，」他當時直接開過車站，準備前往醫院。「臉色又恢復紅潤。」

我當時回他，「我真的不太舒服，可不可以先放我下車？」

「可是媽媽一定會大失所望，要是妳沒出現的話，她會不高興的，至少和她一起喝杯茶吧。」

要是我能夠更堅強一點，我一定會把他拖進醫院，要求他立刻前往化療的病房把她叫出來。到了那時候，他就會明白她做了什麼事，居然神通廣大到這種地步。不過，她卻渾然不知，當他拚命在診療病患名單中尋找她的名字，不敢相信居然找不到的那一刻，其實她正在市區裡閒晃逛街，想必會犒賞自己，為自己買件新上衣。不過，只有靠這方法才能讓他看清一切，讓他開始明瞭她讓我受了什麼樣的折磨，還有，可以讓我們開始拼湊她到底對蘿貝卡下了什麼毒手。

一旦展開行動之後，揭發真相的速度會十分驚人。但我需要時間想清楚該先處理哪一個問題，亞當必須先知道她的真正本性，相信她的確有可能做出傷天害理之事。要是我在沒有確實證據的狀況下指稱她害死了蘿貝卡，他一定會覺得我瘋了，我們兩人之間的關係也就此結束。我絕對不容許發生這種事，不只是因為我愛他，而且我也不願讓她成為贏家。

我真希望剛才的那股怒火能夠持續到現在，逼我在還有機會的時候起身，做出正確的行動。不過，那股總是近乎爆發邊緣的狂怒，最後總是被恐懼所取代：我擔憂的不只是與我深愛男人之間的關係，也包括了我自己。我原本以為這女人只是個過度保護兒子的母親，雖然討厭但畢竟無害，但其實她卻是為達目的而無所不用其極的善妒變態。

想到這一點，又對照她現在的狀況，實在可笑。她駝著背，身穿格裙與樸素開襟羊毛衫，全部的衣釦都扣得緊緊的，腳步拖拖拉拉，彷彿每一步都讓她痛苦不堪。要不是因為我這麼害怕，我一定會笑出來。

「親愛的，妳可以坐在後座嗎？」她一到了車子旁邊，就開始對我發號施令。「因為我做完化療超想吐，最好還是坐前座。」

我不發一語，直接下車換位。

「真是太謝謝妳了。說真的，我實在不知道該怎麼形容那種感覺。」

我很想告訴她，繼續講啊，看妳能說什麼。好好向我解釋一下假裝罹癌，還跑去冷漠逛街，而妳的親友卻放下一切、專心祝禱妳能夠康復，到底是什麼感覺。

「還好嗎？」但我最後開口的還是關心，我的聲音沉穩，但其實心臟都快要飛跳出來了。

「不是很好，」她說道，「而且他們說狀況可能會更嚴重，到了那時候，我真不知道自己該怎麼辦。」

「搞不好妳根本沒事，」我突然冒出這段話，「每個人對化療的反應各有不同，最後還是要看個人體質，妳也許會是其中一個幸運兒。」

她回我：「我倒是不這麼覺得。」

亞當進入駕駛座，溫柔問道：「什麼事？」

「艾蜜莉覺得我可以熬過這一關，但我覺得她可能低估了病情的嚴重性。」

我自顧自微笑，猛搖頭，根本不相信她的話，亞當正好轉頭看我，他的表情在訓我，妳是怎麼回事？

「媽，都還好嗎？」他問道，「妳感覺怎麼樣？」

她再次拉起毛衣的袖子，彷彿只要給別人看到棉花球就能證明她罹患了癌症。

「我覺得頭有點昏，」她說道，「我覺得就連那地方都讓人很不舒服，還有那些故事，光聽到就會讓人發瘋了。」

「下次何不讓亞當陪妳進去呢？」我說道，「也許妳就不會那麼憂心忡忡了。」

「哦千萬不要，我不希望他看到我那個樣子。」

「媽，我很樂意陪伴妳。」

「不需要，你真是體貼，」她伸手過去，拍了拍他的大腿。「我不能讓你一直煩心。好，這些討人厭又沮喪的事也說夠了，我們趕快回家吧，好好泡個茶。」

我負責泡茶，她躺在沙發上、開始指揮亞當要如何放置靠枕，讓她可以坐起身子，但不需要挺得太直。

「唉呀，這樣不是很好嗎？」我把茶水放在托盤端過去的時候，她開了口。「要是我的身體能舒服一點就好了。」

「媽，不要擔心，妳一定很快就會好起來的，我們現在得要好好照顧妳，直到妳康復為止。」

「哦，我正準備要提這事呢，」她的手抖個不停，拿起了茶碟上的茶杯。「你也看得出來，我狀況不好，」她舉起衰弱的手，似乎是要證明自己所言不假。「你搬回去艾蜜莉那裡的那一天，我還摔倒了。」

「哦不會吧，」他焦心問道，「妳沒事吧？」

「唉呀，我，你也知道，我一直很獨立，可是……」她聲音越來越小，聽不見了。

我轉頭，眺望窗戶，我已經猜到她接下來會說什麼了，我靜靜等待。

「但我現在發現我已經很難自理，」她繼續說道，「我實在很難啟齒，但這就是真實狀況。要是你能夠常來陪我，那就等於是幫了我大忙。這兩個禮拜你都待在這裡，我已經習慣了——我知道自己這種心態不對，但我就是忍不住。現在你不在身邊，我覺得自己快倒下去了。」

我強逼自己不動聲色，繼續盯著花園底端的綻放向日葵，它們的燦亮色澤與籠罩頭頂的暗灰烏雲成了鮮明對比。

「我不能繼續住在這了，」亞當說道，「我得回家陪艾蜜莉，但我會來探望妳的，而且詹姆斯會一直在妳身邊。」

「我知道，我知道啊，」她嘆氣，「但詹姆斯最近認識了新女友，也不是很可靠。」

我立刻轉身，速度之快，出乎我意料之外。

「新女友？」一想到他和別人在一起，就讓我的胃一陣抽痛，倒不是因為我想要他，而是因為我也不希望別人擁有他。

她望著我，「他大約一個月前在市中心的酒吧裡認識了她，似乎是讓他神魂顛倒。」我假裝若無其事，但我臉部的每一條肌肉都在抽搐。「我從來沒看過他這個樣子。」

我若無其事問道：「他本來要帶她一起出席婚禮嗎？」

「不，我們已經聊過這件事了，但他們才在一起幾個禮拜而已，要是現在就讓她認識全家族，根本就是嚇死她了，我們都覺得這樣太早了一點，」

我問道：「妳見過她了嗎？」

「沒有，還沒有，但希望接下來這兩三個禮拜能有機會——只要詹姆斯準備好了就不成問題。」

她講得頭頭是道，而我望著她，心想不知道她現在有什麼盤算。要是他們真的要認真交往下去，她會對這可憐的女孩做出什麼事？

「不過，他的確是動了心，」她滔滔不絕，「你們兩個要當心——搞不好他們會搶在你們前面，先步入結婚禮堂。」

「媽！」亞當哈哈大笑，假裝動了氣。

我好疑惑，我們在婚禮日期的前二十四小時突然取消，怎麼會變成拿來可以取笑的話題？尤其開玩笑的人還是新郎？

當亞當一離開客廳之後，她就立刻問我：「所以看來傷心也沒有發揮什麼減肥效果嘍？」

我微笑，拍了拍自己明明很平坦的腹部。「我們取消婚禮後反而開始瘋狂做愛，搞不好已經懷孕了呢？」

我挑眉，她擺出臭臉，充滿了嫌惡。

我大膽問道：「他們會不會擔心化療對妳的氣喘造成什麼影響？」

「氣喘？」這問題顯然是讓她嚇了一大跳，「我沒有氣喘。」

「哦，我記得亞當告訴過我，在他小時候妳曾經有一次氣喘病發。我以前不知道在哪裡看過，某些化療會引發氣喘病人的不良反應。」其實我在套她的話，我早就知道那不是她的吸入器，但我必須要百分百確定。

「沒有，從來沒有。」她吹了一下口哨，又趕緊敲木頭。

亞當已經又回到了客廳，開口問道：「從來沒有什麼？」

「兒子，沒事。」

「我錯過了什麼嗎？」他笑道，「看來妳們兩個似乎有什麼秘密。」

我也回笑了一下，搖頭。「我只是在說，我記得你提過在你小時候你媽媽曾經氣喘病發，但顯然這是我作夢的內容吧。」我看到他臉色一變，知道自己的試探已經過頭了，所以趕緊打哈哈緩和氣氛。「要是我告訴你我作了什麼夢，你一定會嚇得半死。」

「好，你們小倆口打算什麼時候重新安排婚期？」帕咪問道，顯然她急著想要轉移話題。

「應該距離現在還有一段時間吧？要在這麼急促的狀況下重新安排一切，重新邀請大家，而且還不知道場地有沒有檔期——想必是相當困難。」

她繼續碎碎唸，自問自答，全是她自己想聽到的答案，但我才不會讓帕咪稱心如意。「不，我覺得會很快……」其實，我知道飯店接下來六個月都已經訂滿了。我突然發現自己眼眶一陣熱癢，拚命忍住了淚水。我不能讓她得逞，以為她的舉動能夠把我逼哭。「希望再過一兩個月就能完成婚禮。」

我望著她的五官扭縮在一起，「哦，親愛的，這真是讓我大鬆一口氣，」她從附近的面紙盒抽了一張面紙，擦拭眼角。「這樣我就不會覺得自己罪孽那麼深重了。」

「小艾，我不確定，」亞當緊皺眉頭，「我們有好多事情要做。」他蹲在帕咪身邊，「媽，妳完全不需要歉疚，這是我的決定。」

他仰頭望著我。如果他在期盼我對他微笑，隱約暗示寬恕的意味，那他可就大錯特錯了。

我面向帕咪，但跪在亞當身邊，握住她的手。「不過，當然是等到妳身體好轉之後，我們才會進行籌劃，」我露出憐憫微笑，「我們必須確認妳做完療程，完全康復。」

「哦，妳真是個貼心好女孩，」她拍了拍我的頭，被她這麼一碰，我立刻全身發癢。

「她是啊。」亞當接口，把我摟過去，親吻了我的臉頰。我轉頭，讓我們可以好好接吻，而且我還微張雙唇，暗示他可以大膽一點。他往後退，但我的動作卻依然惹得帕咪一陣嫌惡，把頭別了過去，一臉不爽。

35

亞當回來的頭兩晚都睡在客房，因為我天真以為逼他禁慾之後，就會讓他了解他的行為的嚴重性及其風險。不過，這種想法很幼稚，而且這是我們兩人都不樂見的結果。然而，直到我們從帕咪家回來之後，我才驚覺自己一直被她玩弄於股掌之間。她希望靠取消婚禮這一招摧毀我們，所以我必須確保她的一舉一動無法對我們兩人的情感產生任何反效果。她已經讓我個性大變，也讓我開始以截然不同的角度看待自己。她奪去了我所有的自信，對我造成了一輩子的傷害，但我絕對不容許她搶走她所盼望的那一個願望，她永遠無法把亞當從我身邊奪走。我會從自己的武裝配備當中，拿出她永遠無法超越我的唯一武器。

大門還沒有完全關上，我就把他推向門後，吻他，熱情尋索他的舌頭。他沒說話，但當他回吻我的時候，我感覺到他在微笑，一開始很溫柔，然後越來越猛烈。我們兩個已經好久沒有親熱了，又積壓了這麼多的情緒，感覺像是個快要爆炸的壓力鍋。我解開他的襯衫鈕釦，最後兩顆根本是急忙扯開，而他把手伸到我背後、拉開洋裝拉鍊，我們的熱吻一直沒有停歇。等到我洋裝掉落地面之後，他把我整個人扳過來，硬推到門邊，又將我的雙臂高舉過頭扣住不放，他從我的頸項一路往下吻，用牙齒把我的胸罩拉扯開來、用舌頭不斷舔弄我的乳頭，我軟癱無力，只能任由他予取予求。

我想要放下手臂，但他卻扣得緊緊的，只是將雙手換成了單手，另一手忙著脫他自己的牛仔褲，然後又用雙腳撐開我的大腿。全部過程不過三分鐘吧，但那股釋然感卻美妙極了，我們靠在門邊，依然動也不動，兩人都在激烈急喘。

「哇，沒想到這麼快，」先開口的人是亞當，「妳也知道我平常不是這樣，抱歉。」

我露出甜笑，吻他。「如果你想要的話，我們可以等一下再來一次，速度放慢一點。」

他回吻我，「天，我愛妳，艾蜜莉．哈維史托克。」

我沒有說我愛他，我也不知道為什麼，因為我明明就很愛他。這可能是因為女人具有天生的內建防衛機制，讓我們不會講出心底話。我們以為只要忍住不說，就可以讓我們居於領先地位，讓我們覺得自己更厲害更強大。既然是這樣，那為什麼偽裝自己的真實面貌，卻讓我覺得自己脆弱不堪又無依無靠？

我一直等到我們依偎在沙發上，才開始向他打探在我腦中已經燒出洞的那個話題。

我小心翼翼，維持平和語氣。「我可以問你有關蘿貝卡的事嗎？」

「一定要嗎？」他嘆氣，「我們現在氣氛這麼好，不要這麼煞風景。」

「不會的，」我回道，「只是隨便聊一聊而已。」

他無奈嘆氣，但我還是繼續追問。

「你當初是否有機會向她道別？當你看到她的時候，她還活著嗎？她有沒有恢復意識，而且知道你就在身旁？」

他搖頭，「不，已經死了。她……全身冰冷。而且雙唇已經變成藍色。我抱住她，拚命呼喚她的名字，但沒有反應，完全沒有脈搏，什麼都沒有。」

他的雙眼開始泛淚，我問道：「有沒有驗屍或是做死因審問？」

「感謝老天，並沒有。她有詳細的氣喘病史，雖然不嚴重，至少我們是這麼以為，但這顯然是死因無誤。」

「當時你媽媽一直陪在你身邊？」

他神情嚴肅，點點頭。「當初是她發現屍體，我實在無法想像她當時的感受。」

「她身體發生狀況之後，最後一個看到的人是誰？」

「這是在幹什麼？」他問道，「宗教大審判嗎？」

「抱歉，我沒有要刺探的意思，我只是……我不知道。我只是想要更貼近你，想要知道你的思路。那是你生命中很重要的部分，即便是多年之後的現在，我只想要將心比心，明瞭你的感覺，這也合情合理吧？」

我皺起鼻頭，他親了一下。

「事發當天稍早的時候，媽媽曾經拿了幾個箱子過去，我記得她們在拆箱的時候還一起喝茶，她狀況很好。」

我追問：「完全正常？」

「對，但她發作前總是一切如常，讓人猝不及防。」

「所以，你看過她氣喘病發？」

「對，好幾次。不過我們都知道發病時該採取什麼步驟，所以這一直不成問題，只要她有吸入器就沒事了，而她總是一直帶在身邊。她知道該停下手邊的事，坐下來，不斷猛吸，等到呼吸恢復正常。只有一次是真的很嚇人，發生在我們追趕火車之後。其實我們跑的路程並不遠，但卻造成她昏迷，我必須讓她躺在車廂地板上面，然後開始拚命翻找她的吸入器。」

我問道：「但她沒事吧？」

「最後沒出事，但妳也知道妳們女生那些包包是什麼德性，」他勉強擠出微笑，「裡面什麼都有，彷彿所有家當都放在那裡一樣，我必須把東西全部倒出來才能找到吸入器。她能夠正常講話之後，對我冒出的第一句是：『要是我新買的香奈兒口紅滾到旁邊不見的話，我一定殺了你！』她躺在地上，無法呼吸，他媽的卻只擔心她那條口紅。」

那段回憶讓他笑了。我也是，從這故事聽起來，她個性很可愛。

「要是我在那裡的話，我可以幫她。我一定可以找到她的吸入器，阻止悲劇發生。」他低垂著頭，胸膛激烈起伏。「但我們永遠不知道接下來會發生什麼事。看起來過得好好的，然後，砰！出意外了。覺得事有蹊蹺，但卻不採取任何措施，很可能就會被奪走生命，就像是這樣。」

「所以，她一定是累壞了吧？」我溫柔問道，「也許是一直在搬箱子啊什麼的？」

他點點頭，「有個大箱子，裡面裝滿了書，在玄關裡整個倒翻過來。真的很重，她不該碰的，但她似乎還是自己動了手。那種勞動會讓她肺部肌肉產生嚴重拉傷，而且想必她是跑樓梯上上下下了一整天。」他聲音已經崩潰，「我猜她是希望我回家的時候、可以讓我看到整整齊齊的模樣。」

我繼續問道：「可是那天傍晚你還跟她講過話，對不對？」

「我離開辦公室之前有打給她，她當時完全沒有任何狀況。」

「那時候你媽媽還陪著她嗎？」我問道，「她是什麼時候離開的？」

「哦，我不知道，」他開始揉眼，「拜託，可以不要再討論這話題了嗎？」

「抱歉，我只是不知道怎麼會有人這樣突然告別人世……」我的音量越來越大，他望著我，一臉疑惑。

我又加了一句：「我只是嚇壞了而已。」

他怎麼會看不出來呢？當然，他一定也曾在心中追問相同的問題？這實在是太明顯不過了。在他們一起搬入新家，而他離家上班的那一天，帕咪是最後一個看到他女友還活著的人，也是發現她死亡的第一個人。她有強烈動機犯下惡行，以免她最可怕的惡夢成真，她一定覺得自己一定正慢慢失去亞當，被迫交出控制權，她萬萬無法忍受這點。她為了要把蘿貝卡從亞當身邊趕走，到底做了些什麼？也只有天知道了。她到底把蘿貝卡逼迫到什麼程度？一想到這一點，我就不寒而慄。可憐的蘿貝卡，她就和我一樣，也曾經對未來充滿了想望，與自己深愛男人共度一生的期待，共組家庭。然而，她堅持不懈，遭到了帕咪的頑強對抗，最後不智犧牲了自己的性命。

我是不是面臨了相同的風險？我是不是簽下了自己的死亡證書？

我不想一個人背負這種沉重的不祥預感。但是我別無選擇，帕咪讓我不爽，全部告訴琵琶與薩博當然不成問題，他們也親眼看到了她有多麼冷酷。不過，指控她殺人？那就截然不同了，除非我能夠在毫無任何疑義的狀況下，百分百確定她做出了害死蘿貝卡的惡行，不然我就只能自己死守這個秘密。

我抬頭，微笑望著亞當。

他問我：「妳在想什麼？」

只有我自己知道的秘密。

接下來的那幾個禮拜，我全心投入工作，只要能夠出席的會議，我絕不推辭。如此一來，我的腦袋忙得要命，就不會讓害怕與恐慌佔據心靈。每天回家的時候我累得半死，生理與心理都是，但亞當完全不知情。我竭盡所能滿足他對我的一切想望與需要，盡心盡力的程度遠勝以往。

他微笑問我：「妳到底是怎麼了？」當他一回家的時候，看到我身穿黑色蕾絲胸罩與內褲，為他準備菲力牛排佐自製胡椒粒醬汁。

我對他露出最燦爛的微笑。他不需要知道其實我只想穿著睡衣與他一起窩在沙發上，吃泡麵看影集。不過，我還來不及把菜送上桌，我們卻已經在餐桌上做愛，用餐之後，我會一邊忙著清理，還一臉同情聽他抱怨某名懶散同事。我是能夠一次滿足他所有願望的聖誕節大禮，所以，等到攤牌的那一刻，等到他被迫做出抉擇的時候，他會選我，因為他永遠沒辦法放棄我。

36

「有件事想請妳幫個忙……」星期六早晨，我與亞當才剛坐下來準備吃早餐，他就冒出了這句話。

我望著他，等他繼續說下去。

「妳下週三還是休假吧？」

我點頭，一邊大嚼全麥吐司，一邊回答他：「我每個禮拜三固定排休，你也知道呀。」

他一臉賊笑，我知道他接下來的話一定不會讓我太開心。「我得與某個相當重要的客戶開會……」

我靜靜等待，無論他接下來要提出什麼要求，我希望他表現出應有的態度，就算只有一點點都好。

「我在想是不是可以……其實是媽媽得做化療而已，我已經問過詹姆斯，但他現在與新女友在國外——」

我立刻打斷問道：「是嗎？在哪裡？」

「我想是在巴黎，」他聳肩，繼續說道：「反正，要是妳有空的話，不知道妳願意帶媽媽去醫院嗎？」

我一臉茫然望著他，「你有先問她嗎？」

「沒有，我先問妳，想知道妳的意見。」

我在內心偷笑，好跡象。

「只需要把她從家裡接出來，送到醫院就可以了。也許妳可以在市中心逛個兩小時，再把她接回家。」說完之後，他滿心期盼望著我。

我知道這將是我的大好機會。我可以揭發她的謊言，證明她殘忍欺哄身邊的每一個人，而且還包括了她的兩個寶貝兒子。但我也知道自己得冒風險，還有展開行動之後的可能後果。值得嗎？我救不了蘿貝卡，但我可以拯救自己。當腦中一浮現這個念頭，我就下定了決心。

「沒問題。」我若無其事應諾，但其實心跳速度已經飆到平常的兩倍。

他一臉狐疑看著我，我們兩個都心知肚明，我根本不想答應這種事。

當我開車前往七橡樹的時候，早已規劃好了一切，而且信心十足，我想要揭穿她陰謀的欲望似乎遠遠超過了這兩個禮拜揮之不去的恐懼。不過，當我走向她家門口的時候，我的決心全消失了，感覺有隻手在我的腹部亂抓一通，想要把我的五臟六腑全挖出來。我拚命反抗，不想讓自己失望。

她開門的時候，我大聲呼喊：「帕咪拉！」

她朝我的方向四處張望，以為會看到亞當走過來。

「大驚喜！」我熱情洋溢，「我猜妳一定沒想到會看到我吧？」

「亞當呢？今天是他帶我去醫院吧。」她的目光依然停留在我的後方。

「不是，他得要工作，所以今天就是我來幫忙嘍。」

「哦，不需要，我可以自己去。」

「別鬧了，」我的語氣宛若在哼唱一樣，「我都已經到這裡了，所以就趕快出發吧，約診可千萬不能遲到。」

我看著她焦躁不安翻弄包包裡的東西，似乎因為沒預料到是我過來在生悶氣。她找不到鑰匙，不然就是記不得最近在看的是哪一本書，她唸個不停，但我只是微笑以對。

她一路無語。等到我們開車進入醫院停車場，我準備下車的時候，她才開口。

「妳在做什麼？」我聽得出她語氣裡的驚慌，「妳要去哪裡？」

「我只是要帶妳進去，亞當說必須要確保妳平安無恙。」

「我當然可以照顧自己，」她輕蔑一笑，「我知道要去哪裡。」

「對，可是妳上次走路的時候雙腳在顫抖。」我語氣徐緩，聲音宏亮，彷彿在跟患有重聽的人講話。

「我不需要妳幫忙，」她一臉惱怒，「我可以自己過去。」

「確定嗎？」我問道，「要是能夠讓我陪伴妳，我會比較心安一點。」

我露出甜笑，而她動作敏捷，下車，自己穿越停車場。

我大叫，「那我就兩個小時後過來接妳好嗎？」但她根本沒回頭看我。我看著她穿過自動門，進入了醫院大廳。

我已經下載了龐大院區的地圖，發現還有另外兩個出口，都在後面。我早已估算了一下時間，她穿過醫院的各大部門與重重走廊走到其中一個出口，應該要花四到五分鐘的時間。她不會馬上就回到這裡，風險太高了。她一定會去別的地方——我猜一定是最靠近這裡的購物中心。等到她進去之後，可以在裡面消磨好幾個小時，所以我必須要在她進去之前堵人。我把車子掉頭，開向圓環，穿過住宅區，經過森寶利超市，最後進入市區的收費停車場，全程不到兩分鐘。

我找到可以透過停放車輛之間的隙縫觀察醫院出口的位置，開始靜靜等待。我口乾舌燥，已經忘了要呼吸。當我看到一抹酒紅色出現，也就是她開襟羊毛衫的顏色，我不禁倒抽一口氣，胸口突然揪緊。

我猛拍方向盤，破口大罵。「靠！」彷彿自己萬萬沒想到會看到她一樣，但突然之間，我還真希望是自己弄錯了。雖然我早就知道是這樣，但揭發她謊稱罹癌的真相反而會讓一切變得更錯綜複雜。我要怎麼告訴亞當才好？他會作何反應？他會相信我的話嗎？我該怎麼做才能證明自己說的是實話？

我呆坐在那裡，之後該怎麼處理，我還沒想那麼多。她已經越來越接近商場的入口，要是我不趕緊展開行動，很可能就看不到她的人了。

「靠！」我又爆粗口，趕緊抽出還插在裡面的車鑰匙，推開車門。我沒時間去買停車券把它塞在擋風玻璃上頭，會不會被罰款也只能一賭了。

我隔了相當遠的距離跟蹤她，我不知道自己究竟在幹什麼，但一想到我就要與她正面對決，一股忐忑不安的恐懼感立刻籠罩而來。要是我不當面揭穿她的話，如此大費周章就毫無意義可言。我想要說服自己，光是知道這條線索就已經足夠，可以回家之後再慢慢處理，但我也知道自己雖然有這打算，但那樣的處理方式不會有任何結果。想要解決問題，就是此時此地了。

我跟蹤她二十分鐘左右，在各個商店裡閃進閃出，還不時躲在柱子後面。我看到她走進某間寇斯塔咖啡店，心頭不禁揪了一下。

過了五分鐘，我也跟了進去，我告訴自己：「直接坐下來就是了，等著看真相大白吧。」

看到她背對著大門口，讓我鬆了一口氣，我還有機會可以撤退，還有十秒鐘的餘裕改變心意。

活潑的咖啡調理師問我：「想要喝點什麼？」

太遲了，「麻煩給我一杯卡布奇諾。」

我望向帕咪，心想她一定聽到我講話了，然而現在除了打奶泡的嘈雜聲響之外，幾乎根本聽不到任何聲音。

我沒有要加糖，但還是在自助台前面裝忙，這樣一來，我就可以趁假裝要走出去時與帕咪不期而遇，我必須想辦法搞得像是一場開心偶遇。

我的目光飄向她的咖啡桌，假裝結結巴巴。「帕……帕咪拉？」

她抬頭看我，臉上立刻沒了血色。

「艾蜜莉？」她的語氣充滿疑惑，彷彿盼望我會說出「我不是艾蜜莉」這樣的答案。

「我的天，真巧，」我佯裝大吃一驚，「療程這麼快就結束了？」

我盯著她，看來她正忙著想辦法掌控自己的腦袋與嘴巴，找出合適的應答方法。「我到得太晚了，」她說道，「原來我的約診時間是早上。」

「哦，真的嗎？」我說道，「太奇怪了。」

「對，我明天再來。」

我問道：「他們沒有提前通知妳更改時間嗎？」

「看來他們是寄……郵件，」她吞吞吐吐，看到她一臉不自在，我心中湧起一股變態的爽快感。我原本以為她會早有準備，知道自己總有一天會被人揭穿。

「真的嗎？妳居然沒收到，太奇怪了。」

這樣的猜謎遊戲還要玩多久？我拉出她對面的那張椅子，一屁股坐下來。「妳想要知道是怎麼回事嗎？」

她盯著我，目光如炬，賭我是不敢造次。

我在桌邊挨身向前，「其實，真相是妳一開始就沒有罹癌，對不對？」

她的表情彷彿像是被人賞了一巴掌，「什麼？」她說道，「講出這種話真是太惡毒了。」

我不管她泉湧而出的淚水，我早已習慣這種哭哭啼啼的攻勢，她隨時隨地想要使出這一招都不成問題。

我覺得不可置信，繼續追問：「妳真的要繼續演下去嗎？」

「我不知道妳在講什麼，」她說道，「我真的聽不懂。」

「我想妳一清二楚，」我說道，「妳從來沒有進入過化療室，對不對？」

「我當然有，」她的聲音變得越來越尖銳，「我明天要回去做化療。」

「不，妳才沒做過化療，妳知道我是怎麼發現這一切的嗎？」我立刻揭穿她的謊言，「因為我剛剛才去過那裡，他們根本沒聽說過妳這個人。」

她抹去了一滴淚水，發出諷刺冷笑。「妳想要相信什麼，隨便妳。」

「好，我知道我該相信什麼，」我覺得自己有點站不住腳，這不是我當初預期的結果。「我不知道亞當會作何感想？」

她的淚水不斷從雙頰滾落而下，對我淡淡說道：「他不需要知道這個。」

這才像話。「妳不知道我等這一天等多久了，我一直在找機會要揭露妳的真面目。」

「妳不能告訴他，」她閉上雙眼，一坨坨的淚濕眼睫毛緊貼臉頰，「這將會終結——」

「這將會終結妳的謊言與欺瞞，他會知道妳的真面目，根本不是妳偽裝的那個完美母親。」

她又重複了一次，「妳千萬不能告訴他。」

我起身離開，準備迎向沒有她的嶄新人生。我開始縱情想像那樣的世界：完全沒有壓力，盈滿了愛。「那麼妳要怎麼解釋詹姆斯的事？」

我走到一半，愣住不動。「什麼？」

她死盯著我，「妳要怎麼向妳的未婚夫解釋妳背著他偷偷和他的弟弟在約會？」

我全身發冷，腦袋開始回憶與詹姆斯的一切互動：我們會面的地點，還有我們交談的內容。沒有人看過我們，怎麼可能呢？她知道了什麼？我開始懷疑她是否曾經注意到我們互相凝視的目光過久，或者每次見面時的吻頰過於溫柔？其實沒事，但認真說起來是很有事。

她在虛張聲勢，想要抓住最後一搏的機會。我瞪著她不放，雖然眼前不斷有白晃晃的影像在炸閃，我依然目光堅定。

我擺出似笑非笑的表情，「妳的意思是我和詹姆斯之間不單純？」

她點點頭，「對，我非常確定，妳知道我是怎麼發現這一切的嗎？」她向我攤牌，「因為這是我吩咐他這麼做的。」

37

我徹夜未眠，如果不是在沙發上哭泣，就是在廁所裡嘔吐。怎麼會這樣？我終於找出了摧毀她的方法，而且可以讓她一敗塗地，然而，我也得賠上我自己。這一場戰爭我贏不了，她也知道。

帕咪對蘿貝卡下毒手，讓我覺得暴怒又噁心，然而，除此之外，我也覺得好哀傷，因為詹姆斯企圖引誘我上鉤，討好他的變態母親。她為什麼能夠對他發號施令？他為什麼會乖乖聽從？看來她似乎掌控了她的兩個兒子，是一種他們兩人都不願意破壞的關係。

我覺得自己嚴重受辱。一想到詹姆斯是受母親指使而接近我，害我覺得自己好骯髒，受到了侵犯，她無所不用其極、就是想要把我趕出他們的世界。

亞當整夜都睡得很好，他一早醒來，進入客廳，瞄了我一下。「妳氣色好糟糕。」

我連回他話的氣力都沒有。

他問道：「要不要喝咖啡？」

我搖頭，想不出還有什麼狀況比現在更慘。

「怎麼了？」他把熱水倒入自己的杯中，「是不是得了感冒啊什麼的？」

我揉眼，雖然哭得亂七八糟，但手指依然留有昨天睫毛膏的殘痕。「我真的不知道，」我回道，「我覺得自己食物中毒了。」

「妳昨天吃什麼?和媽媽一起用餐時有沒有點什麼奇怪的東西?」

我搖頭。

他走過來,坐在我旁邊,唏哩呼嚕喝著他的咖啡,那股熱騰騰的臭氣瀰漫到我的鼻腔,我趕緊摀嘴,卻還是來不及蓋住噴滿咖啡桌的嘔吐物。

「天!」亞當從沙發上跳起來,他手中那杯噁心的飲料全灑在地毯上。

「啊,真對不起!」我雖然這麼說,但卻心想自己的第一個反應怎麼會是抱歉呢?「等我一下,我先去洗手間,馬上回來清理。」

體內翻湧而出的熱膽汁讓我的喉嚨發燙,我拚命想要控制嘔意,眼前卻一片霧濕。一個六十三歲的女人怎麼會讓我身心俱毀成這種模樣?我一向個性堅強,從來不鳥那些討人厭的傢伙,各種狀況都可以應付自如。我怎麼會這麼淒慘?完全不合邏輯。

就在我依然抱著馬桶的時候,我突然想到自己身體之所以出狀況,其實可能找得出邏輯。一想到這一點,我兩側太陽穴就痛得要命。

我好不容易鼓足決心,才終於拖著身子進入市中心,除了我覺得自己病得嚴重之外,我的懷疑也正不斷在轟炸我的腦袋。我在查令十字車站的藥房買了超貴的驗孕棒,又額外付了半英鎊的廁所使用費。我原本幻想等一下就可以走路去上班,藥房的店員繼續忙他們的事情。不過,我還來不及拉上內褲,已經在驗孕棒的顯視窗裡面看到了一條醒目的藍線。我想要再看一次使用說明,眼前已經一陣淚糊。「一條線是表示我懷孕了?還是沒有懷孕?」我祈求答案是後者,但卻希望落空。

我要從地下室廁所出來的時候打電話給琵琶，但我卻一直撞到十字旋轉閘門。某個藍色頭髮、一直在嚼口香糖的女孩看到我犯蠢連撞四次，越來越火大，忍不住開口：「那是『入口』閘門。」

我語氣充滿譏諷，「我還真天才。」

我的手機終於傳出琵琶的聲音，「怎麼啦？」

我氣若游絲回道：「我懷孕了。」

「幹，」她說道，「這是天大的好消息啊，妳怎麼了？」

「不，一點都不好，我正在和……哦，別理我。靠，琵琶，我懷孕了。」

她慢條斯理說道：「嗯，好意外的消息。」

「我是說，靠，怎麼會這樣？」我的腦袋完全無法釐清現在的狀況。

我已經走到了河岸街，電話線另一頭的琵琶依然沉默不語。

她問道：「怎麼會懷孕，是故意的嗎？」

「當然不是！」我怒氣沖沖，但我也不知道自己幹嘛對她發火。

她說道：「我以為妳有吃避孕藥。」

「我有啊。但取消婚禮讓我忙昏了頭，應該是忘了吃，我不知道，大約一個禮拜吧，也許更久。亞當不住在家裡，而且我也不打算馬上和他上床，所以……」

「所以是怎樣？」她追問，「妳是聖母懷孕嗎？」

「某天晚上，事情發展出乎我們意料之外，我們那個的第一晚……嗯……」

我想起自己曾經告訴帕咪，我們在取消婚禮後反而開始瘋狂做愛，搞不好已經懷孕了。我不禁發出哀號，天哪。

她說道：「可是，我以為妳一直想要盡快重新安排婚禮日期。」

「我是啊，但現在也沒有辦法吧？等到我重新安排好一切，孕肚一定都出來了，我可不希望自己挺著七個月的大肚子搖搖晃晃進入禮堂。啊，天哪，琵琶，我還是不敢相信，這真是太可怕了。」我開始大哭，把車停在郵局外的貨運司機還問我是不是出了什麼事，我只能對他露出慘笑。

她問道：「亞當怎麼說？」

「他還不知道。我剛剛在查令十字車站這裡做驗孕，等等，我馬上回撥給妳。」我衝到最近的垃圾桶，趕緊把頭埋進去，一看到倒放的肯德基空盒，加上裡頭被啃得亂七八糟的雞骨頭，讓我的嘔意更是狂飆十倍。我身旁的那些通勤客反應不一，有的在猶豫是否要從我旁邊衝過去，還有的則是放慢腳步瞠目結舌，但大家都露出嫌惡的臉色。

琵琶主動打給我，我一接起電話，就聽到她劈頭問道：「妳還好嗎？」

我發出哀號，「我剛在馬路邊的垃圾桶大吐特吐。」

「哇，妳真是優雅，」她開完玩笑之後，繼續問我：「不過，說真的，妳打算怎麼辦？」

「我今晚會告訴亞當，我們會好好談一談。琵琶，說真的，我真的無法形容這狀況到底有多麼糟糕。」

「哪有？這明明是幸福的事。」

「我是指一切，」我說道，「我身邊的所有事情都一團亂，我和亞當明明還有自己的問題得要處理，怎麼可能打算生寶寶？他會怎麼想？哦天哪！」

「冷靜，」她回我，「你們兩個應該都需要冷靜。這絕對可以讓她知道她再也沒有辦法耍弄妳，妳可以大方叫她滾蛋了。」她發出了輕聲竊笑。

我明白她的出發點，但我也很清楚，有了帕咪的孫兒之後，就等於我們得終生綁在一起了。一想到這個，就讓我好驚恐。

「小琵，我真的無法置信，」我問道，「我該怎麼辦？」

「現在，一步一步慢慢來。今晚先與亞當談一談，等到我們知道他的反應之後，再商討因應對策，好嗎？」

我默默點頭。

「小艾，沒事吧？」

「嗯。我看看能不能晚點打電話給妳，不然，就得等到明天早上了。」

「太好了，」她說道，「等妳電話。」

我結束電話，才發現自己走錯了方向，根本到不了辦公室，我錯過了老康普頓街，居然悶著頭繼續往前走。

我終於進了公司，出了好多差錯，我老闆納森問我要不要提早回家。當他在和我講話的時候，我才驚覺自從婚禮取消之後，我還沒有好好休過假。一週兩天的例休還是有的，但我拒絕了納森讓我休假一週的好意，也就是我預定蜜月剩下的那一半，我宣稱自己沒問題，只想要繼續投入工作。我的忙碌程度遠遠超過以往，拚命想要拋卻婚禮的陰霾以及伴隨而生的一切，把它當成了礙眼的螢幕亮點。不過，就在他側著頭，一臉同情看著我的那一刻，我終於醒悟了。我需要休息，暫時跳脫千篇一律的通勤模式，遠離我手上那三十多個認為只有自己最重要的客戶們，就連與同事們的日常對話也應該要敬而遠之，我不需要繼續擺出生活一切井然有序的模樣。這不是真相，而我現在又多了一個問題，超級大麻煩。

「交給我們處理，沒問題。」納森察覺我猶豫不定，慫恿我趕快離開。

我不希望交給他處理。我自尊心超強，希望這間公司萬一沒有我的話就垮了。

「快走吧，」他又勸我，「好好休息一會兒。」

我得走了，但我一點也不想走，我微笑說道：「你的語氣就像是美國生活導師一樣。」

「要是妳逼我得把妳扛出去，我一定動手，」他哈哈大笑，「妳就趕快離開吧。」

我收好辦公桌上的護唇膏、牡蠣卡、巧克力消化餅乾，把包包揹到肩上。「確定嗎？」我朝大門口走去，又問了最後一次。

我聽到他在我背後回吼，「快走！」

還不到四點鐘，所以我前往城市線與中央線的換車站，希望可以正好堵到亞當下班。也不知道為什麼，我覺得要是能夠在某個不帶任何感情色彩的地方講出懷孕的事，應該會比較容易，擁擠的酒吧或餐廳裡，而不是清冷的家。我希望這種場合會讓感受變得沒有那麼真實又可怕。

他接了手機，「嗨！」

「嗨，」我態度猶豫，「快下班了嗎？」

我回道：「沒事，」我什麼時候變成這樣？隨口說謊也不會臉紅氣喘？「我在銀行站附近，只是想問你要不要在我們回家前喝一杯？」

「正好，我可以好好喝一頓，因為我今天碰到一堆鳥事。」

我退縮了。他今天已經諸事不順，也許我應該另外找時間告訴他這個消息，等到他比較放鬆、更能敞開心胸的時候。但我卻立刻暗罵自己不該這麼體貼他而做出這種決定，發誓無論如何一定要講出來。我的心情已經鳥了一個月之久，但眾人給我的壓力卻越來越大，變本加厲。

「太好了，」我說道，「十分鐘後在『國王頭』酒吧見面？」

我提早六分鐘到達那裡，還有時間喝一杯，平撫緊張情緒。

我詢問酒保：「可以給我大杯的蘇維翁白酒嗎？」我看著他從吧檯上方的杯架取下酒杯，走向吧檯下方的冰箱，倒出一大杯琥珀色的酒液。等到他把酒杯放在我面前，香甜氣味撲鼻而來的那一刻，我才驚覺自己肚子裡有小孩。

「呃，可以麻煩你再給我杯番茄汁嗎？」我的語氣簡直像是在道歉。

他看了一下我所站立的位置，確定我現在只有自己一個人。

他說道：「這種混合法還真有趣。」

我微笑，搖頭，接下來的九個月都得如此嗎？四處走動的時候得抱著跟洗衣機一樣的大肚子？腦袋裡裝滿了棉花球？

「嗨，大美女！」亞當走到我後頭，親吻我的臉頰。「好一點了嗎？」

我搖搖頭，但他沒理會，早已在忙著點酒。

「嗨，來杯福斯特啤酒，謝了。」

我們在等待的時候，我只能露出尷尬微笑，幸好，在我把手榴彈丟向亞當的世界之前，還留有幾分鐘的空檔。我盯著他喝啤酒，三大口咕嚕下肚，簡直像是在喝水一樣，我在想，他應該不知道自己很快就得要點第二杯了。

我終於開口：「我有事情要告訴你。」

「啊，天哪，妳不是生了什麼病嗎？」他一臉驚恐，「萬一妳要是怎麼了，我真的不知道該怎麼辦。」

真好笑，什麼時候我生病會讓他這麼關心？以前我從來沒發現過這一點。

我搖搖頭，「沒事，我很好，我們很好。」

「我們當然很好，有什麼問題嗎？」

「不是我和你，」我緩緩說道，還伸手撫摸肚皮。「是我和這小傢伙。」

他皺眉，「抱歉，我聽不懂妳在說什麼。」

「我懷孕了……」我悄聲說道，但我卻覺得自己像是在對整間酒吧大聲喊話。

他大聲驚呼，「什麼？」

我發現他的表情從困惑轉為生氣，然後是歡喜，最後又是困惑，情緒變化全在一瞬間。

「妳懷孕了？怎麼會？」

我反問：「呃……真的需要我解釋給你聽嗎？」

「但我以為妳……我以為我們已經做好了避孕措施。」

「我們有啊，嗯，是我，但婚禮之後一團亂，我沒把它放在心上，漏吃了好幾天的藥。」

「妳到底漏吃了幾天？」他彷彿覺得這問題十分重要。

「我不知道……也許是十天，或是兩個禮拜吧？我不記得了。但不管怎麼樣，我已經懷孕了。」

「不過，妳不覺得妳應該要更小心一點嗎？」

我沒想到他是這種反應，或者，在我的內心深處，早就料到他會講出這種話了。

他舉高手指，撫擦鼻梁。「所以，我們打算怎麼辦？」

我望著他，不知道他問這句話是什麼意思？我覺得我們別無選擇，但他顯然覺得還有其他退路。

「還能怎麼辦？」我語氣緊繃，「我得要生小孩了。」

他瞇起雙眼，不說話，沉默的時間彷彿持續了一生一世之久。

「好，」他終於開口，「所以這是好消息吧？」

「我還沒有機會好好沉澱一下，我自己在今天早上才剛發現而已，但這應該算是好事，不是嗎？」

我們兩個站在那裡，一片茫然，不知道接下來該做什麼或是說什麼。他伸手抓髮，我等待他的下一個動作，老實說，我不知道他會想要抱抱我？還是一走了之？

都沒有。他開口問道：「嗯，那婚禮怎麼辦？」

我們兩人現在似乎都如履薄冰，「我不想在懷孕的時候結婚，所以我想我們得多等一等。」

「好，那就之後再說……」那語氣言不由衷，然後，他又把我拉到他懷裡，給了我一個彆扭的擁抱。「太好了。」

他的神情卻透露出他口是心非，但我必須要給他時間靜心思考這對他、還有對我們的意義。我花了將近八個小時的時間，拚命想要釐清這個改變一生的大事，而他聽到這消息也還不到八分鐘而已，所以，我會給他充分的時間，目前就暫且先相信他的說法吧。

「對，」我語帶遲疑，「我也覺得這樣很好。」

38

我開口問道：「我看起來怎麼樣？」但雙眼依然盯著鏡中的自己。

亞當站在我背後，雙手放在我隆起的小腹上面，親吻我的臉頰。「好性感。」

我現在的自覺不是「性感」，但顯然亞當覺得我正在變化的身體充滿了魅力，因為在過去這幾個禮拜當中，他總是黏在我身邊。每當我把自己的巨乳拚命塞入宛若小吊床的那塊布的時候，經常看到他坐在床邊看著我不放，一臉色瞇瞇，充滿了讚嘆。

我們花了一段時間才開始習慣我懷孕的事實，而且經常在同一個晚上演出大吵之後就做愛的劇碼。

就在幾個禮拜之前，我們對於我的穿著發生了激烈爭吵。「不准妳穿成那樣出門。」亞當看我穿上那間新的黑色洋裝時，開口訓我，我打算以這身裝扮與琵琶、薩博在市區度過狂歡夜。當初我在Whistles一看到這衣服就喜歡得不得了，因為它的貼身剪裁完美襯托出我的纖瘦臀型——而且當時我的肚子還沒有隆起。

「你從什麼時候開始變成這樣？」我開始逗他，「你明明知道你自己超愛我穿緊身衣，而且這衣服的好處就是會隨著我一起成長。」我拉了一下腹部的萊卡布料，彷彿要證明自己所言不假。

「以前是以前，現在是現在，」他一臉嚴肅，「不准妳穿那樣出門。」

我轉身看著他，「你是認真的嗎？」

他點點頭，迴避我的目光。「妳現在懷了我的孩子，穿著打扮要符合規矩。」

「什麼是『符合規矩』？」我哈哈大笑，「我的肚子根本還沒脹大，就應該要穿帳篷了嗎？」

「給我放尊重一點，」他說道，「為了我，也為了寶寶。」

「哦拜託，亞當，你的口氣跟你媽一樣。我要穿哪件不穿哪件，都與你毫無關聯。」我低頭看著我自己，「要是在幾個月之前，這件衣服鐵定會讓你忍不住想撲倒。一切都沒有改變，我看起來還是一樣，但你卻說我不夠尊重？」

他走到我身邊，又抓住我的手腕。「妳懷孕了，還打扮得像是妓女一樣開心出門？妳會引來不當的關注，在這種已經不該出門的階段，我不能讓色狼醉漢靠近妳。」

「哦，我現在聽懂了，」我大吼，「我懷孕兩個月就再也不能出門了？我又沒有任何改變。」

我拿起包包，走向臥室房門。

他站在那裡，巨大的身軀佔住了整扇門。

「走開。」我不知道自己的語氣這麼自制。

「妳哪裡都不准去。」

我的心臟都快要跳飛出來了，而且喉嚨好乾，開始犯頭疼，一陣陣緊繃感發作。

我看著他，用目光祈求他走開，但是他站得直挺挺，動也不動，這是一場意志力的戰爭。

我又說了一次，「走開。」

「不要。」

我握拳捶打他的胸膛，「不要擋路！」我大吼，臉上掛滿了無奈的淚水。「要是你不走開的話，我一定——」

他抓住我的手腕，把我推向牆面。我本以為他會對我繼續酸言酸語，或者，更可怕的是，揚手打我，我整個人畏縮成一團，等待他的攻擊。不過，他卻開始吻我，舌頭深探我的口腔，我不想做出任何回應，我想要讓他知道我依然氣得半死，但我最後還是情不自禁。他脫我內褲的時候乾脆直接撕爛，彷彿把它當成了男人的財產，當他進入我身體的時候，我放聲大叫。

他問道：「痛嗎？」

我搖頭，然後，他望著我，那眼神彷彿是第一次在端詳我。

「抱歉，」他突然變得溫順和善，「我不知道我怎麼了，妳看起來美呆了……」

他大叫，我發現他雙腿突然一軟，頭埋在我的脖子裡、找尋支撐，他喘得上氣不接下氣，好不容易開口問我：「妳還是要出去嗎？」

「對。」我撫平了洋裝的皺痕，我不太清楚剛才到底是怎麼了，這正常嗎？兩個人吵架，破口大罵對方，過了兩分鐘之後就立刻做愛？

那晚我還是出去了，但玩得並不開心。不能喝酒，卻看著自己的兩個好友一臉醉醺醺。也許亞當是對的：狀況早就大不相同，而且差異會越來越顯著。

現在，我望著鏡中的自己，把上衣塞進去，但又把它放了出來。才剛過三個月，想要藏肚子已經變得越來越困難。但今天沒差，今天，是我有史以來第一次要刻意展現，做個驕傲的孕婦，不過，我現在只覺得自己好臃腫。

「我找不到衣服穿！」我在衣櫃裡東翻西找，發出慘叫，我想要找尋靈感，但完全看不出該怎麼穿搭。我發現自己火氣越來越大，胸口一陣抽痛。

「妳穿什麼都好看。」亞當看著我不斷與衣架奮戰，扯下一件件上衣與長褲丟在床上，講出了這句話。他就算說破嘴也沒用，反正我看起來不好，感覺也不好，一切都不對勁。我只想解開緊繃的長褲鈕釦，躺在床上大哭。

「我們一定要去嗎？」我發出哀號，口氣就像是三歲小孩。

「妳已經好久沒見我媽了，而且我們必須要把這消息告訴她。」聽到這些話，我又在心裡繼續哀嘆。

我開始哀求，「難道你就不能打電話跟她說就好？」

「小艾，我們馬上就要有寶寶了，而這是她第一次當祖母，不能靠電話講出這種事情。而且，今天不會出現什麼亂七八糟的狀況，因為詹姆斯要帶他女友一起過來，多少可以調和一下氣氛。」

我想要尖叫，我要怎麼捱過今晚？自從在醫院與帕咪吵得天翻地覆之後，我就再也沒有見過她，她留了兩通語音留言，我根本沒理會。亞當送她去做最後一次「化療」，一個禮拜之後，帕咪打電話給他，她說醫生們對於她的治療成果滿意，所以決定先暫停，亞當聽到之後欣喜若狂，當他轉述這個好消息給我聽的時候，我擺出僵硬微笑，只能拚命壓抑差點脫口而出的衝動，我真想大喊：「她在騙人！」

一想到要見到她，就讓我全身顫抖不止。我已經好幾個禮拜不曾孕吐，但一想到必須要與她共處一室，那股熟悉的腸胃絞痛感又出現了，我的神經末梢變得敏感不安。

我腦中開始浮現她在詹姆斯面前挑釁我而露出的猙獰五官，諒我也不敢抖出她的真面目，而且她早就隨時準備好要給我致命的一擊，她知道只要她一出手，就能摧毀我與亞當之間所擁有的一切。或者，可能是詹姆斯節節進逼。我開始覺得頭暈腦脹，他做出那些事、說出那些話的動機到底是什麼，一直讓我猜不透。他們聯手打擊我、逼迫我們分手，到底有什麼好處？詹姆斯是否告訴她真相？其實我早就拒絕了他？或者，他就與他母親一樣性好撒謊？在她面前講出的是另一套版本？反正不管怎樣，都不重要了。反正她已經可以把我推入地獄，

隨時勒索我，但這就是她策劃一切的目的嗎？當然，她已經知道我可能會揭發她，所以這樣做並不明智，但萬一她真的說破，有差嗎？我和亞當的關係會立刻告吹，我根本沒機會告訴他有關帕咪謊稱自己罹癌的惡行。

「我覺得自己還沒有準備好，」我告訴亞當，「我覺得想吐。不然你自己去，告訴他們這個大消息？」

「小艾，別這樣，振作一點。妳懷孕了，但並沒有生病。我們只是去一家好餐廳共度兩三個小時而已，之後我們就離開了，對妳來說一定不成問題吧？」

我真的不知道我要怎麼坐在帕咪、亞當、詹姆斯，還有他的新女友之間，一直提心吊膽，等待手榴彈爆炸。不過，現在還看不出來誰會先去拉開引信。

「我會照顧妳，」他彷彿有讀心術，「狀況不會像妳想的那麼糟糕。」

我的淚水泉湧而出，因為我知道只要帕咪一狠心，隨時可以搶走我所倚賴的這個人。

39

這真是反常，當我們走入餐廳的時候，帕咪早已到了，她與詹姆斯、他的女友都已經入座，暢懷大笑。我已經覺得自己像是局外人，是被他們嘲笑的對象。

帕咪站起來，迎接我們兩人。「親愛的，」她開口的對象是亞當，「看到你真開心。」

我勉強一笑。

「還有艾蜜莉啊。親愛的艾蜜莉，妳看起來……」她刻意吸了一口氣，雙眼打量我全身。「真迷人。」

亞當幫我脫去外套。

「嗨，小艾，這是凱特。」詹姆斯打招呼的語氣很彆扭。他靠過來，吻了我一下，我真想立刻把他推開，但還是忍住了。凱特過來，我向她握手致意，金髮的她身材高挑纖細，我知道我已經有些心碎了。

我露出微笑，「幸會。」

「幸會，」她回道，「我已經聽說了許多妳的事。」

我很想問她，「哪方面的事？」不過，我卻講出了公認的標準答案。「希望都是好事嘍？」沒有人會回答這樣的問題，雖然這是日常的客套問句之一，但每個人其實都很想知道答案。

我們互視微笑，亞當四處在找掛大衣的架子。「嗯，都還好嗎？」詹姆斯終於開口，「工作忙嗎？」

在那一場婚前（然而婚禮卻一直沒有舉辦）家聚晚宴之後，我就沒見過他了。他的頭髮稍微變長了一點，瀏海正好蓋住了其中一眼的眼瞼，陽光曬淡了他的髮色，成了深黃蜂蜜色。我原本以為他的黝黑肌膚應該是最近都留在英國打理花園，但我注意到凱特的雙頰也有曬色。我的胸口不禁突然一緊，因為我想到他們應該是在國外某個浪漫的地方度假，可能是某間別墅或舒適的旅館，也許，白天懶洋洋躺在泳池邊，晚上做愛。我想要把這一切拋諸腦後，我好恨自己，他明明做出那樣的事，我卻依然這麼在乎他。

「嗯，很好，」我回道，「你呢？看來似乎最近出國了？」

「我們去了希臘，」凱特語氣興奮，「好好玩，你說是不是？」她望向詹姆斯，他也露出相同的表情，握住她的手。我和亞當曾經有過那樣的深情對望嗎？

亞當帶笑，朝我們走來，詹姆斯開口：「這位是大哥。」

他們握手致意，詹姆斯介紹了亞當，他與凱特互相親吻問好，沒想到卻把場面弄得很窘，他本來打算左右各一次，但她卻以為他只打算來一下，看得出兩人都尷尬得要命。

她長得明眸皓齒，我開始不斷忸怩拉扯自己的邋遢上衣，要是我今天穿的是幾週前與亞當大吵一架的那件洋裝就好了，那麼至少我不會一開始就敗下陣來。

「她真是漂亮啊，妳說是吧？」帕咪站在我身邊，盯著他們的時候，對我低聲說道。「全身上下無一不美。」

我沒有任何回應，只是盯著那兩個男人在爭相討好她，看來今天的狀況比我想的還要更糟糕。

「好，你們最近怎麼樣？」詹姆斯開口，終於又把我拉進了對話圈。

「這個嘛，我們先點一瓶酒，我們再慢慢告訴大家。」亞當說完之後，向服務生招手，請他過來。

詹姆斯哈哈大笑，「聽起來不太妙。」

「完全不是，」亞當說道，「其實，我們有大事要宣布。」

我望著帕咪，她的臉部肌肉在抽搐，但卻依然努力佯裝不動聲色。

「是嗎？」她好不容易才鎮定下來，開口問道：「決定了新的婚期嗎？」

「其實不是，」亞當說道，「我們的進度超前了一兩個檔次。」他望著我，握住我的手，我對他露出最甜美的勝利微笑。

凱特在敲邊鼓，「哦哦，聽起來好刺激。」

亞當看著大家，笑得開心。「嗯，我們馬上就要有小寶寶了。」

詹姆斯瞠目結舌，凱特笑盈盈還猛拍手，而帕咪卻繃著一張臉，下巴的肉在抽搐。

「哇，好棒，」詹姆斯道賀，「真令人開心的消息。」

「懷多久了？」凱特問道，「預產期什麼時候？知道是男生還是女生了嗎？」

面對凱特的連珠砲發問，我也以同樣的快速度答覆：「三個月，春天，不知道。」

詹姆斯再次握手恭喜亞當，而且還繞過桌子吻我的臉頰，對我低聲說道：「恭喜。」我的身體突然變得好僵硬。

「媽？」亞當依然在等待她做出反應。

「這，真的是嚇了我一大跳，」她開始掉淚，「令人開心的驚喜，但還是嚇了我一大跳。」她滿臉淚水，擠出了微笑，但看得出心口不一。

「兒子，這是天大的消息，真的。」她沒打算站起來，所以亞當繞過桌子走到她身邊，我才懶得管她。

她像是帽貝一樣，死抓著他不放。

「媽，妳應該要開心才是，怎麼哭出來了呢，」他哈哈大笑，「又沒有人死掉。」

「兒子，我沒事，」她開始擤鼻子，「要當祖母得花點時間調適一下。我為你開心，真的。」她掙脫亞當的懷抱，望著我，我根本不想看她，但我又擺出了那種佯裝全世界的一切都十分美好的微笑，死盯著她不放。我慌了手腳，原本以為會看到的怒火並沒有出現，我只見到了恐懼。

「說到好消息，」她不再盯著我，「詹姆斯也有大事要宣布，親愛的，是不是啊？」他微笑，又伸手在找尋凱特的小手。「對，我已經向凱特求婚，她也答應了。」

一股兇猛的血流衝入我的腦門。

「是不是很棒？」帕咪溫柔低語，還把雙手從桌面伸過去，同時抓住詹姆斯與凱特的手。「我有預感，我們將來一定會變成好朋友。」

我望著凱特，想要找尋某種熟悉感，我們是同一族類，正在拚命對抗帕咪惡勢力的蛛絲馬跡。不過，她的眼神裡卻只有天真無邪的愛，誤以為帕咪講的是真心話的堅定信心。

我不知道我最應該同情的是誰。她嗎？因為她一派天真，完全沒有任何懷疑，何其幸運，渾然不知這個自稱會成為她好友的女人將會成為她的仇敵。或者是我？她早已千方百計想要摧毀我的生活，我的自我染上了陰影，充滿了不安與恐慌，等到東窗事發的時候，也只能期盼我沒把握的那個男人可以展現他的愛。

我望著凱特依偎在詹姆斯的懷裡，雙頰因為興奮與熱情而泛紅。帕咪是對的，凱特的確全身上下無一不美，我真希望自己是她。我還記得曾經有過一段那樣的時光，就在不久之前而已，我浸淫在我們的新戀情狂喜之中，盡情享受，壓根沒想到會有人——而且居然會是亞當自己的媽媽，造成我這麼大的煎熬。

帕咪裝腔作勢，「我們開瓶香檳慶祝吧。」

有沒有人要問一下為什麼要如此匆忙？他們才認識幾個月，怎麼能夠確定要與對方就此廝守終生？想必帕咪一定會出手干涉，搬出自己早就準備好的說詞，就像她當初搞我一樣——不過，截至目前為止，她依然很節制。

我望著她倒了四杯香檳，一杯杯遞到大家的面前，但我卻被排除在外。

「恭喜！」她拿起自己的香檳杯，「敬詹姆斯與凱特！」

我望著詹姆斯，他的目光在他母親與亞當之間飄移，但根本不看我。

亞當問道：「媽，可以給艾蜜莉一個杯子嗎？」

「唉呀，抱歉，我以為她不想喝，」她繼續說道，「我覺得妳懷孕了就不該喝酒。哦，反正在我們那個年代，孕婦不可以碰酒。」

「時代變了，」我粗魯回道，「給我個小杯子，謝謝。」

詹姆斯大喊：「敬班克斯家族的小寶寶！」

我閉上雙眼，享受啜飲第一口的快感，泡泡在舌面不斷爆裂。

帕咪興奮問道：「所以，你們決定日期沒有？」

詹姆斯回道：「哦，要是安排來得及的話，我們考慮明年春天舉行。」

她回道：「到時候這個小東西也出生了。」她側頭望著我的腹部。我自顧自微笑，我知道到了那時候，我的身材會腫得像公車一樣，不然就是得把寶寶拴在奶子前面。不論是哪一種畫面，我都覺得自己和美感沾不上邊。

「我家裡有本剪貼簿，裡面全都是婚禮照片，」凱特說道，「我差不多九歲、十歲的時候就開始收集，某些人覺得我有點瘋狂。」說完之後，她發出輕笑。

這段話不禁又讓我抽搐了一下，我等待帕咪出口奚落，但並沒有。

「真可愛，」沒想到她是這個反應，「我年輕的時候也做出一模一樣的事。我還把它拿給我的吉姆看，他滿口答應我，只要我想要，裡面的一切都不成問題。」

凱特對她露出甜笑。

帕咪說道：「好，給我們看一下妳的戒指吧。」

「我真的是嚇了一跳，」她伸出手，向大家展示她的單鑽戒指。「完全沒有心理準備。」

「真是為妳開心，」帕咪語氣好溫暖，「歡迎加入我們這個家庭。」

我是不是遺漏了什麼？我覺得自己彷彿誤闖了某對母女獨特的共聚時刻。在一開始的時候，帕咪曾經這樣對待過我嗎？

我想起我們第一次見面的場景，在她家裡，她刻意把放有蘿貝卡照片的相本朝上，擺明了就是要我看到，她早就在那時候就開始跟我鬥智，諒我也不敢開口詢問那些我不想知道答案的問題。她早已埋下了種子，坐看它發芽茁壯，而且還期盼我軟弱不堪，無法面對後果。她以為她可以除掉我，就像是她當初對付蘿貝卡一樣，但是她沒有計算到我對亞當的強烈愛意。我愛他，甚至超過了我自己，現在，我懷著肚子裡的新生命，我知道她就算使出千方百計，也無法搶走我的一切。

40

「我保證不會搞得很浮誇，」琵琶一看到我對於產前派對的反應，立刻安撫我。「只有朋友，弄一些氣球，還有一大堆義大利氣泡酒。」

我翻白眼，指了指自己的大肚子。

「哦，當然，」她彷彿立刻明瞭了我的尷尬處境，「只有幾個朋友而已，妳就當氣球，我來喝光義大利氣泡酒！」

兩個禮拜之後，她與薩博出現在公寓，他們準備了粉紅色杯子蛋糕巨塔，還有一條長達兩公尺的「準媽媽」布條。「告別單身派對」的原班人馬再現，但只有帕咪除外，她並不在受邀之列。

「妳小孩的奶奶沒有出席，但和妳前男友上床的女人卻來了，妳不覺得這很誇張嗎？」幾天前，琵琶發現了這件事。「這種安排不太合理。」

換作是以前，我也會同意她的說法，因為我覺得我與夏綠蒂已經是永生不再相見。不過，現在狀況不一樣，我馬上就要生小孩了，我也多少想要和她分享喜悅。

「嗨，感覺如何？」她帶著一大堆粉紅色糖果進門，把我拉到懷中，一直緊抱著我，彷彿永遠不想放開。

「痴肥！」我哈哈大笑。

「痴肥又美麗！」薩伯上了梯台、從我們身邊擠過去的時候，又補了這一句。

大家都在喝氣泡酒，只有媽媽和我忙著把奶油夾心餅乾浸泡在茶杯裡。「我再也不喝酒了，」剛才琵琶給她氣泡酒的時候，她是這麼說的。「那場告別單身派對之後，我就敬而遠之了。」所有人都哈哈大笑，想到了媽媽在BJ吃晚餐的第二天睡到十一點才起床的插曲，她一直在哀嘆我們怎麼讓她睡那麼久，然後又問我們有沒有準備煙燻肉三明治的食材。她開始喃喃抱怨，在陌生廚房裡要自閉、找尋自己熟悉的食物。「哎呀，要是被傑拉德知道了，不知道他會怎麼想？」

「嗯，我看自從妳把懷孕的事告訴帕咪之後，就再也沒聽到她的消息了吧？」

我搖頭，「她打了好幾次電話，留言請我回電，不過，除此之外……」

「妳沒回電嗎？」她說道，「我說真的，一定要打給她。」

「不要，我跟她沒什麼好說的。」

媽媽點點頭，也贊同我的做法。我已經把咖啡店的那次爭吵內容全告訴了她，但有關詹姆斯的事我就沒提了。我不希望在她心中留下壞印象，而且我要是解釋就會有風險。不過，薩博與琵琶都知道，雖然他們都努力安慰我這也沒有哪裡不對，但我依然覺得好羞慚。

大家依偎在毯子裡一起觀看《好孕大作戰》的時候，我聽到有人甩門，接下來是沉重的踏步上樓聲響，不禁讓我的心一沉。從亞當進門時的噪音，我想他應該是喝得很醉了，我果然沒猜錯。

他大聲嚷嚷：「喂！喂！喂！這是『女性機構』的年度大會吧。」我注意到他的眼神發出冷光，掃視整間客廳，最後落在薩博身上，我發現他抿著嘴，充滿了憎惡，十分明顯。

「各位小姐玩得開心吧？」他還刻意強調了「小姐」。

大家都低聲打招呼，然後刻意說出「時間差不多了吧」、「我該走了」之類的話。

我看到薩博一臉怒火，準備要開戰，我瞪了他一眼，又對他輕輕搖頭。

「亞當，請你過來一下好嗎？」我從沙發上起身，又被琵琶推了一下。

她悄聲問道：「妳沒事吧？」

我點點頭，不發一語走入臥室，亞當也乖乖跟進來。

「你是怎麼了？」我詢問的語氣十分平和。

「我是怎麼了？」他自顧自大笑，「明明是妳把那些『黃金女郎』找來我們家，而且我還看到他出現在這裡。」

「你講話小聲一點。」

「這是我家，我愛多大聲都可以。」

「拜託，別那麼幼稚。」

他問道：「我們什麼時候同意要公布寶寶的性別？」顯然他還沒有喝得太醉，已經注意到大門口的粉紅色禮服裝飾品。「我還沒告訴我媽媽，但妳卻在這裡大聲嚷嚷。但如果妳也邀請她參加這場愚蠢派對，她至少也會和其他人同時知道我們生的是女兒。」他一臉嫌惡看著我，我轉身就走。

「亞當，我不會和你玩這種愚蠢遊戲，」我語氣疲憊，「你媽媽之所以不在這裡，就是因為我不希望她出席，而我們寶寶的性別從來就不是秘密。我看要是我們生的是兒子的話，你就會比較樂意讓大家知道。」

我想起了兩個月前進行第二十週產檢的事，超音波技師說她打賭一定是女寶寶，亞當立刻一臉落寞。

他發出輕笑，詢問對方：「妳猜錯的機率有多高？」

她回道：「我盡量不做錯誤預測。」

「但機率呢？」亞當死追不放。

「如果硬是要我說出個數字，那麼差不多是百分之五左右吧。」

他當時看著我，露出得意竊笑，但她後來又補充了這一段話：「不過，就你們的狀況看來，我可以打包票保證，妳可以開始準備織粉紅小鞋了。」我發現他的肩膀又陡然一沉。

「我只是覺得，在這個地方，妳應該要多考慮我還有我的感受……」他在我們的臥室裡大手亂揮。

「拜託，亞當，你自己的口氣就跟個嬰兒一樣。」我撂下這句話之後，直接走出去。

薩博朝我走來，他的臉色超難看，我們在梯台相遇，他從我旁邊擠過去。「借過一下。」

「薩博，拜託……」我抓住他的手臂，但他卻沒有下樓走出公寓，反而直接進入我們的臥室。

他向亞當宣戰，「你這個人是哪裡有毛病？」

「薩博，算了……」我看到亞當挺直身軀，一臉不敢置信。

我拉住薩博，亞當露出竊笑，咬牙切齒。「我才不相信你有那個膽。」但他開口的對象是薩博還是我？我真的不知道。

薩博怒道：「你根本配不上這樣的好女孩。」我趕緊把他拖出臥室。

41

我帶著波比從醫院返家，前來探視的訪客絡繹不絕。我的父母、琵琶、薩博，就連詹姆斯也來了，帶了一大籃粉紅糖果。「辛苦了。」詹姆斯柔聲說道，還親吻了一下我的前額，他們切開我肚子取出波比之後，亞當也曾經在手術室裡對我做出過一模一樣的動作。我們原本的水中生產計畫無法執行，因為我拖了十六個小時生不出來，波比已經出現了呼吸窘迫。

我匆匆招呼大家，值此同時，心中充滿恐懼，等待帕咪到來。寶寶剛出生的頭三天，她不願過來，因為她得了感冒，不想害寶寶受到感染。但我只希望她趕快過來，我才能夠放鬆心情，享受我與波比的親子時光。

「媽媽明天過來，妳覺得可以嗎？」琵琶才剛出門，亞當就開口問我。「她可能會留下來過夜，然後我在第二天早上送她回家。」

我發出哀號，「我累死了，難道你就不能在明天晚餐之前送她回去？」

「拜託一下，小艾，」他回我，「這是她的第一個孫兒，而且她是最後一個見寶寶的親友，搞不好她還能幫我們一點忙。」

我怕的就是這一點。我望著波比的完美小臉蛋，大大的眼睛盯著我，我已經嚇得全身發抖。

「我希望她回去，不要住在這裡，」我依然很堅持，「求你了。」

「我會先打電話給她看看狀況怎麼樣，」他說道，「要是她沒問的話，我也不會主動提。」

他還沒回到臥室，我已經猜到他們的對話結果一定會讓我大失所望。

「好，我會在中午接她，隔天早上送她回去。」

我悶哼說道：「你有努力勸她打消念頭嗎？」

我不知道他有沒有聽到我講的話，反正他沒有任何反應。「等一下我去酒吧，和朋友一起慶祝寶寶出生，」他問道，「這對妳應該不成問題吧？」

這是在問我？還是純粹告知而已？反正，他已經擺出了那種表情，我要是膽敢反對，就是充滿佔有與控制欲的另一半。

「幹嘛給我看那種臉色？」他語氣緊繃，「拜託，只是隨便喝個酒而已。」

奇怪了，我根本還沒講話，他倒是很樂意立刻開戰，如此一來，他出門鬼混就顯得理直氣壯。

我問道：「你們什麼時候約的？」

他不耐回道：「就只是昨天的事而已。麥克提議喝一杯，其他人也就跟著附和，這是慶祝人生進入下一階段的某種儀式。」

我非常清楚這傳統，所以他為什麼還需要為此特別解釋？也只有老天知道了。我發覺自己怒氣攻心，倒不是因為他要出門，而是因為他拚命為自己辯護。他心懷歉疚，然而卻想要把問題賴到我頭上，讓我當壞人。

「嗯，太好了，」我冷冷回道，「盡量不要拖太久，因為你媽媽要過來，我需要有人幫忙整理家裡。」

半夜十二點，他還沒到家，我心想現在打電話也算是合理之舉。波比還沒睡，我得忙著餵奶、哄搖她、為她洗澡，幾乎是耗費了九牛二虎之力。

「我再回電給妳。」電話響到第四聲，他才接起來，他含含糊糊丟給我這句話，背景好嘈雜，有人在聊天，酒杯互碰，音樂震天價響。

「亞當？」但電話已經切斷了。

過了十分鐘之後，他還是沒打來，所以我又撥過去。

「喂？」他接了電話之後，只給我這個字。現在背景安靜多了，我聽到他的聲息，彷彿剛剛吸氣，又立刻吐了出來。

「亞當？」

「嗯，」他語氣不耐，彷彿得趕去哪個地方一樣。「什麼事？」

雖然波比在大哭，但我還是努力保持冷靜，我的新手媽咪腦袋正在拚命釐清狀況。「我只是想知道你還要多久才回來？」

「為什麼？我錯過了什麼大事嗎？」

我逼自己深呼吸，「沒有，我只是想要知道我是不是該上床了。」

「怎樣，妳累了嗎？」我聽得出來他硬是要裝出嘻皮笑臉的調調。

「對，我累壞了。」

「那妳幹嘛還要等門？」

「算了，」我已經耐心盡失，「你想幹什麼都隨便你。」

「謝謝，一定。」聽到他給我這種回應，我立刻切斷電話。

我當然可以大吵大鬧，但是他醉成這樣，也根本不會在乎我，只是讓我自己生氣而已。如果他還是這麼討人厭的話，那麼他想要待在外頭多久都不成問題，只不過醉醺醺的他總是會惹麻煩，而帕咪即將到來就已經讓我夠煩心的了。

等到我終於讓波比入睡之後，我真是瘋了，我的直覺居然是檢查公寓的每一個角落，確定帕咪到來的時候不會出錯。我不希望她找到刺激我的理由，指點我哪裡做不對，一切都不對勁。不過，當我在奮力準備客房棉被套的時候，過往的創傷隱隱作痛，不禁逼我自問這麼辛苦到底是為了什麼？她要貶低我，傷害我，根本不需要任何理由，要是她挑不出毛病，隨便瞎編一個就成了。

深夜三點鐘剛過沒多久，亞當進門了，發出了吵鬧聲響，吵醒了波比，明明還不到下一次的餵奶時間，她已經在放聲大哭。

「真是謝謝啊，」我怒氣沖沖，忙著哄搖寶寶，在臥房裡來回踱步，而他則開始嘔吐，哀號，躺在床上昏睡。

接下來，我對他眼不見為淨，八個小時之後，他起床，吞下兩顆阿斯匹靈，直嚷嚷自己快掛了，又倒頭繼續睡。我掩不住小小的竊喜，跟著他進入臥室，硬是拉開窗簾，對他呼喊：「起床啦，快起床，你得要去接你媽媽。」他發出奇慘無比的哀號，我覺得對於帕咪到來最懼怕的人是他，不是我。

等到他把她帶回來的時候，公寓已經一塵不染，波比在我臂彎裡熟睡，而且還剛煮好了一壺熱咖啡。我覺得自己像是個得意洋洋的神力女超人，坐在手扶椅裡，疼痛手臂下方墊著三角枕，等待我的仇敵到來。

「哇，妳真厲害，」帕咪一進門就驚呼，「收拾得真是整齊啊。」她根本不想親我問好，寧可專心盯著波比。「長得真漂亮，」她開始逗小孩，「亞當，她長得跟你一模一樣。」

「是嗎？」他語氣充滿驕傲，聲音依然粗啞。

他從我懷中取走寶寶，放入帕咪的臂彎裡。我全身上下都刺癢得不得了，不斷逼我要把寶寶奪回來。她走到客廳的另一頭，背對著我，望向窗戶下方的街道。我像頭母獅一樣來回踱步，緊盯著她們不放。帕咪對她柔聲細語，還不斷上下搖晃，但是我看不見波比，我知道她在那裡，當然，我只是想要親眼看到她，抱住她。

「得換我抱了，」我走到他們面前，「現在得要換尿布。」

「我才剛抱她呀！」帕咪哈哈大笑，「而且奶奶與小孫女在一起，就算有塊髒尿布也沒什麼吧？」她低頭看著波比，彷彿在等待回答一樣。「反正，我也沒聞到怪味，而且要是她真的需要換尿布，我也一定可以搞定。」

我望向亞當，以眼神祈求他幫忙趕快讓寶寶回到我身邊，但他卻只是把頭別開，開口問道：「有沒有人想喝茶？」

「兒子，幫我準備一杯。」帕咪交代亞當，然後又問我：「妳是親餵嗎？」

「對。」

「如果妳可以擠一些母奶的話，我很樂意晚上幫妳餵寶寶，讓妳休息一下。」

切。」

我搖搖頭，「不需要。」

「哦，不然我也可以推嬰兒車到外頭散散步，讓妳跟亞當有時間獨處一下？我還記得我剛生小孩的時候，吉姆和我手忙腳亂的模樣。一切都變得不一樣了，必須要花兩倍的氣力才能搞定一切。」

我勉強陪笑。

「對了，我為波比準備了一點小禮物，希望妳別介意才好。」

我無精打采問道：「我為什麼需要介意呢？」

「哦，有些媽媽比較愛計較，是吧？對於寶寶的穿著打扮很介意。」

我聳肩以對。

「不過，我一看到這東西就覺得一定得買下來，因為它讓我開心得不得了。」

她把手中的購物袋遞給我，盯著我拿出禮物，是一件小小的白色包屁衣。「妳真貼心，」我硬逼自己開口，「謝謝。」

「等等，妳還沒打開看哪，」她說道，「看看胸口寫了什麼字。」

我把它翻過來，舉高，胸口繡了一段話：要是媽媽說不可以，我問奶奶就行了。帕咪哈哈大笑，「妳說是不是可愛極了？」

她乾脆買塊狗牌好了：拾獲者請交給奶奶。

「快來看看你媽媽買了什麼給波比！」

亞當對我微笑。

我對帕咪說道：「既然妳在喝茶，小孩就交給我吧。」

她哈哈大笑，「別忘了，我自己有兩個小孩，還是有辦法喝茶。妳也知道，我可以同時搞定兩件事。」

亞當也跟著她一起取笑我。我看到她拿起自己的杯子湊到嘴邊，裡面是滾燙的茶水，我屏住呼吸，盼望她千萬不要灑出來。

當波比開始哇哇大哭，我立刻從椅子上起身，在帕咪身邊來回走動，希望她把寶寶還給我。不過，她卻把自己的手指塞入波比的嘴裡。「天哪，艾蜜莉，妳就像是熱鍋上的螞蟻一樣。她很好啊，妳自己看看，是不是？」

「我希望妳還是不要做這種事比較好。」我努力讓語氣保持平靜，但內心的怒火卻不斷沸騰。

「她只是在哭而已，並不表示她餓了，」她說道，「有時候她只是需要安撫一下，要是這樣可以讓她舒服，也不是什麼壞事吧，妳說是不是？」

「我不希望她依賴奶嘴，」我平靜回道，「而且這樣也很不衛生。」

「說真格的，這個年代也太誇張了，」她說道，「大家告訴妳得要買昂貴的消毒器材還有那些花俏的現代設備，不過，在我們那個年代，要是能有米爾頓消毒錠和熱水就算是很幸運的了。奶嘴要是掉到地上，那就撿起來，在自己的嘴裡吸兩下之後還給小寶寶。看看我那兩個兒子現在的模樣，完全沒差吧，是不是？」

「媽，我們是新手，」亞當終於開始挺我，「我們得要不斷嘗試，吸取錯誤經驗，才知道什麼可以什麼不行。」

我一臉感激看著他。

「我只是要說，不需要太嬌寵小孩。他們是身體強健的小朋友，其實不需要照顧過頭。要是她哭的話，就讓她哭一陣子吧，要是她一哭妳就立刻衝過來餵她，只是自找麻煩而已。」

我看了一下手錶，帕咪來到這裡還不到十五分鐘。

之後，我們一邊吃亞當準備的雞肉義大利麵，一邊尷尬聊天，我謊稱自己疲累，要進臥室休息，也把波比一起帶進去。就在我進入自己的避難所，關上房門之前，我聽到帕咪說道：「她吃這樣哪夠啊，應該要為了寶寶多加補充營養。」

當波比醒來準備要在半夜時段吃奶的時候，亞當還沒有回來，但我覺得自己聽到客廳裡有人在看電視。我依稀記得他之後進了臥房，但我不記得究竟是幾點鐘，我連星期幾都沒概念了，現在似乎全都搞得亂七八糟。要是波比還在睡，那我也就繼續睡，我早上六點醒來的時候，依然好安靜。我的第一個念頭是：耶！她的睡眠時間超過了五小時，但隨之一想：靠，她還有呼吸嗎？

我挨到嬰兒床邊，看到她的粉紅色小毯與棉布鋪墊，在昏暗的光線下仔細聆聽她的鼻息，但唯一的聲響是清晨鳥囀。我想要定睛細看，揉了揉雙眼，但視線依然模糊。我只看到小毯與鋪墊，但一片平整，彷彿貼在床單上一樣，裡面並沒有寶寶。我立刻坐直身子，伸手探向嬰兒床，但裡面冷冰冰，完全沒有動靜。

我腎上腺素狂飆，衝向房門旁的電燈開關，雙膝一軟。

燈光大亮，亞當吼叫：「媽的這是在搞——」

我走到空蕩蕩的搖籃邊，驚吸一口氣。「寶寶？寶寶呢？」

「什麼?」亞當依然一臉困惑茫然。

「她不見了,波比不見了!」我開始啜泣又尖叫,我們兩個慌忙衝到臥房外頭,還不小心撞在一塊兒。「帕咪!波比?」

「媽!」亞當跳下樓梯,進入客房。我站在布簾已經拉開的梯台頂端,可以看到客房的床已經整理好了,沒人。

我整個人癱軟在地上,嚎啕大哭。「她帶走了寶寶!」

我頻頻哭喊,「她帶走了寶寶!」

亞當走到我身邊,把我拉起來,緊緊抓住我的雙臂,對我怒聲說道:「妳冷靜一下!」

我真希望他能夠打我一巴掌,結束這場悲劇,讓我可以從這場惡夢中醒來,原來波比依然安然無恙在我懷中。

「這個賤人!」我尖叫,「我知道是她幹的,這就是她老早就預謀好的計畫。」

亞當回我:「拜託,妳控制一下情緒好不好!」

「我告訴過你,我說她心理不正常,你不相信我,但我沒說錯吧,是不是?」

「我警告妳,」他說道,「妳給我冷靜下來,好好聽聽自己講的是什麼話,」

他撥打帕咪的手機,但只是一直響,無人接聽。

「報警,」我聲音嘶啞,「靠,你趕快報警啊。」

「妳聽聽妳說的是什麼話,」他大吼,「我們不報警!女兒跟奶奶一起出去了,這又不是犯罪!」

我癱坐在沙發上，哭得歇斯底里，睡衣因為滲乳而濕成一片。

「她會做出可怕的事，我很清楚，但你不清楚她的能耐。要是她傷了波比，我發誓我一定殺了她。」

所有壓抑的情緒瞬間浮上表面：憎恨、心痛，但最主要的還是恐懼，自從我發現她對蘿貝卡下毒手之後，一直籠罩心頭不去的恐懼。她是我在這世界上最深惡痛絕的人，也是讓我害怕至極的人。

「亞當，我不是在開玩笑，你要趕快找到她！」

「妳在威脅誰？」亞當咬牙切齒，進逼我面前。「除非妳給我冷靜下來，不然我絕對不會聽妳的瘋言瘋語。」

我一臉無助，看著他穿上牛仔褲與T恤，我問道：「你要去哪裡？」

「好，她也不可能走遠，對不對？也許她只是把寶寶帶出去散步而已，事情不就這麼簡單嗎？」

「她是故意的！」他一次跳下兩個階梯，趕緊衝下樓，我在他背後大吼：「你開心了吧，希望你還有靠他媽的你們全家人都開心。」

我在公寓裡來回踱步，等待亞當打電話給我，他待在外頭的時間越來越久，我就更認定是她在搞鬼。我雖然看到帕咪抱著波比頻頻在哄她一切安好，但我知道根本不是這麼一回事。亞當的手機直接轉語音信箱，我氣得把手機丟向牆壁，發出無奈大吼。

「你在哪裡？」我嚎啕大哭，跪了下來，整個人縮成一團，躺在地毯上，我不知道還有什麼狀況會比現在更痛不欲生。

不知道過了多久，我終於聽到手機聲響，我爬過去，螢幕已經碎裂如蛛網。「她沒事吧？找到她了嗎？」我不敢呼吸，等待回應。

對方沉默許久之後才開口，是帕咪。「當然是我帶走她的啊。」

我坐起身子，心跳速度比平常快了兩倍。我本以為會聽到亞當的聲音，現在體內的氣彷彿全被吸了出來。

「快把她帶回來，」我咬牙切齒，「立刻把她帶回來。」

帕咪發出輕笑，「不然呢？」

「不然我一定殺了妳，」我說道，「給妳三分鐘，立刻把我的寶寶帶回來，不然我立刻報警。妳最好趕快祈禱，不要讓我比警察先找到妳。」

「我的天哪，」她在柔聲安撫我，「我不明白妳怎麼會緊張成這樣，妳沒有收到我先前傳給妳的簡訊嗎？」

我大吼，「什麼簡訊？」

「等等，」她才剛說完，我就聽到手機發出簡訊通知聲。「就是這一則。」

我望著裂面螢幕，只能勉強辨認字句：不想吵醒妳。波比醒了，所以我帶她去格林威治公園走走，讓妳可以好好睡一覺。愛妳的帕咪，親一個。

我咬牙切齒，「妳剛剛才傳的。」

「不，親愛的，我大約是一小時前寄給妳簡訊，就在我離開公寓之前。我不想吵醒妳，也許是簡訊沒有立刻發送吧。」

我一臉茫然盯著手機，完全無語。

「反正我們現在要回去了，所以應該十分鐘之內就到，我想到時候她也餓了。」

電話已經掛斷。我抱住膝頭，前後搖晃，不知道自己是不是瘋了。

過了一會兒之後，我聽到亞當的重步上樓聲響。我不知道究竟是過了十分鐘還是十小時。他說道：「找不到她們，但我想一定是有什麼理由。」

他望著癱倒在地板上的我，全身被奶水所浸濕，涕淚縱橫，陷入瘋狂狀態。我低聲說道：「她們要回來了。」

我看到他的雙肩瞬間放鬆，緊繃感退散，證明他的冷漠只是表象而已，他屏息問道：「她們在哪裡？」

「在格林威治公園，帕咪似乎是想要幫忙，」我笑了，聲音空洞。「誰曉得你媽媽會這麼體貼？把寶寶從我們身邊抱走，然後消失無蹤。」

「妳夠了吧，」他對我大吼，「趕快起來，把自己弄乾淨！」

我對自己腫脹的臉龐潑冷水，不斷提醒自己「要自制」。不過，等到我擦乾之後，卻發現自己又哭了出來。我在開什麼玩笑？我沒有控制權——主控權在她身上，一直都是。我再次把臉埋入毛巾裡面，找回欠缺的勇氣。「夠了，艾蜜莉，」我大聲提醒自己，「不要再這樣下去了。」

我先聽到波比的哭聲，立刻衝下樓，帕咪站在那裡，把她摟在肩頭，一派輕鬆又嘴角帶笑。

「我看這位可愛小美眉是餓了。」

我咬牙切齒，「滾出我家。」

「什麼？」她立刻開始放聲大哭。

亞當衝下樓梯，「怎麼了？」

「啊，親愛的，真抱歉，」她說道，「我無意冒犯任何人，我以為自己可以多少幫點忙……」

她抬頭看著他，以目光祈求他相信她的說詞，不過，我知道他已經信了。

我從她手中搶下波比，立刻回頭上樓。我對亞當說道：「等我出來的時候，最好別讓我看到那婊子還待在這裡。」

我衝入臥室，狠狠甩門，安頓好波比之後，我開始不斷啜泣，哭到無淚。

42

在帕咪來訪，以及詹姆斯與凱特成婚之間的那兩個禮拜當中，亞當和我幾乎都沒有講話。我很想找他好好談一談，把一切都告訴他，但我開始在心中逐一臚列事件之後，我才發現她早就把一切都打點妥當，讓我這個人看起來像是邪惡的偏執狂加大騙子。只要我與她發生衝突，我的說詞都只會顯得我尖酸刻薄，大家已經把我當成了神經病。我現在得要考慮波比，千萬不能冒險。

亞當正在穿他的晨禮服，我對他說道：「我今天不去。」

「沒關係，」他回我，「但我要帶波比。」

我雙腿一軟，我最恐懼的事終於來了。

「你怎麼會想要帶她一起去呢？」我柔聲勸他，「她只會害你綁手綁腳，你今天應該要玩得盡興才是，畢竟這是你弟弟的婚禮。」

他搖頭，現在的他已經扣好了襯衫最上面那顆釦子。「妳要怎麼樣都隨便，但我一定要帶她出門。」

我絕對不能讓波比離開我的身邊。於是，我慢慢走向衣櫥，拿了紫色印花洋裝，乾洗的塑膠套都還沒拆。我穿過一次，是在我懷孕之前，它的鬆緊帶收腰設計給了我足夠的空間、可以巧妙蓋住產後的小腹，讓我看起來不至於太過臃腫。

「這件可以嗎？」我把衣服舉高、貼在自己的胸前，我知道自己得要多加把勁。要是我必須承受與他家人共處一整天的煎熬，那麼至少得要讓他願意跟我說話才行。

他點點頭，臉上掛了一絲笑意，但我不確定那是心滿意足還是如釋重負。

在開車前往婚禮地點的途中，我們敷衍小聊了一下，都是無聊的話題，像是天氣啦還有房地產價格。他把波比從安全座椅抱出來，我站在人行道等待，然後，他牽起我的手，一起轉身走向教會。一想到帕咪將會看到我們的結盟戰線，我露出了淡淡微笑，但我根本沒有任何自信。

想也知道，當她看到我們朝她與詹姆斯的方向走去的時候，她的臉臭得要命，她早已張開雙臂準備擁抱她兒子，而我們根本懶得向對方打招呼。

我語氣緊繃，「詹姆斯……」他靠過來，對我的臉頰尷尬啄了一下。

「嗨，大哥。」他伸手向亞當問好。

亞當問道：「緊張嗎？」

詹姆斯大笑，「我根本嚇壞了。」

亞當問道：「凱特呢？」

我心不在焉，沒繼續聽下去，我惦念的是自己還留在草稿匣裡的那封電郵。

親愛的凱特：

抱歉過了這麼久才寫信給妳，但這純粹是因為我拚命在構思該如何開口是好。

我們幾乎不熟，但我們已經有了許多共鳴。現在，也許妳已經很清楚了，嫁入班克斯家族，恐怕會為妳帶來永遠無法低估的嚴重問題。

妳必須面對各種險阻，對於詹姆斯的愛會一再遭到質疑，有人千方百計要斬斷妳與他的情緣，為了要貶低妳、威嚇妳、讓妳覺得自己一無是處，施出各種惡毒至極的手段也在所不惜。

現在看清妳自己所犯下的錯誤，還有亡羊補牢的機會。我滿心擔憂的就是妳，趕快趁還能脫身的時候，盡早離開。

艾蜜莉

我記得自己打了好幾通電話，只不過我一聽到她的聲音就立刻切斷。我曾經想要親自見凱特一面，告訴她我非常明瞭她所受的一切煎熬，想必她已經深陷在水深火熱之中，必須要立刻做個了斷，但是我卻太軟弱了。其實我不希望她步上我的後塵，生活被摧毀得一場糊塗，我不希望她的性格被扭曲得面目全非。我已經來不及了，蘿貝卡也是，但我還有機會拯救凱特，只要我能夠找到勇氣的話。

牧師的話語在我腦中宛若漩渦一樣流轉，彷彿他正在水底裡講話，或者，溺水而亡的人可能是我吧。

「要是現場有人知道這場婚姻有任何的法律問題，請立刻說出來。」

我雙腿隨時會癱軟，只能靠住亞當維持重心，我依偎在他緊繃的身軀旁邊，想要假裝一切無恙。他發現我的重量全壓在他身上，轉頭挑眉看我，一臉憂心。但我只是淡淡一笑，他並不知道我心中那些瘋狂打轉的想法正拚命找尋出口，要將那些吞沒我的所有委屈與背叛全部宣洩出去。

熱血衝腦，以狂速擠壓毛細管迷宮，讓我的頸項與臉龐突然變得火燙。

我祈禱會有某人突然冒出來，大聲宣布他們不得成為連理的理由，但是並沒有，我只聽到一片死寂。

在這個一百多人的會眾現場，傳出了奇怪的咳嗽聲響，顯然有人對於這種受制的沉默感到很不自在，隨後又傳出了一陣竊笑，不過，我的腦海裡砰砰作響，掩蓋了外界的噪音。

我低頭望著顫抖雙手裡的婚禮流程卡。最上方以漂亮的銀色斜體印製了「凱特與詹姆斯」的名字，不過，下方的新人合照卻在我眼前開始漂浮，他們的五官變得朦朧濕糊。

寂靜教會裡的每一秒都宛若一小時一樣漫長，是了，這是我唯一的機會。我可以在為時晚矣之前阻止這一切。我的腎上腺素飆升，踏出了第一步，我四處張望，盯著我身邊的男人、他懷裡的寶寶，還有為了這短短一瞬而特地前來的親友團，每個人都專注凝視，眼泛淚光，洋溢驕傲的笑容。

我追隨他們的目光望向凱特，她盯著自己身旁的男人，雙眼睜得大大的，充滿驚嘆，從她的笑容可以看得出來，她已經成為自己童話故事裡的主角。詹姆斯的湛藍眼眸也深情回望他的新娘，充滿了崇拜，但這畫面卻讓我好心痛。

我本來有充裕的時間可以阻止這一切，不至於走到這一步，早就應該要讓凱特知道真相，我虧欠她太多了。

但我當時不夠勇敢，現在也一樣。

牧師清了清喉嚨，繼續下去，凱特害羞左顧右盼，然後又做出鬆了一口氣的誇張動作，賓客們咯咯笑個不停，詹姆斯肩膀放鬆的動作也清晰可見，那一刻已然消失，我最後的機會也沒了。

女高音唱出〈耶路撒冷〉的活潑版本，陽光穿透彩繪玻璃窗戶，我覺得在座百位賓客的心也陡然一沉，這是個異常溫暖的明亮四月天，其實大可以趁這種好天氣做其他的事。大家參加婚禮時雖然都掛著燦笑，但心中卻充滿了怨恨。

遇到這種盈滿愛情與承諾的場合，我們都迫不及待要參與支持，然而，撇開表面不談，大家會發現其實我們出席是基於義務，而不是真心誠意。在陽光普照的星期六下午，我們一定可以找到更好玩的活動，而不是為了拖得又臭又長的晚宴，必須坐在某個無聊的陌生人旁邊。尤其，為了參加婚禮，我們會裝闊，花錢買下只穿一次的禮服，還有在那極其昂貴的約翰・路易斯百貨婚禮禮品清單中，買下最便宜的贈禮。

我的確強烈感受到周邊賓客散發出的嫉妒與不安全感。顯然教會座席裡有人依然是新郎前女友的朋友，陷入了良心掙扎，不知道是不是應該過來觀禮。當然，一定也有那種與男友交往多時、自認對方早該求婚的女子，然而到現在依然無消無息。也會有某對情侶以貪婪的姿態緊盯新娘不放，兩人都渴望她的身體，但男女的理由大不相同，其他的賓客會想起了他們的大日子，他們自己大喜之日的時刻，納悶為什麼到現在卻完全走樣。

不過，今天卻有某人的感傷程度遠遠超過了別人。當牧師宣布詹姆斯與凱特正式成為夫妻的那一刻，那個人必須壓抑胸中的灼痛，露出甜笑，望著新人接吻。

亞當握住我的手，捏了一下，我趕緊吞下喉底的滾燙淚水。一年前，這本應是屬於我們的日子，我們從此過著幸福快樂的時光，然而我十分清楚為什麼我們之間會全然走樣。

我望著帕咪，她臉上掛著微笑，身穿覆盆子粉紅緞面洋裝與搭襯的短袖外套，完美稱職的新郎母親。我想要看到她的煎熬，想知道她眼睜睜望著小兒子結婚、痛不欲生的模樣，但是她的面具卻堅不可摧。

我真希望自己能夠掩飾所有的情緒，但它們卻太接近表層，太敏感易痛。當詹姆斯與凱特一起回頭、步向走道的時候，我嫉妒他們終成連理，也擔心我們的未來。

不知道凱特是否有什麼擔憂，就算有，她在教會外頭溫暖擁抱帕咪時也掩藏得非常好。「太美了，」帕咪哭了，又追加了一句：「妳真美。」最後還捏了一下凱特的臉頰。

凱特微笑，又再次抱了她一下。「跟我來，讓大家好好認識妳。」她握住帕咪的手，往陣容最龐大的那群人走去。

在那一瞬間，我再也無法把凱特當成隊友，她不再是與我休戚與共的唯一同伴，她不會與我共同對抗另一邊，也就是她的領域，我突然覺得好孤單。

在接下來的時間當中，只要遇到亞當應該要表現的時刻，他就會對我露出微笑。不過，只要他發現空檔，一定躲得遠遠的，我緊抱著波比不放，把她當成了我的社交擋箭牌，亞當的阿姨與表弟們也過來逗弄她，還詢問我們是否決定了新的結婚日期。

「沒有，還沒有，」我一直重複相同的答案，「希望可以盡快，但我們現在忙得要命。」

「哎呀，可不是嘛，」回話的是帕咪的妹妹，可愛琳達。「但求老天幫忙了，希望那時候帕咪已經康復，那可就真的值得好好慶祝一番。」

我好困惑，「好幾個月前，她已經痊癒了啊？」

琳達的臉皺成一團，彷彿在譴責自己。「抱歉，我以為妳已經知道……」

「知道什麼？」

「又復發了，其實我不該多嘴……」

「妳在開什麼玩笑？」我哈哈大笑。好，她想要再賭一次，重施故技阻撓詹姆斯與凱特的婚禮？

我的心中湧起一股變態的爽快感，原來這不是針對我而已，但我隨後就發現自己真可笑，她的哪一個舉動不是針對我而來？

我必須要向凱特致敬，甚至向詹姆斯表達更崇高的敬意，因為他不肯讓自己的母親以殘酷謊言摧毀他們的大好日子。我覺得好感動，而且，老實說，我甚至覺得有點嫉妒，詹姆斯為了凱特挺身而出，帕咪使出邪惡手段、企圖破壞他們的幸福，但他卻置之不理。他對抗母親，這是早在數個月之前亞當本來就應該做出的行為。

我問琳達：「所以她這次是哪裡有問題？」

她的表情有些驚駭，「在肺部。」

我忍不住追問下去，「這次要治療多久？」

「還不知道，」她語氣緊張，「她已經在接受治療，我們也只能靜候結果。抱歉，我得先離開一下……」

「沒問題。」我望著她離開，心想搞不好癥結不在帕咪，真正的問題是我。萬一真的是我怎麼辦？或者，更可怕的是，如果這是帕咪安排的局呢？讓我以為自己是罪魁禍首？

我朝凱特走過去，她是完美體貼的新娘，不想怠慢任何一個人，眾人獻上祝福，她一一道謝。身為賓客，都不想佔據新娘太多時間，因為大家老是覺得她一定還得面對其他更重要的事或人，我覺得這種心態真荒謬。但新娘子一定覺得自己被冷落了，她周旋在眾人之間，但每個人都告訴她不想耽擱她太久。我拍了拍她的肩膀，她轉身，臉上露出燦笑。

「妳好美！」我知道她今天聽到這句話的次數早就超過了一千遍吧，現在已經漸漸無感了。

「謝謝。」她露出一口完美無瑕的白牙，「這是小波比吧？哇，超漂亮。」

現在，她終於站在我的面前，我不知該如何啟齒，要怎麼說出她應該要知道的那一切？但現在會不會太遲了一點？

「凱特……真抱歉過去這幾個月都沒有和妳聯絡。我應該要更盡心盡力歡迎妳加入可怕的班克斯家族。」

她哈哈大笑，「別鬧了，妳自己早就忙壞了，而且帕咪一直很好心，尤其我自己的家人遠在愛爾蘭，她幫了我許多大忙，我實在沒有辦法逐一細數。」

我不知道自己的臉是不是垮了下來，但我猜一定是很難看。因為她問我：「怎麼了？發生了什麼事？」

我哈哈大笑，「抱歉，我們在講的是同一個人嗎？」

她一臉困惑，「嗯，對啊，沒錯吧？」

我開口問她：「帕咪很棒，妳說是不是？」我知道我已經讓她起了戒心。

「對啊，沒錯。說真的，要是沒有她的話，我不知道該如何是好。」

這是在開什麼玩笑？我本來以為等到她度完蜜月之後，我們可以相約見面、好好討論一下要怎麼對付帕咪，要如何聯手處理她的問題，但凱特的語氣卻像是帕咪就算與他們一起去度蜜月也不成問題。

我真的搞不懂，「什麼？她一直在幫妳，沒有出任何意外？」

「意外？」她反問我，「我不太清楚妳所說的意外是什麼意思。」

「帕咪幫妳，一直是出於真心誠意？比方說，沒有對妳做出任何評斷？或是讓妳覺得自己快被搞瘋了？」

「哦，我應該懂了！」她哈哈大笑，彷彿終於恍然大悟。

我吐了一口長氣，感謝老天。

「我去拿禮服的時候，」她說道，「真的一頭霧水……」

我猛點頭，鼓勵她繼續說下去。「然後？」

「我拿出我的信用卡，但禮服店說已經買單了，我就說了：『哦，不可以這樣，我得要付錢。』但他們就是不肯。我離開禮服店的時候，手臂上掛著一千五百英鎊的禮服，覺得自己像是個騙子。我怎麼也想不透，不過，後來那天下午我打電話給帕咪，她說那是她送的禮物，我真的不敢置信。」

我也沒辦法想像會有這種事。她滔滔不絕，我站在那裡目瞪口呆。

「每隔兩個禮拜我們都會想辦法在週六早上見面，喝個咖啡或是一起吃點早餐。我們都知道妳很忙，但如果妳有空的話，何不加入我們呢？」

我們？我無法想像帕咪講的話裡居然會出現「我們」這個詞彙。

「她有沒有說什麼？我的意思是，有關我的事？」

凱特面露困惑，「哪方面？」

「各方面。她有沒有講到我？說了些什麼？」

「只有說妳把寶寶照顧得很好，她好愛波比。」

我點點頭，「真好。嗯，等到你們回來的時候，打電話給我，我們可以安排一下時間。」

「太好了！」她說完之後，拉起裙襬的尾巴，優雅離去。

我四處張望找亞當，時間晚了，必須要哄波比上床。我們早已預訂了飯店，就在露天花園的對面，不過，過去這兩個禮拜我們共處一個屋簷下，關係十分緊繃，所以我也不覺得入住飯店會有什麼樂趣可言。

詹姆斯走到我身邊，「妳在找亞當？」

我直接了當，「對。」

「我剛才看到亞當往外頭走去，」他說道，「可能是在抽菸。」

我突然停下腳步盯著他，彷彿覺得他犯蠢。「奇怪了，我不記得他有抽菸。」

他悄聲回道：「其實他還有許多事妳根本不清楚。」

我沒理會他，直接走向通往花園的落地窗，但我知道他依然跟在我後頭。外頭天色已黑，我把波比的小毯又包得更緊了一點。四月了，白天很溫暖，但到了晚上依然冰寒。

左邊有一大群人在開心吞雲吐霧，他們的後方已經出現了昏黃微光，但亞當不在那裡。我轉

向右方，經過了階梯上方的滴水嘴獸，準備朝黑漆漆的角落走去，

詹姆斯卻在這時候拉住我的手臂，「怎麼不進來呢？外頭好冷。」

我甩開他，一臉茫然繼續往前走，我必須要與他保持距離，越遠越好。我看到了樹籬迷宮的入口，我先前注意過這個地方，遊客入內參觀時必須要支付一點費用。我不知道我進去之後到底要走去哪裡，淚水不斷潸然落下，我又把波比抱得更緊了一點，傻傻盼望她的身軀能夠遮住我的淚滴。

他在後頭大喊：「可不可以等一下？」

我轉身看著他，「拜託，詹姆斯——」

我想他也聽到了我前頭的盒狀樹牆裡傳出的笑聲。

「好，小艾，我們何不進去屋內呢？」他柔聲勸道，「外頭太冷了，對波比不好。」

我望著懷中的熟睡波比，知道他說的應該沒錯，但我已經聽到了聲音，怎麼可能就這麼斷然離去？

「噓！」某個女人在尖叫，「我掉了一隻鞋子。」

他們笑鬧得更開心了。

「找到了，找到了。」聽那聲音就知道她喝醉了。

「注意一下妳的儀容，」某個男人在講話，「妳等一下回去的時候，千萬不要讓內褲還卡在腳踝旁邊。」

現在的一切宛若在播放慢動作，我發覺自己快倒了下去，基於母性本能，我蜷曲身體、全力

護住波比。我看到了五彩炫光，身體越來越癱軟，它也幻化成不斷旋轉的萬花筒。我用力擠眨雙眼，幻想自己有耳罩，可以隔絕我剛才聽到的內容。我拚命想要在腦中刮淨那些字句，這樣一來，我就沒辦法領會那到底是什麼意思，還可以把那男人的聲音替換成陌生人。我抱緊自己，準備接受落地的那一刻，但並沒有到來。我睜眼，看到詹姆斯凝神盯著我，雙手托住我與波比。

他對我說道：「我帶妳進去吧？」

「不」我屏息說道，「我要在這裡等下去，看到他的臉。」

「拜託，小艾，」他很堅持，「妳不需要這樣，拜託進去吧。」

「我要幹嘛，不要幹嘛，不需要你吩咐我！」我開始大哭，他想要伸手摟住我，卻被我甩開。

不知道是因為天色昏暗還是因為酒醉，亞當從樹籬迷宮出來之後，愣了好一會兒之後才認出是我。我一臉茫然，看著他慢慢恢復清醒。

他口齒不清，「小艾？」然後，他又望向衣衫不整的女伴。她披頭散髮，兩條胸罩肩帶都落在手臂上頭。我認出了她，是先前參與婚禮的賓客之一，不過當時她的乳白色緞面洋裝與花俏的盤髮狀甚典雅。現在，裙身已經上拉到屁股附近，而且整張臉都被口紅給糊髒了。

「妳在這裡做什麼？波比會被凍死。」

要不是因為我還抱著女兒，我一定會出手打人。「你真是體貼，」我的語氣冷若冰霜，「好細心哪。」

「嗨，」他身旁的女人向我打招呼，踉蹌向前要握手。「我是——」

亞當對她厲聲大吼，「閉嘴！」

「別這樣，沒關係，」我說道，「何不向我介紹一下你的朋友？」

「小艾，夠了。」

我咬牙切齒，「他媽的快介紹一下你朋友啊！」

「呃……這……這位是……」

「啊，千萬別告訴我……」她講話含糊不清，「這是你的老婆和小孩，」她自顧自大笑，「不會吧？」

我沉默不語。

「哦天哪，真的嗎？」她的臉色突然變得很難看。

我語氣緊繃，「應該就是這樣沒錯。」

「抱歉。」她擠出這句話之後，狼狽逃離現場，我愣愣看著她以之字形的方式跑過草坪，朝飯店的方向奔去。

我冷冷問道：「你的女人們都一定要這麼瘋瘋癲癲嗎？」

「小艾，我帶妳回屋內。」詹姆斯扶著我的手肘，想要把我拉開，但我站在原地動也不動。

「很多腦袋正常的女人也想要和我打砲，隨便妳信不信，她們才不會像我的『未婚妻』一樣。」他還用食指比出括號，特別提醒我關鍵字。

「亞當，夠了，」詹姆斯打斷他，「艾蜜莉，我們走吧。」

我甩開他，「所以，不止一個？」

亞當哈哈大笑，「不然妳覺得是怎樣？妳這九個月都不讓我碰妳，妳當我是什麼？和尚啊？」

我大吼，「給我滾！」

我轉身，他在我背後大吼：「當然沒問題！」

詹姆斯說道：「妳看到了這一切，真的很遺憾。」

「可以麻煩你幫我叫計程車嗎？」我一臉木然，「我想帶波比回家。」

43

在接下來的那五天當中，琵琶成了我的依靠，我開始思索亞當過去的所作所為具有什麼意義。有的女人發現伴侶出軌，會說出「我真的覺得好意外，這根本不像是他會做的事」。對於這種心態，我一直是嗤之以鼻。

我以前總覺得這些女人很可憐，看不清眼前的事實。然而，我現在的思維卻和她們一模一樣，我完全沒有頭緒這究竟是怎麼一回事。由於帕咪還有寶寶的關係，我們最近關係不睦，不過，我並不覺得我們已經到了那種他甘願冒險拋棄一切的程度。

「妳接下來要怎麼辦？」琵琶問了我無數次，「妳想要怎麼辦？」

我回道：「我想要怎麼辦，以及我應該要怎麼辦——是截然不同的兩件事。」

她懂我的意思，我們許久之前就充分討論過「萬一妳男友偷吃該怎麼辦」的話題，心得足夠我們受用一輩子。不過，當妳覺得他不會的時候，採取高道德標準、宣稱他要是敢做就完蛋了，因為妳一定走人——講出這些話當然是容易多了。不過我現在深陷其中，深愛這個人，而且相信自己會與他共度一生，突然之間，我就沒辦法那麼決絕了。

我說道：「重點不是他做了什麼，而是他的行為方式。」

「這有差嗎？」琵琶問道，「欺騙就是欺騙。」

「重點是他對我說話的那種態度，他在暗示不止一個，還有很多個。他為什麼覺得自己需要以那種方式傷害我？」

「呃，因為他是超級大渣男？」

「我怎麼又會遇到這種事？」我大哭，「我真是個大傻瓜。」

琵琶把手放在我的背脊安慰我，「傻的不是妳，」她繼續說道，「要是他不明白自己即將失去什麼的話，他才——」

我問道：「接下來我該怎麼辦？」

「妳愛他嗎？」

「當然，但這次的謊言，我不打算就這麼忍下來。要是讓他回頭的話，一切都得聽我的。」

「妳不能心軟！」她大叫，「真的不可以這樣！」

「但我得為波比著想，」我說道，「我現在需要考量的不只是自己而已，她需要爸爸。」

「小艾，老實說，他應該很久之前就開始偷吃了。」

我點點頭，我心裡有數，她說得沒錯，但我就是不願相信。我想到了他與那些哥兒們在市中心的「週四狂歡夜」。

「那是規矩，」我們認識沒多久之後，他就告訴我這段話。「週四夜是聖盃，不能因為生死或愛情而有任何更動。」

我當時哈哈大笑，也沒有放在心上，我知道倫敦生活就是如此，不過，他是不是一直在外頭偷吃？是否有某個定期在週四會面的小三女友？小倆口開心幽會，知道每個禮拜固定有一晚是兩人世界？他通常都會拖到凌晨三點才回來，不過，我想過最可怕的狀況最多也只是他在脫衣酒吧裡亂花錢，而不是躺在某個心愛女子的懷中。而如果真的是這樣，他為什麼不乾脆跟我分手算了？他大可以在婚禮舉行之前，波比出生之前甩了我。

「什麼？到手的蛋糕幹嘛不吃啊？」琵琶耐心聽完我的疑問之後，忍不住驚呼。

「我的意思並不是他不愛妳，他當然愛妳——不然他幹嘛向妳求婚？而且還生了波比？」

「對，但波比並不是自願的人生抉擇，對我們兩個來說都不是。」這些話一脫口而出，我就立刻充滿了罪惡感。

「當然，」她也諒解，「但妳也知道自己在冒險，而且妳還有其他機會——當初到底要不要把握，其實全看妳一念之間。」

我望向嬰兒床，波比睡得好熟，小小的手臂隨性擺在頭部上方。生命中少了她？我連想都不敢想，何況是做出這樣的選擇。

「不過，我們都忘了這件事，」我說道，「我們現在假設的是他想要回頭，但我的期待可能根本不會實現。」

「哦，相信我，在外頭鬼混了幾天之後，他會發現野花『並沒有比較香』，而且還夾雜了苔蘚雜草，搞不好根本長不出花來！」

我應該要大笑，我已經厭倦了哭泣。回首過往，我這一年幾乎都是悲慘度日，讓人哀泣的事件接踵而來：婚禮被取消、帕咪令人憎惡的行為、生了波比之後的荷爾蒙波動反應。「小琵，謝謝妳。」她離開的時候，我給了她一個擁抱。

「真是心疼妳，」她在我耳邊低語，「面對他千萬不要心軟。」

那晚深夜，亞當出現在門口。我大可以痛罵他，甩他巴掌，狠狠把門關上，但我卻側身讓他進來。演出那樣的劇碼有何意義？我們現在已經是為人父母，理應是負責的大人，所以也該好好扮演那樣的角色了。

我幽幽說道：「你氣色好差。」他雙眼周邊的皮膚一片暗灰，下巴與臉頰都冒出了鬍碴。

我們兩個坐下來，隔著餐桌面對面。他問道：「我可以看波比嗎？」

「不行，她在睡覺，你想幹什麼？」

「我想要回家。」

我整個人往後一靠，雙手交叉胸前。「所以現在是怎樣？你跑來告訴我想回家，是認真的嗎？」

他點點頭。

「好，所以你和別人上床的事，我們就當作沒發生過？」我發現自己音量越來越高，趕緊拚命壓低，因為我不想吵醒波比。

他說道：「事情不是妳想的那個樣子。」

我哈哈大笑，「好，那告訴我到底是怎樣。」

「我們只是在調情，」他一臉真誠，「純粹就是接吻而已。」

「就這樣？」我大爆炸。

「我知道，我知道這是不對的事，但我向妳保證，真的就只有到這個程度。」

他一定覺得我是大笨蛋，「你覺得這沒什麼大不了？在自己弟弟的婚宴上摸另一個女人，你認為大家會接受嗎？未婚妻與小孩距離你根本還不到一公尺之遠？你覺得我可以縱容這種事嗎？」

我聽到自己講話越來越大聲，宛若腦中有音響不斷在發出回響，然後後面的喇叭卻傳出了微弱的聲音，對我發出警示：妳這樣根本就是五十步笑百步。

我繼續追問：「還有多少個？」他低著頭，盯著地板。

他沒回答我，我繼續追問：「怎樣？」

他看著我，「她是唯一的一個，我發誓。我不知道我在想什麼，日子很難熬……」

我揚手，阻止他繼續講下去。

「不，妳要聽我說，」他忿忿不平，「我不知道我們之間到底怎麼了，狀況不對勁，是吧？妳自己也心裡有數。」

我怒氣沖沖盯著他，看他還敢不敢說下去。

「這陣子妳個性大變，這讓我心情很低落。妳懷孕，而且照顧波比不順手，再加上一直和媽媽處不來。我不知道自己怎麼會走到這一步，妳似乎已經覺得我沒那麼重要了。」

我露出諷刺微笑，「你還真可憐呢，」我的口氣充滿恨意，「可憐的亞當有個懷孕的女友，然後得照顧新生寶寶，還得應付你的變態媽媽。」

他警告我，「艾蜜莉，千萬不要這樣。」

「你什麼都不管，反正和你無關是嗎？」我不管他說什麼，還是繼續講下去。「你把自己講得好委屈，你遭受了不公平的對待與冷落。」

他目光低垂，看著自己的腳尖。

「好，所以你幹了什麼好事？你出門隨便找人打砲，讓你可以重振雄風，證明自己是熱血方剛的男子漢。因為這才是重點，對嗎？證明你還有那個能耐。」

「我覺得妳排斥我，妳似乎已經覺得我失去了魅力。」

我哈哈大笑，「這應該是我的台詞吧？然而你不肯給我時間，也不願與我好好把話講清楚，最後選擇的解決方式是和別人上床。」

「妳根本不知道妳害我五味雜陳。」

「拜託，亞當，聽聽你自己講的話好不好！那我呢？我的需求呢？想一想我的感受，這處境對我有多麼艱難。我世界裡的一切都改變了：我的身體、每天的生活、原本的重心……全都變了。而你的改變呢？少了一點性愛，回家時有可愛的寶寶陪你玩耍個一小時，然後，你就上床睡覺去了。」

他想要開口，卻被我打斷。

「但你有看到我半夜在街上遊蕩，迫不及待想要找人上床？我有在婚禮進行到一半的時候偷偷溜走？找個我連名字都不知道的男人一起廝混？」

「不會再發生那種事了，」他的那種態度，似乎覺得我應該要對他的體悟心存感激才是。

「我喝醉了，很寂寞，而且的確是我做錯了。」

「是嗎？」我追問，「你真的覺得搬回來之後，一切就會恢復幸福美滿的樣貌？」

「我沒有要傷害妳的意思……我保證絕對不會再傷害妳。」

他的那些話在我的腦中，但感覺卻像是別人說出來的一樣。我閉上眼睛，頓時浮現出詹姆斯的影像：他站在我面前，也說出了同樣的話。「我保證我永遠不會傷害妳。」我終於恍然大悟，不禁覺得毛骨悚然，他的重點並非是承諾不會傷害我，其實，他當初是對我發出警告，亞當的確會出手傷人。

「要是你發現我和別人在一起呢？」我詢問亞當，「如果你是我，你會怎麼辦？」

他臉色扭曲，下巴肌肉還抽搐了一下。「我會殺了他。」

44

詹姆斯與凱特婚禮結束之後的第二個禮拜，亞當搬回來了。當他們快要結束蜜月、準備回來的時候，亞當的懇求越來越急切，看來他馬上就會被趕出他們的公寓。

我幽幽回道：「反正你永遠可以跟你媽住在一起。」

「妳開什麼玩笑，她徹底瘋了。」

我們有了共識，我們總算走到了這一步。

當他回家的時候，我立下好些基本守則，而前面那幾條都與帕咪有關。他什麼時候想要帶波比去見奶奶都不成問題，但絕對不能在沒有人監看的狀況下留波比與她獨處。

他繼續問道：「但要是——」

我口氣蠻橫，「絕對沒有例外。」

他神情肅穆，點點頭。

我再也不准他與那些狐群狗黨在週四夜晚狂歡，他可以在週末玩橄欖球，不過，等到速速喝完一杯酒之後，我要他趕快回家，而不是繼續在外買醉流連四小時之久。

一開始的時候，他睡在客房，但如果我們想要讓關係破冰，分床而眠並沒有好處。我覺得自己還沒有準備好，不想和他有親密行為，情感面或是生理面都是，不過，我卻覺得自己彷彿坐在倒數計時的炸彈上面一樣，心想不知道會在幾個小時幾分鐘之後，他覺得自己已經名正言順可以跟我親熱。他害我一直提心吊膽，我討厭這種感覺。

某天晚上我們共進晚餐，他開口問我：「妳對婚禮有什麼想法？」他當時剛從帕咪家回來，現在他與詹姆斯輪流帶她去做「第二階段的化療」。我很驚訝，不知道她為什麼還在玩這種把戲，因為凱特與詹姆斯現在都已經結婚了。她並沒有成功攔阻他們的好事，所以我很納悶，她為什麼還要繼續說謊下去。

「我覺得這不急，」我說道，「但我希望可以讓波比接受洗禮。」

他點頭表示同意，「有什麼想法嗎？」

「我覺得在教會辦個簡單儀式就好了，然後再去別的地方吃吃喝喝。」

「我覺得事不宜遲，」他說道，「我希望媽媽能夠參加。」

我沒理會他，「好，等我有空的時候，我會研究一下哪個時候比較好。」

「現在已經是來日無多，」他聲音崩潰，「我不知道她還剩下多少時間。」

我淡淡說道：「哦，我想她不會有問題的。」

他搖頭，「她這次真的很慘。他們認為癌細胞正在擴散，我不知道她的身體狀況能否撐過這——」他開始哽咽，沒辦法繼續講下去。

我假好心把手伸過去、握住他的手，我明明沒有任何憐憫之情，當然不可能在他面前硬擠出來。

我低頭望著腳邊，安坐在搖椅裡的波比，充滿信任的雙眼笑望著我，我忍不住心想：怎麼會有母親會讓小孩承受這種痛苦？到底要多麼殘忍才會下這種毒手？

「我將來該怎麼辦？」亞當開始啜泣，「萬一她過世，我該怎麼辦？」他雙肩在抽抖，我心不甘情不願起身，走到他身邊。「她命不該如此，她已經受了太多的苦。」

我親吻他的頭，抱住他輕輕哄搖。「她是堅強的女人。」我也只能說出這樣的話。

「她佯裝堅強，其實不是，真的不是這樣，」他繼續說道，「她必須要自立自強，因為他曾經那樣對待她，但她內心其實一直很恐懼。」

我把他推開，端詳他的表情。

我問道：「誰對她做了什麼？」

他搖頭，又癱倒在我懷裡，但我緊抓他不放。「你到底在說什麼？」

他伸出顫抖的手，以手背抹了一下鼻子。

我不耐說道：「可不可以讓我知道你到底在講什麼？」

「吉姆，」他冷冷說道，「或者，如果我們硬是要惺惺作態的話，應該叫他爸爸吧。」

「你爸和這一切又有什麼關係？」

他咬牙切齒，「他是人渣。」

我沒多想，立刻脫口問道：「什麼？為什麼這麼說？」

「他毀了她，他把她打得好慘。」

我覺得自己彷彿被人狠狠打了一巴掌，整個人摔在沙發上頭。

「你在說什麼？她愛他，他也愛她，你到底在胡說什麼？」

他又把臉埋在雙手之間。

我繼續逼問：「他做了什麼？」

「他一回家就開始扁她，他就是這德性，每個晚上都是如此，那過程就像是看到一朵漂亮的花朵逐漸凋零。」

我嚇傻了，「是她告訴你的？」

「她不需要講出來，」他繼續說道，「我親眼看到一切。詹姆斯和我，我們兩個都看到了。他下班後就去酒吧，而她乖乖準備晚餐等他回來。不過，他幾乎每天都罵她做得難吃，把晚餐扔向牆壁，狠甩她巴掌。」

我坐著不動，目瞪口呆。「我親眼看到他的手在空中揮動，宛若慢動作一樣，最後，落在她身上。她只會在一開始時輕聲喊痛，之後就百般忍耐，擔心會吵醒我們，但我們其實都坐在樓梯上方，透過欄杆目睹了一切，只能祈禱他趕快停手。」

「你確定嗎？我的意思是，你確定自己當時看到了打人的畫面？你還那麼小，也許狀況並非如此。」這一切太瘋狂了，我拚命在找尋合理的解釋。

「我看到的是不該發生的殘忍場景，更何況我們還是小孩子。我們當時年紀太小，不懂爸爸為什麼要打媽媽，害她一直哭，但我們知道那是不對的。我們還醞釀了秘密計畫，母子三人逃到惠斯塔布海灘，也就是父親過世前的那個夏日度假的地點。那一次他沒有跟我們一起去，我們和琳達阿姨、佛萊瑟、伊旺一起同行。能夠離他遠遠的，媽媽似乎非常開心。」

我柔聲問道：「他是怎麼死的？」

亞當盯著地板，彷彿沉浸在自己的思緒裡。「某晚他從酒吧回來的時候心臟病發，摔倒在廚房，就這樣。第二天，媽媽幫我和詹姆斯向學校請假，還讓我們穿上襯衫、打領帶，警察還有殯儀館人員進來，屋內鬧哄哄。」他露出悲傷微笑，「我還記得那些襯衫好扎人，脖子癢得要命，當時的我比較擔心衣服的事，而不是爸爸死亡。我覺得我一定是哪裡不對勁，我完全麻木無感。」

「他有沒有打過你？」

「沒有，他從來不碰我或是詹姆斯。只要和我們在一起，他就會扮演完美的人父與人夫。不過，我知道他之後會做出什麼事，媽媽也知道，她的雙眼裡滿是恐懼，但她一直硬撐，裝出一切無恙。」

「你有沒有把自己看到的狀況告訴她？」

他搖頭，「要是她發現我知情的話，一定會心碎的。她竭盡一切維持他是好老公與父親典範的假象。在那個時候，他們所有的朋友都認為他是白馬王子，而她則是幸運女孩。但他們其實都不知道他的真面目，不了解關上門之後他會出現什麼樣的行徑。怎麼可能呢？她那時候一直保護他，即便到了現在也一樣。」

我想到了自己之前看到的那對恩愛夫妻的諸多照片，那些朋友似乎一直很羨慕他們。

「很遺憾，」我把他摟入懷中，「任何一個孩子都不該目睹那種情景。」

這一切都不合理，怎麼可能會這樣？我想盡辦法要為帕咪的各種惡行找藉口。當然，一定有背後原因，可以合理解釋她的這種態度。不過，我怎麼想就是找不出答案。想得越多，卻更是不得其解。如果她在過去曾經受過這麼嚴重的虐待，為什麼要故意傷害別人？

45

寶寶受洗日快要到來，一想到要看到帕咪與詹姆斯，就讓我很不安，也不知道什麼原因，我也怕看到凱特。我現在已經不把她當成盟友，她已經不再是與我同仇敵愾、齊心對抗帕咪惡行的唯一人選。如此一來，帕咪要整我可以更加肆無忌憚，一想到馬上要見到他們，我就心生畏縮。

我為了這個場合還買了新洋裝，可以幫助我增添自信的東西。當我把信用卡遞出去的那一刻，我找出了這理由安慰自己，減輕內心罪惡感。

「靠，這件顏色會不會太亮了一點？」亞當看到的時候，講出了這種話。「我得要戴墨鏡。」

「太誇張了是嗎？」我低頭看著這一身金黃色雪紡紗，自己倒是很喜歡。非對稱剪裁讓我又恢復了懷孕前的身材——當然，我裡面穿的是塑身內衣，這一點大家就不需要知道了。

「不，我喜歡，」亞當說道，「我只是很慶幸黃水仙的季節已經結束了，不然我們得花九牛二虎之力才能把妳找出來。」

他哈哈大笑，我拿起手拿包打了他好幾下。

波比坐在我們的床中央，開心看著我們打打鬧鬧，咯咯笑個不停。

「小美眉，還好我給妳穿了圍兜兜，」我抱起身穿象牙色塔夫綢蓬蓬洋裝的女兒，「不能讓妳的口水滴到洋裝，是不是？」

亞當奮力把她還有那件過大的禮服硬塞進安全座椅裡面，「妳確定要給她穿這樣嗎？穿Gap

的包屁衣會不會比較舒服一點？」

我發出不滿嘖嘖聲，推開他那隻笨拙的手。「這樣就可以了，」我哈哈大笑，從寶寶的裙子裡撈出安全帶。「好，另外一邊呢？」

「我們應該要為她準備灰姑娘的馬車，」他笑道，「那才真正符合她的打扮。」

我不想要烏鴉嘴亂講話壞了好事，但我覺得我們終於回到了以往的融洽關係，逐漸步入以往的戀人互動模式。我已經迫不及待想要到達教會，讓那些存疑的人親眼看到我們的確成功了，他們雖然千方百計想要拆散我們，但我們還是熬了過來。我不知道我為什麼會想到他們這樣的代名詞，其實只有她而已，不過，有時候我就是覺得全世界都在與我為敵，一不小心就會迷失方向。但我今天狀況很好，因為我已經得到了她所想望的東西，我贏了。

賓客魚貫進入教會大門，我們也向他們逐一問好，亞當的橄欖球隊友們虧我像雄蜂，我也跟著開心笑鬧。我看到詹姆斯與凱特下車，準備要走進來，我趕忙向其他人熱情打招呼，我逗弄我表弟法蘭的小兒子，又抱著波比彎腰、對著另一個坐在嬰兒車裡的小娃娃介紹我女兒。只要能讓我忘記班克斯家族即將到來，叫我做什麼事都沒關係。我轉身，完全沒意識到自己的反射性動作，不斷聽到後頭有人在向帕咪問好，詢問她的狀況。

我清了清喉嚨，在心中開始倒數十下，給自己充分的時間做好心理準備再轉身。我告訴自己，就假裝一切如常，妳一定沒問題的。

「帕咪拉，見到妳真是太好了，」我旋身，已經擺出了火力全開的姿態。「妳看起來——」

我趕緊把差點要說出口的「氣色真好」給吞回去，眼前的景象讓我愣住了，驚訝無語。帕咪的頭髮已經全部掉光，眉毛也不見蹤影，而且臉頰浮腫。我驚訝得不知如何是好，他們三個站在那裡，我必須要講話，隨便講什麼都行，但我就是擠不出任何一個字。

「嗨，小艾，」詹姆斯傾身向前吻我，「好一陣子沒見面了，妳好嗎？」幸好這問題的目的並不是為了真的要我講出答案。

「小艾，」凱特大叫，「妳好美，還有波比——哇！」

我依然結結巴巴，帕咪和我站在那裡愣了一會兒，打量彼此，都不知道該作何反應，有點像是卡在中間，雙手碰觸的姿勢很彆扭。她把我摟過去，抱住我。「看到妳真開心，」她聲音嘶啞，「妳好美。」

我一時無法提氣，眼眶盈滿了淚水。我不知道我為什麼想哭，她讓我大受震撼，倒不是她講的那些話，而是她說話的方式。這是第一次彷彿聽到她語氣裡的誠懇，儼然是她的真心話。不過，我也許是被她的外表所欺瞞。我臉上掛著微笑，拚命在尋找亞當，我需要他陪伴在我身邊。

「抱歉，我先離開一下。」我帶著波比離開，準備朝亞當的方向走過去，不過，我卻被媽媽拉住。

「那是帕咪嗎？」她一臉困惑。

我表情木然，點點頭。

「但怎麼會……」

我搖頭，「我真的不知道，」這已經是我能夠擠出的最好答案了，「可以幫我抱一下波比嗎？」

「當然沒問題。」她憂心忡忡的臉龐立刻轉為開心笑顏，因為她的外孫女在她懷裡笑得好開心。

我在找尋亞當的時候，正好與琵琶四目相接。她和我一樣震驚，但我也只能對她聳肩而已。我想要凝神思考，但是腦袋裡的思路似乎糾結成一團，而且還接錯線爆出火花。我需要再看一次帕咪，只是為了要確定而已，但我不敢轉身，因為我知道背後有三雙眼睛盯著我。難道她搞得這麼誇張？就是要讓大家相信她講的是真話？我的腦中開始浮現她的臉龐，浮腫的臉頰與凹陷的眼窩，有這個可能嗎？

我必須要在找到亞當之前先想出合適的措辭，我知道要是萬一我說錯話，我們的關係會退回到好幾個月之前的狀態。

「你沒講你媽媽……」我不知道該怎麼說下去。

「生病？」

我點頭。

「妳又沒問，」他語氣嚴厲，「因為妳不在乎。」

我想起他多次想要找我好好談一談，但每次都被我嚴詞拒絕，我的全身立刻湧起一股令人作嘔的罪惡感。

每當我望向帕咪的時候，她都在盯著我。只要我感覺到她朝我走來，我就會編理由離開。我不知道自己比較害怕的到底是哪一個結果？她告訴我她真的生病了？抑或是她一直演戲演到現在？無論是哪一種，我都不知道該如何面對。

我正準備要去女廁的時候，被詹姆斯攔下來。

「小艾，這場典禮真是溫馨。我還沒有找到機會好好謝謝妳邀請我與凱特當波比的教父教母。」

我不假思索，立刻回道：「教父教母又不是我選的。」

他問我：「妳還好嗎？」

我面向他，想要在他眼中找尋他對我做出的那些事，以及背後緣由所留下的痕跡。但那雙眼眸依然如故，一貫的溫暖和善。

我語氣尖酸，「很好啊。」

「妳好嗎？」他問道，「婚禮之後一切都好嗎？」

我沒好氣回答：「我們正在努力。」

「我是不是做了什麼讓妳生氣的事？」

「你母親已經把一切都告訴我了，」我繼續說道，「我本來以為你和我是同一陣線，我真是天真，居然以為我們之間的一切——」

他打斷我，「的確是這樣沒錯。」

我發出冷笑。

「我現在依然站在妳這邊……」他說道，「一輩子都是，而妳當時也把自己的感覺講得很清楚了，記得嗎？」

我瞇眼看著他，「好，我向你吐露一切，你卻去找帕咪，把一切都告訴她？」

「什麼？當然沒有，」他態度堅決，「我從來沒有把妳的話告訴過任何人，妳說過我們之間不會有任何可能，我當然也不會說出去。」

「所以，她沒有告訴你要來接近我？你先前追我不是出於她的命令？」

「什麼？」他整張臉扭曲成一團，彷彿根本聽不懂我在說什麼。「沒有，妳把我當成什麼樣的人了？我絕對不可能做那樣的事。我曾經告訴過她，我喜歡妳，而且我覺得充滿了罪惡感……因為她是我媽，所以我才會告訴她。」

我翻白眼，搖頭。

他說道：「妳必須要相信我。」

「嗨，弟弟，」亞當悄悄走到他身邊，「她要相信什麼？」

詹姆斯臉色漲紅，「沒事，真的沒事。」

「沒有？少來了，我聽得一清二楚，」亞當現在講話有點口齒不清，「為什麼我的漂亮未婚妻會罵你說謊？」

「我們只是在開玩笑。」詹姆斯的回答沒什麼說服力。

亞當說道：「不，老弟，我才不信。」詹姆斯與我都很清楚，亞當在酒精與偏執心態的催化之下，已經漸漸失控。

我把手放在他的胸膛，抬頭望著他，想要吸引他的注意力。

「我們只是在開玩笑而已，」我說道，「詹姆斯想要虧我，果然是高手。」說完之後，我還以開玩笑的方式拍了拍詹姆斯的手臂。

我想要分散亞當的注意力，但他不願就此罷手，他繼續追問：「所以妳到底是不相信什麼？」

我嘆了一口長氣，「拜託，我們只是在鬧著玩而已，沒什麼。」

他一臉不爽，「看起來並不像是沒什麼。」

我站在他前面，摟住他的腰，他轉頭望著我，我對他說道：「我愛你。」隨後親吻他的唇，「現在去找你的那些哥兒們吧，要玩得開心，我等一下去找你。」

他回吻我，「我也愛妳。」

我正準備要回到教會裡，站在門口的帕咪已經準備好要對我發動奇襲。「艾蜜莉？」她的語氣簡直像是出乎意料之外，但她明明就站在那裡等我。我沒理她，但她又喊了我第二次，而且每一個人都聽到了她的宏亮聲音，逼得我只好和她打招呼，以免搞出難看場面。

她站在我面前，彷彿在守候我，我是真的不知該說什麼好。我的心中充滿了沸騰的怒火，但我現在望著她，仔細凝視，怒氣逐漸消散，取而代之的是困惑。她的眼白泛黃，皮膚浮腫，完全沒有任何毛髮，兩頰削瘦。她使壞耍詐，我一點也不意外，但這種模樣該怎麼解釋才好？

「帕咪拉……」我能說出口的也只有這幾個字。

「拜託別這麼叫我，」她語氣平靜，「妳也知道我不太喜歡那名字。」

「隨便啦，我一點興趣也沒有。無論妳說什麼或做什麼，再也不會嚇到我了。妳之所以出現在這裡，只是完成身為亞當母親的義務而已，但除此之外，也沒有任何其他的情分。只要亞當覺得可以帶波比出去，妳隨時可以看她，但老實說，我和妳的關係就僅止於此而已。」

她伸手摸了一下光禿禿的頭皮，擠出一抹淡淡微笑。「很抱歉，」她說道，「真的非常抱歉。」

我不知道自己原本期待她說出什麼話，但我絕對猜不出是「抱歉」，而且附近根本沒有任何人聽得見。她低著頭，彷彿充滿愧疚，但這種表情我先前早已看過無數次了。只要她被逼到無路可退，即將露出馬腳的時候，她就會使出這一招。這位「天真無害的女士」的伎倆曾經把我唬得一愣一愣的，但今非昔比，我絕對不會再受騙。

「我現在真的沒有時間搞這個，」我說道，「這是我女兒的受洗日，有一屋子的賓客，他們都比妳重要多了，我想要和他們好好聊天，我不會站在這裡、把時間浪費在妳身上。」

我的目光一直在迴避她，因為她現在的模樣會誤導我，讓我覺得充滿了罪惡感。

「我明白，」她說道，「我也不怪妳，但我只是希望妳知道我真的很歉疚，我並不是故意對妳做出那些事，我也知道妳不會原諒我，但我來日無多，我只希望至少能讓我努力彌補一下，以免為時晚矣，我求求妳。」

她把手伸過來，我開始往後退，但她持續向前，最後朝我的方向倒下去。

我們周邊突然出現片刻靜默，然後，大家突然衝過來扶她，以免她摔倒。要是哪個人正好以慢動作攝影機拍下一切，那麼他們就會看到我倒退、雙手高舉的模樣。能夠減緩她摔地衝擊力道的人，恐怕也只有我而已，眾人想要搶救未果，我退到了旁邊。

當她慘摔在硬木地板上的那一刻，大家都嚇得倒抽了一口氣。

「媽！」詹姆斯大叫，其他人也跟著大喊：「帕咪！」

「這到底是……」亞當狂吼，立刻衝過去跪了下來。「怎麼會發生這種事？」他轉頭看著我，等我說出答案，但我只是聳肩。「問妳有屁用？」

我聽到群眾裡有人猛吸一口氣。

「夠了！」詹姆斯說道，「媽媽……」

「我沒事，」大家把她扶起、讓她暫時坐在地上休息，她好不容易才說出這句話：「只是不小心失去重心，我沒事。」

她又來了。

我穿過人群，想要找波比，終於找到了媽媽，我對她說道：「我想回家。」

「這到底是怎麼回事？」媽媽問我，「現在不可能是裝的了吧？」

我搖頭，我現在完全無法思考。

「可以請妳和爸爸載我回家嗎？」

爸爸看了一下手錶，「反正也晚了，」他的語氣彷彿像是真的得找什麼藉口一樣，「我把車開過來。」

我把大家送給波比的禮物都收好，低調向琵琶與我的貝蒂阿姨道別。我在乎的人也只有她們兩個而已，現場其他人是亞當的橄欖球友，還有一些他的同事，根本沒有人注意到我曾經待在那裡，更不可能會發現我默默離開。

琵琶問道：「妳還好嗎？」她盯著我匆匆收拾東西，「要不要我陪妳？」

我搖頭，老實回答：「我只想趕快回家，換上睡衣。」

她微微一笑，「我知道那種感覺，我明天早上再打電話給妳。」

46

我一定是在沙發上睡著了，因為，我記得後來只聽到有人在猛敲大門。在那個當下，我不知道自己身在何方，以為自己依然在作夢。我依稀聽到手機傳出了簡訊聲響，但我根本不知道現在是什麼時候，又是星期幾。我不知道該先應門還是先看簡訊？不過，我想起了波比，現在是不是該哄她起床了？我把她放到床上之前是不是已經餵過她了？

我起身速度太快，又立刻往後倒，頭暈目眩。我的雙手支住太陽穴，拚命想要讓腦袋盡快恢復運作，狀況一團亂，根本來不及拼湊。樓下的吵鬧聲響依然沒有停歇，還有許多未讀的簡訊。我瞄了一下波比的房間，看到她依然在熟睡，好；現在才剛過十二點而已，好；亞當還沒回家，好……他到底去哪裡了？我是在三小時前離開了他。我在小沙發的靠墊底下找到手機，努力定睛看清螢幕上密密麻麻的字，我往下滑，有未接來電、語音留言，還有簡訊。帕咪、亞當、詹姆斯、帕咪、亞當、詹姆斯。

「天哪！」我大聲呼喊，不知道究竟出了什麼事。

我拿著手機，充滿困惑，走到了大門前面。我才剛走下最後一級台階，手機又響了，螢幕出現的來電者姓名是帕咪。我本來不想理會，但覺得搞不好會是別人在使用她的手機。顯然狀況不對勁，我誠心祈禱，亞當千萬別出事啊。

我沒好氣開口，「喂？」

「艾蜜莉，我是帕咪，亞當馬上就要衝過來找妳了，千萬不要讓他進去。」

我倒抽一口氣，「什麼？」

「不能讓他進去，他徹底瘋了。艾蜜莉，他知道了，真抱歉，千萬不要放他進門。」

「妳到底在說什麼？」

她哽咽說道：「他知道詹姆斯的事了。」

她繼續講個不停，熱血狂衝我的雙耳，她說的話我全都聽不進去。

「什麼？」我大叫，已經無法呼吸。

「他們大吵一架，」她上氣不接下氣，「真的很抱歉。」

我的腦袋一片恐慌，完全無法思考。

我靠近大門，顫抖的雙手想要碰觸門鎖，但卻怎麼也抓不住。有人在大門的另一頭拚命狠捶，害我嚇了一大跳，粗劣的木板幾乎無法承受這樣的重擊。

我大叫，聲音顫抖。「亞當？」

「開門！」他大吼大叫，他現在與我的距離好近，我已經可以聽到他的呼吸聲。

「不要，」我回他，「除非你冷靜下來再說。」

「好，艾蜜莉，我沒在跟妳開玩笑，媽的快給我開門。」

帕咪再次警告，「不能讓他進來。」

「妳到底做了什麼？」我對著電話咬牙切齒，隨即把它扔到地上。我不能讓她的謊言毀滅了我，毀滅了我們。我必須要讓亞當冷靜下來。

「你嚇到我了，」我對他喊話，「等一下你會嚇到寶寶。」

我聽到他在緩緩吸氣，吐氣，刻意放慢動作。

「艾蜜莉，」他的語氣突然變得很節制，「可以請妳開門嗎？」

我抓住門鍊，「答應我一定要保持冷靜？」

「對，我答應妳。」

我才剛扭開門鎖，他就破門而入，強大的力道直接斷開鍊條。我被大門直接撞倒在地，雙手無力亂揮，想要阻擋他進門。他已經欺身過來，我知道自己犯下了致命大錯。我拚命想要起身，但雙腿不聽使喚。我蹣跚而行，半爬半走上樓，我知道這麼做就阻斷了自己逃出去的機會，但我必須要保護波比，絕對不能讓亞當接近她。

我扶住第一級階梯，依然匐匍在地，他抓住我的腳踝，把我拉下去。當他猛抓我的頭髮時，我覺得我的頭皮都快要被他扯下來了。我想要鬆開他揪住我頭髮的那隻手，另一隻手則按住樓梯、想要盡量保持平衡。亞當把我往上拖，每一級階梯狠撞我的屁股。我想要大叫，但為了波比，我必須要閉嘴，我不知道亞當還會做出什麼樣的事

他繼續把我拖到梯台，我想要站起來，但他實在太高壯了，我掙扎得越厲害，他使出的力道就更加猛烈。

「拜託！」我大叫，「求你住手！」

他又把我推入客廳，低頭瞪著我。我第一次看到他的面孔，雙眼鼓凸，充滿憤怒，五官因為

火氣而變形。

我苦苦哀求，「拜託，聽我說好嗎？」

「妳這個賤女人！」他破口大罵，氣息散發出酒味，嘴邊還掛著口沫。「妳覺得妳可以耍我是不是？」

「沒有，真的沒有，我從來沒有做過這種事。」

他狠甩我巴掌，我整張臉都麻了，害我撞到了眉骨。皮膚突然一陣刺癢，我知道自己的臉已經腫了一大片。

他來回走動，我整個人畏縮成一團，看著他的拳頭不斷收放。

「不是你想的那樣，」我說道，「拜託，一定要相信我！」

「我知道是怎麼回事，妳和我弟亂搞！」他仰頭，發出誇張大笑。「我的未婚妻，我小孩的媽媽，居然在我背後偷人，和我弟打砲！」

「我沒有，」我苦苦哀求，「根本沒有這種事。」

他定住不動，雙眼睜得大大的，死盯著我。「她真的是我女兒嗎？」他大聲咆哮，「波比是我的小孩嗎？」

我跪在他面前，「當然，你明明很清楚。我從來不曾對你不忠，拜託，你知道的。」

他蹲在我身邊，抓住我的臉。「那他為什麼對妳這麼著迷？」

我好不容易才擠出這句話：「我不知道你在說什麼。」

「我在和某個女孩親熱的時候，他把我拖到旁邊，朝我的臉猛揮拳，看來是因為我不尊重妳。」

我的心早就幾乎全碎了，如今殘存的那一小塊也裂成了無數的碎片。「你和另外一個女孩搞在一起？」我努力維持聲音平穩，「就在我們女兒的受洗日？」

「對，而且我們很爽，爽得不得了。」

我厲聲啐道：「你這個人渣！」

他望著我，哈哈大笑。「哦？我之前講的那些鬼話妳全信啦？」

我不發一語，只是默默看著他嘲笑我。

「妳背著我偷吃，對不對？哦，他媽的真是太棒了。不過，我要告訴妳一個小秘密……」他挨近我，臉頰感受到他的熱呼呼鼻息。「我一直在外頭搞女人。我怎麼可能會安分呢？妳不管做什麼，我就是沒反應，妳害我性冷感。」他還裝模作樣抖了一下，「不過，我每次一靠近妳，妳就感激得要死要活。」

我對他吐口水，一大坨唾液落在他的臉頰。

他的手也不知道突然從哪裡冒出來，狠甩我的太陽穴，害我整個人往後慘摔。我覺得我的牙齒彷彿馬上就會一顆顆飛出去，就像是我的夢境一樣，我必須要緊咬嘴巴、護住自己的牙。

他抓住我，跨坐在我身上，把我壓制在地。「不過，沒關係，現在我知道妳也在亂搞。」

他在告訴自己，為什麼我會惹得他勃然大怒，然後，他欺身過來，雙手扣住我的喉嚨。

我一直在尋索他的雙眼，想要找出方法驅散那股怒火，只要能有一絲銀亮的光芒，他就會住手。不過，那對眼眸漆黑如夜，瞳孔擴張，幾乎已經看不到眼白。我想要把自己的手指塞入他的雙手與我皮膚之間的空隙，但他卻扣得死緊。他還沒有施力掐我，純粹就是在享受這動作所挑起的恐懼。

「我沒有，我們從來沒有……」我每講出一個字，他的掐頸力道就越來越猛烈，我覺得我快要離開人世，到另外一個世界去了，不過，我聽到遠方有哭聲，一開始很模糊，然後越來越響亮。我猛然睜開眼睛，驚覺是波比，而亞當也因為哭聲而停止動作，從我身上爬起來。

「不！」我大聲尖叫，拚命想要攔住他，我死抓他頭髮、襯衫衣領，只要是能夠拉住他的地方，我絕不放過，他狠狠撥開我的手，不過，正當他準備要起身的時候，我使出全力撲過去，我不能讓他靠近波比。我趴在他背上，死命亂抓，我摸到了他的臉，十指拚命在找他的雙眼，他那巨大的身軀一直想要把我甩開，但我不肯放開，我絕對不能讓他碰到我的寶貝女兒。

他挺直身體，壓著我朝客廳門口的門樑猛撞，然後準備走向波比的房間，我再次哭喊：「不可以！」我使出全力拉住他，他失去重心，踉蹌跌在梯台，也把我壓在他的身軀之下。他站起來，我想要抓住他大腿讓他無法繼續前進，但最後卻失手。波比的哭聲越來越大，但也可能是因為我們拉扯的位置與她越來越接近，不禁讓我的感官變得格外敏銳。我聽得見她的啼哭與尖叫，但還有別的，無法辨別的另一個聲響。

鮮血與淚水濕糊了我的雙眼，我靜靜等待波比的爸爸將她抱起來，讓她哭聲停歇，但她並不會知道安撫她的那個男人根本不配被稱之為父親。

「結束了。」是某個女人的聲音。

我頭昏腦脹，拚命想要搞清楚這是怎麼回事。我抬頭，從快要闔上的某隻眼睛的隙縫之中，看到波比房間門口出現了一個人。我努力抬起上半身，調為坐姿，硬逼自己要看個清楚。我先看到的是寶寶，她在這個不知名人士的臂彎裡，小小的身軀不斷被哄搖。當我定睛看清抱住她的那個人的面孔，恐懼油然而生，是帕咪。

我真的不懂。他們是一夥的嗎？這是他們密謀多時的陰謀？

「把寶寶還給我！」我慌張亂爬想起身，但站在我們中間的亞當卻把我一把推到地上。

「結束了。」帕咪又重複了一次，她的聲音在發抖。

「把她給我！」我再次哭喊，我好心急，想要抱住寶寶，腦中已經開始快轉接下來的畫面，帕咪帶著寶寶衝下樓，飛奔到街上，要到哪裡去，我不知道。我的心彷彿停止跳動——沉甸甸的重量壓在胸膛之中。

我伸出雙手面向她，「拜託……」

「媽，」亞當的語氣突然變得好冷靜，「把寶寶交給我。」

「我知道你做了什麼事，」她說道，「我當初都看到了。」

「媽，別鬧了，」他的語氣似乎是在警告她，「把波比給我。」

大門再次發出砰響，「媽媽，艾蜜莉……警察馬上就趕過來了！」大吼的是詹姆斯，他上氣不接下氣，衝上階梯的梯台。他透過欄杆空隙盯著我，驚呼一聲：「天哪！」

我們四個人僵住不動，宛若各自站定位、打量彼此。最先開口的是帕咪，不過，我萬萬沒想到她說出的是這句話。

「艾蜜莉，快過來帶走波比。」我望著她，目光又飄向詹姆斯，最後抬頭看著依然站在我上方的亞當。我朝帕咪的方向匐匍爬過去，等到我躺靠在她身旁的牆面時，她溫柔把寶寶交到我的手中。我把波比摟得好緊，拚命嗅聞她的氣息。

「亞當，我看到你做的事，」帕咪說道，「你也看到了我，一切結束了。」詹姆斯開口，「這到底是怎麼一回事？」

「那天晚上，我在那間屋子裡，」她對亞當說道，「也就是蘿貝卡死的那一天。」帕咪眼淚潰堤，肩膀不斷抽動。「當她奄奄一息的時候，我聽到你在挑釁她……我看到你拒絕給她吸入器。」

我嚇得倒抽一口氣，詹姆斯也開口：「什麼？」

「我不知道妳在講什麼。」亞當立刻回嗆，他雙肩後縮，下巴也繃得好緊。

「亞當，我在那裡。她乞求妳伸出援手，你明明可以救她，她的存活關鍵就是你的雙手。你只需要把吸入器給她就沒事了，但你卻只是站在那裡，眼睜睜看他死去，你怎麼做得出這種事？」

「妳瘋了。」亞當雖然語氣譏諷，但我看得出他的眼中流露出一絲恐慌。

「當你離開現場、前往火車站，再次佯裝走路回家的時候，我卻在那裡拚命想要挽救她的生命，」她泣不成聲，「我無能為力，我永遠無法原諒自己。」

「妳到底在胡說什麼？」亞當大吼大叫，「我在工作，妳打電話給我，記得嗎？妳是第一個到達那裡的人，也是最後一個看見蘿貝卡一息尚存的人，大家一定會覺得這也未免太多巧合了吧？」

「你還敢講！」帕咪怒道，「你變成這種樣子，做出這些冷酷無情的事，都將成為我得在餘生繼續背負的罪責。但是我竭盡一切努力要挽救那可憐的女孩，就像我現在對艾蜜莉一樣。」

她轉頭看我，以目光乞求我相信她。「真的很抱歉，必須要走到這一步，才能讓妳看清他會做出什麼事。」

我聽得見她說的每一句話，但根本說不通。

我反問：「妳說什麼？」

「我想要幫助妳，」她頻頻掉淚，「我拚命警告妳要離開他，但總是徒勞無功。妳還是一直回頭，逼得我無法停手，為什麼妳就是不懂我的暗示？」

「可是妳恨我，」這些話從我的嘴巴一口氣冒出來，速度之快，已經超過了我的理智控制範圍。「妳對我做出最惡毒的事。」

「我必須如此，難道妳看不出來嗎？」她開始啜泣，「我必須要讓妳離他遠遠的，我覺得這是唯一的方法了。但那不是我的本性，我不是那樣的人，妳可以去問大家……妳可能覺得自己認識亞當，但其實妳根本不曉得。」

「這根本是胡說八道。」亞當的手瘋狂來回搓揉頭髮，在梯台上來回踱步，宛如被困在籠子裡的野獸。

當我望著他的時候，我們之間曾經出現的對話又浮現我的腦中，宛若以立體音響在播放一樣——妳這樣很失禮。不准妳穿那樣出門。薩博為什麼要去？我要取消婚禮。妳當我是什麼？和尚啊？他剛才那一陣猛毆依然讓我的頭頻頻犯疼，但他惡毒話語的記憶才是受創最深的傷口，我終於驚覺他一直在掌控我，最叫我痛苦不堪。

「很抱歉，我一直在傷害妳，真的對不起，」帕咪繼續說道，「但我也想不出其他法子了，我覺得自己做得沒錯。我知道要是妳留在他身邊，遲早會出這種事。」

「可是為什麼……為什麼不直接告訴我就好？」我結結巴巴，望向帕咪。「妳不是已經知道他對蘿貝卡所做的事情了嗎？」

她搖頭，不敢看我。

「親愛的，她不知道自己在講什麼，」亞當一臉乞求，顯然他現在將賭注全部梭哈，決定要在面前的這兩個女人當中擇一相挺。「她瘋了，失去了理智，妳要相信我。」

我結結巴巴，「我以為你愛我……」

他蹲坐在我面前，不禁讓我抽搐了一下，因為我很擔心他接下來會做出什麼舉動。「真的，我真的愛妳……」他的雙手在顫抖，下巴還抖動了一下，顯露出他體內腎上腺素大爆發。

「不過，現在看來一切就合情合理了。」我語氣平靜，「你從來沒有愛過我，只是想控制我。」我又把波比摟得更緊了一點，她現在因為睏意而大哭。

我站起來，誤以為這樣可以讓我看起來更堅強，但屁股的疼痛卻提醒我自己有多麼不堪一擊。我雙腿一軟，詹姆斯立刻衝過來扶住我，我癱軟在他懷中。

亞當朝我們撲來，「把你的髒手拿開！」他大吼，「她是我的！」

詹姆斯擋在前面保護我，把我推向牆邊以免我受傷，同時又在偈促的空間裡抓住了亞當。

「你老是想要我的東西，」亞當嘲諷他弟弟，「打從我們小時候就這樣了，但你永遠只能排第二——你這輩子只能註定當可憐的弟弟。」

我往後一滑，撞到了牆壁，手臂依然緊緊護衛著波比，我的眼前突然閃過一幅奇怪的景象，有兩個年輕男孩在沙灘上玩螃蟹爬行比賽，我聽到了蟹殼被壓碎的聲響，還有詹姆斯的哭泣聲，我真的不知道亞當的虐殺傾向到底有多麼嚴重。

「夠了！」帕咪尖叫，瘦弱的身軀擋在他們兩人之間。「我真的不知道該怎麼辦了，我不能繼續佯裝一切平靜美好。自從你爸爸死掉之後，所有的事情都變得不對勁。自此之後，你開始以可怕的話語威脅我，對我予取予求，反正就是要讓我明白你早就知道了一切。我把我所有的錢都擠出來給你，但似乎還是無法讓你停手。我對於我所做的舉動覺得很抱歉，也對於害你養成這樣的性格感到很難過，但到了現在，我真的已經受夠了。」

詹姆斯握住他母親的手，「噓，媽媽，沒事。」

她癱倒在他懷中，「兒子，我太軟弱，已經沒辦法繼續撐下去了。」

亞當看到兩名警員衝上樓梯、朝我們奔來，整張臉扭曲變形。「不需要搞成這樣，」他望著我，一臉祈求。「我們還得要考慮波比，她需要我們兩個。我們可以是一家人，完整的一家人。」

警員詢問他的身分，「亞當．班克斯？」

他又看著我，握住我的手。「拜託，」他哭求我，「不要這樣，」淚水在他眼眶中打轉，「不要這麼絕。」

警察把亞當的雙臂反剪在後，銬上了手銬。「亞當．班克斯，你不需要開口，但要是被詢問時你不願回答，可能會在你已被告身分出庭時造成不利影響，你說的每一個字都可能成為呈堂證供。」

「妳剛剛犯下了這一生最嚴重的錯誤。」亞當被帶下樓的時候，還對我破口大罵。

大門關上之後，我們三個依然待在原地，被嚇得完全動不了，最先開口的人是詹姆斯。

「如果妳知道真相，為什麼不在當初出事的時候報警？」他面向帕咪，「為什麼要害艾蜜莉陷於危險？」

「而且吸入器在妳家，」我整個人陷入宛若恍神狀態，依然在努力拼揍事件全貌。「我看到了，妳把蘿貝卡的吸入器放在妳家。」

「我不能告訴警察，」她開始哭喊，「我必須拿走吸入器，不然的話，她明明陷入危險，為什麼不用呢？但他卻把它扔在她旁邊。其實，她先前只要病發，拿起來吸幾口就沒事了，大家都知道，她的父母也很清楚，一定會開始追問，我不能讓他們懷疑亞當。」

「但為什麼要這樣？」詹姆斯似乎和我一樣困惑。

她語氣平靜，「因為他看到了我。」

我和詹姆斯彼此對望，帕咪低頭，全身顫抖不止。詹姆斯走到她身邊，伸臂摟住她，但卻被她掙脫。「不要這樣，」她說道，「這只是會讓狀況更糟糕而已。」

詹姆斯問道：「還能糟糕到哪裡去？」

「真抱歉，」她哭了，「我真的不是故意的。」

「快跟我說，到底是什麼事？」他的聲音裡充滿了恐懼。

「你爸爸，」她啜泣不止，「不像你想的那樣……他一直虐待我。」

詹姆斯語氣冷靜，「媽……我知道。」

「我們兩個都知道。亞當和我總是站在階梯上方，想盡辦法要阻止他，但我們兩個都怕得要死。」

她伸手握住詹姆斯的手，「有天晚上，他準備要找我出氣，然後……」她突然說不下去，

「那是意外，你一定要相信我。他喝醉了，準備要對我出手，我嚇得半死，一直往後退，最後他堵住了我。他舉起手臂，我推了他一下，力道很輕，但卻已經讓他失去平衡，他站不穩，往後一倒，頭部直接撞到了爐台。」

詹姆斯咬住下唇，淚水奔流。

「他躺在那裡，好安靜，」帕咪繼續說道，「我不知道該怎麼辦，我只知道等他醒來的時候，一定會殺了我，所以我得趕快逃走，把大家一起帶走。我衝出廚房，卻看到他在那裡。」

她的雙眼盈滿淚光。

我問道：「誰？」

「亞當，」她大哭，「他坐在台階的最上方，透過欄杆目睹了一切。他只在那裡待了一分鐘，然後就不見了。我極度恐慌，趕緊衝上樓，但他已經回到床上，假裝在睡覺。我伸手摸他，可是他卻甩開我的手，轉身，面對牆壁。」

「媽，那是意外，」詹姆斯把她拉到身旁，「不是妳的錯。」

她勉強擠出慘然一笑，「你一直就是這麼乖，」她繼續說道，「就連那天晚上，我過去看你的時候，你醒過來，對我說了一句：『媽，我愛妳。』我真不知道自己何德何能，有你這樣的好兒子。」

他又溫柔說道：「不是妳的錯。」

「明明就是！」她開始啜泣，「是我害他成了今日的惡魔。他從來不說，但他知道我做了什麼，所以他才會對蘿貝卡見死不救。也正因為如此，我擔心他會對艾蜜莉做出相同舉動，我必須救她，不能讓她和他在一起。」

我從她口中聽到了真相，我愣坐在原地，目瞪口呆。

「我必須告訴警察，」她全身發抖，「我必須要比亞當先一步說出實情。他當時太小了，記不清楚，他只會說我殺死了他爸爸，我必須要趕過去，給我自己一個抗辯的機會。」

詹姆斯扣住她的雙肩，逼她看著他。「亞當什麼都不會說的。」

她想要掙脫，「我得走了。」她語氣不耐，突然變得好焦急，需要把自己的故事說出來。

詹姆斯又重複了一次，「亞當什麼都不會說的。」

「一定會，我知道他會說出來。」她已經陷入恐慌。

「不會的，因為那個人是我。」

她原本在啜泣，突然停頓了一會兒，滿臉困惑。

「站在階梯上方的人是我，不是亞當。」

她結結巴巴，「可是……不可能哪。」

「我目睹了一切，不是妳的錯。」

「不……是亞當，一定是他，因為當時你還說你愛我。」

「我還是愛妳。」詹姆斯說完之後，張開雙臂，帕咪也癱倒在他的懷中。

終曲

黃水仙盛開，波比在花朵間四處爬行，讓她媽媽甚是苦惱。她抱起女兒，眼角瞄到了我，我們看到她沾滿泥巴的膝蓋，同時哈哈大笑。艾蜜莉把波比舉到空中，對著她的小肚肚噗噗吹個不停，逗得波比咯咯笑。她笑起來的時候就和她媽媽一樣，同一個模子刻出來的眼睛與小鼻子。

「接下來就輪到妳了。」我拍了拍凱特的手，她出於反射性動作，摸了摸自己圓滾滾的肚子，露出微笑。

「我更是等不及了。」開口的是詹姆斯。艾蜜莉又把波比放回草坪上頭，她立刻又爬向那塊誘人的黃色土地。詹姆斯四肢趴地跟在她後面，發出了吼叫聲，她往前爬的速度立刻加倍，逗得大家哈哈大笑。

「他以後一定會是個好爸爸。」

我想到了某個爸爸所寫的那些信，波比永遠不會知道他是誰。我不知道信裡到底寫了什麼，因為我從來沒有打開過，不過，他一定知道他錯失了什麼。等到他出獄的時候，她早就是荳蔻年華的少女，而艾蜜莉也一定早就展開新生，過著她本來就應該享受的生活。

我盼望她能夠遇到某個深愛她與波比的人，就和我疼愛她的方式一樣。對她仔細呵護的程度，一如她呵護我一樣。

她每天都來看我，就連法院審案，我脆弱無力到難以成行的那一陣子，她也天天來探視我。

「妳還好嗎？」她動作溫柔，把手放在我的肩頭。

我微笑，把手伸到上方，握住了她。

對，我沒事。

我已經徹底脫離了長久以來的恐懼。

我只希望自己能夠活得更久一點。

致謝

深深感謝我的經紀人塔內拉・西蒙斯，當她在我面前說出我拿到出版合約時，一直在忍受我的過度換氣狀況，還得想辦法讓我相信這不是騙局（而且自此之後還勸服了我好幾次）。感謝塔內拉，還有在達里・安德森經紀公司的每一個人——能夠有你們，我真的很幸運。

我的超強編輯們，潘・麥克米蘭出版社的維姬・梅樂與米諾陶諾斯出版社的凱瑟琳・李查茲，兩位都打從一開始就對這部作品十分「入迷」。能與妳們同心協力讓這本書達到盡善盡美的程度，我十分開心。

感謝偉大的山姆，他總是努力幫我宣傳，甚至在我還沒下筆之前就頻頻催促我創作。還要感謝我的特別好友們，想必大家都能在本書裡發現自己的某些痕跡——我們的共有回憶、某種熟悉的個性特徵，或是隱藏的暗義，感謝各位的啟發支持與鼓勵。

感謝令人思念萬分的婆婆，要是她遇到相同狀況，她的表現一定和帕咪不相上下。此外，也要感謝我自己的媽媽——嗯，至於妳的表現會如何，就要問我老公了！

謝謝我的老公與小孩，他們根本不知道我在寫書——只是覺得我不管在努力什麼，放手讓我盡量闖蕩就是了，我真的做出了成績！

最後，要感謝曾經看過這部作品的每一個人——我衷心感謝，希望各位喜歡。

Storytella 116

花嫁陷阱

The Other Woman

花嫁陷阱/珊蒂.瓊斯作；吳宗璘譯. -- 初版. -- 臺北市：春天出版國際文化有限公司, 2021.08
面；　公分. -- (Storytella；116)
譯自：The Other Woman.
ISBN 978-957-741-354-3(平裝)

873.57　　110008633

ISBN 978-957-741-354-3
Printed in Taiwan

作　者　珊蒂・瓊斯
譯　者　吳宗璘
總編輯　莊宜勳
主　編　鍾靈

出版者　春天出版國際文化有限公司
地　址　台北市大安區忠孝東路四段303號4樓之1
電　話　02-7733-4070
傳　眞　02-7733-4069
E－mail　frank.spring@msa.hinet.net
網　址　http://www.bookspring.com.tw
部落格　http://blog.pixnet.net/bookspring
郵政帳號　19705538
戶　名　春天出版國際文化有限公司
法律顧問　蕭顯忠律師事務所
出版日期　二〇二一年八月初版

定　價　420元

總經銷　楨德圖書事業有限公司
地　址　新北市新店區中興路二段196號8樓
電　話　02-8919-3186
傳　眞　02-8914-5524
香港總代理　一代匯集
地　址　九龍旺角塘尾道64號 龍駒企業大廈10 B&D室
電　話　852-2783-8102
傳　眞　852-2396-0050